KB260805

태율 신무협 판타지 소설

촉산혈성

蜀山血星

축산혈성 2

태율 新무협 판타지 소설

초판 1쇄 찍은 날 § 2006년 10월 11일
초판 1쇄 펴낸 날 § 2006년 10월 21일

지은이 § 태율
펴낸이 § 서경석

편집장 § 문혜영
편집책임 § 한지윤
편집 § 서지현 · 심재영

펴낸곳 § 도서출판 청어람
등록번호 § 제1081-1-89호
등록일자 § 1999. 5. 31
어람번호 § 제2-1028호

주소 § 경기도 부천시 원미구 심곡1동 350-1 남성B/D 3F (우) 420-011
전화 § 032-656-4452 팩스 § 032-656-4453
http://www.chungeoram.com
E-mail § eoram99@chollian.net

ⓒ 태율, 2006

ISBN 89-251-0348-6 04810
ISBN 89-251-0346-X (세트)

촉산혈성

劚山血星

선리인연(先攡因緣)

2

Fantastic Oriental Heroes

태율 신무협 판타지 소설

목차

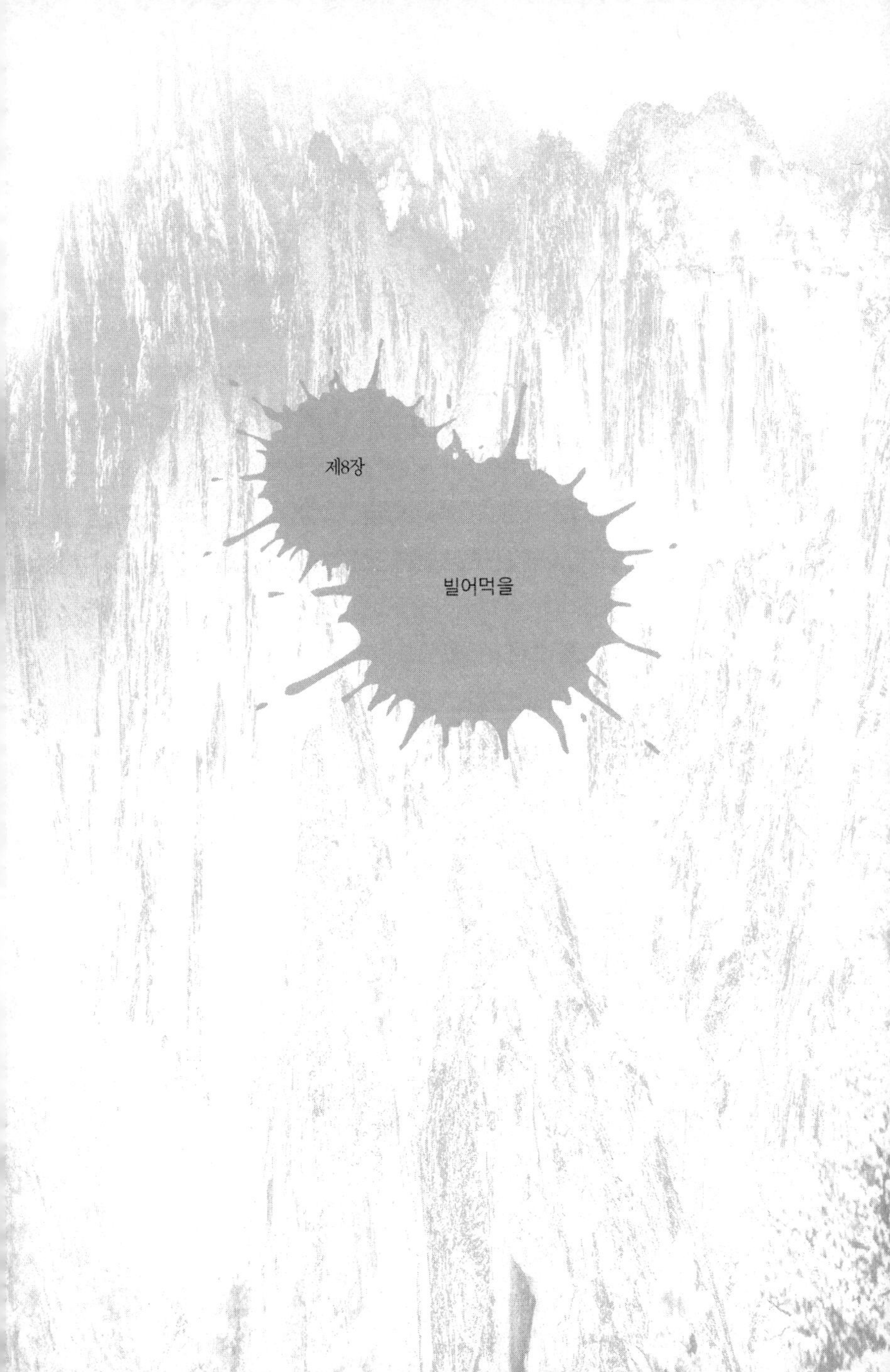
제8장

빌어먹을

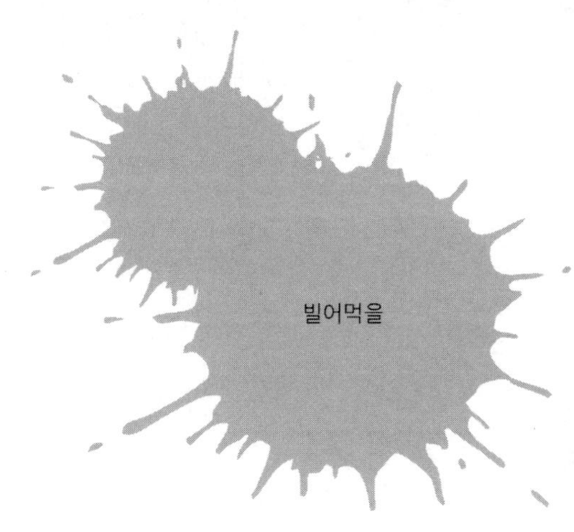

까드득.

단리백의 손이 그토록 무섭게 회전하며 다가서던 섭선의 끝 부분을 그대로 움켜잡았다.

찌익!

몇 줄기 검기가 단리백의 등과 가슴을 훑고 지나가며 바닥에 피를 뿌렸다. 하지만 단리백이 검기의 근원인 섭선의 움직임을 봉쇄했기에 피부를 베는 데 그쳤을 뿐 상처는 깊지 않았다.

곽자문은 너무 놀라 가슴이 터질 것만 같았다.

'혈향선을… 그것도 맨손으로 잡았단 말인가?'

단리백의 손은 잘려지기는커녕 조그만 상처조차 나지 않았다. 다만 손을 감싸고 있는 핏빛 홍광이 더욱 짙어졌을 뿐이다.

대경실색한 곽자문이 사력을 다해 혈향선에 진기를 불어넣었다. 이때를 기다렸다는 듯 단리백도 손에 힘을 넣었다.

뚝!

"……!"

곽자문은 놀라다 못해 혼백이 달아날 지경이었다. 현철로 만든 혈향선의 중간 부분이 부러져 버린 것이다.

곽자문은 어처구니가 없어 망가진 혈향선을 든 채 망연자실한 표정으로 단리백을 바라보고 서 있었다.

무인에게 있어 성명병기란 자신의 목숨과도 같은 법. 더구나 곽자문처럼 자신의 병기와 더불어 명예를 얻은 사람일수록 애병의 대한 자부심과 집착은 더했다.

하지만 이도 잠시.

멍하니 서 있던 곽자문이 돌연 부들부들 신형을 떨기 시작했다. 그리고는 갑자기 미친 사람처럼 고함을 지르며 단리백을 향해 달려들었다.

"네놈이!"

지금의 그는 경악과 분노가 뒤섞인 복잡한 심정에 정신을 차릴 수가 없었다.

혈향선이 부서진 것에 대한 분노는 둘째 치고, 이처럼 간단

하게 자신의 무공을 와해시켜 버린 단리백의 존재가 두려웠
다. 하지만 무엇보다 견딜 수 없는 것은 오만하기 그지없는
단리백의 눈빛이었다.

보는 것만으로도 심혼이 얼어붙을 것 같은 차가운 눈빛.

십 년 전, 패배한 자신을 내려다보는 광룡도제 하후용의 눈
빛이 그러했다.

'오랫동안 잊고 있었건만……'

그 순간 단리백의 몸이 회전하며 팔꿈치가 날아들었다. 곽
자문으로서는 도저히 피할 수 없는 엄청나게 빠른 공격이었
다.

쩌엉!

굉음과 함께 정통으로 관자놀이를 강타당한 곽자문이 크
게 휘청이며 뒷걸음질쳤다. 그리고 채 두 걸음을 옮기기도 전
에 턱이 부서질 듯한 충격이 느껴졌다.

콰득!

턱에서 시작한 끔찍한 고통은 사정없이 머릿속을 흔들었
고, 벼락이 관통한 것처럼 온몸으로 퍼져 나갔다.

"으웩!"

잘려진 혀끝과 함께 시커먼 선혈이 폭포수처럼 입 밖으로
쏟아져 나왔다.

귀에서는 연신 우웅 하는 이명이 들려왔다. 하지만 귀가 멍
멍한 상황에서도 단리백의 음성이 뚜렷이 들려왔다.

"이걸로 끝이야, 송사리 대장."

"……!"

쓰컥!

곽자문이 두 눈을 부릅떴다. 전신을 관통하는 날카롭고도 섬뜩한 기운! 고개를 숙이자 온몸에서 분수처럼 핏물이 뿜어지고 있었다. 마치 보이지 않는 수십 자루의 창에 관통당한 것만 같았다.

그것이 또 다른 암경을 변환시켜 만든 무형의 칼날임을 곽자문이 깨닫는 데는 그리 오랜 시간이 걸리지 않았다.

창백하게 변한 얼굴로 곽자문이 힘겹게 입을 열었다.

"그래, 들은 기억이 있어. 움직이지 않으면 모르되 일단 움직이기 시작한 이상 반경 삼 장 안에서는 누구도 그보다 빠를 수 없고, 누구도 그의 허락 없이는 감히 벗어날 수조차도 없는 절대무쌍의 신위. 이것이 혈라강기……. 촉산혈성의 무공인가?"

단리백이 고개를 끄덕이자 곽자문이 풀풀 마른 웃음을 날렸다.

"의지가 곧 검이 되니… 그것을 곧 심검(心劍)이라 하더라. 어이없군. 조사님들의 말이 헛된 것이 아니었다니……."

곽자문의 눈에 기이한 빛이 일렁였다. 회광반조(廻光返照), 꺼져 가는 생명의 마지막 불꽃이었다.

그때였다.

돌연 단리백의 눈에서 서늘한 살광이 폭사되었다.

퍽.

미세한 소음과 함께 보이지 않는 칼날이 곽자문의 목과 심장을 동시에 관통했다.

"크르르……."

구멍 뚫린 곽자문의 목에서 바람 새는 소리와 함께 피거품이 끓어올랐다. 그리고 한차례 부르르 몸을 떨더니 그대로 사지를 힘없이 늘어뜨렸다.

그제야 단리백은 암경을 거두었다.

철벅!

전신을 관통한 채 무게를 지탱하던 암경이 사라지자 곽자문의 신형이 질펀한 핏물 위로 무너졌다. 초절(超絶)한 무위로 강호를 질타했던 절정고수의 죽음치고는 너무도 허무한 최후였다.

조중원은 얼빠진 듯한 표정으로 곽자문의 시신을 바라봤다.

그가 아는 곽자문은 이렇게 죽어선 안 될 사람이었다. 강호 무림 누구나가 두려워 마지않는 혈향선의 주인. 그의 죽음을 인정하기엔 곽자문이란 이름 석 자가 지닌 의미가 너무나 무거웠던 것이다.

이때 단리백의 시선이 조중원을 향했다.

"……!"

단리백의 눈에서 뿜어지는 가공할 살기와 마주한 순간 조중원은 소름이 쭉 끼치는 것을 느꼈다. 치명상을 입고 죽어가는 자에게 재차 무자비한 손속을 펼치다니!

공포로 하얗게 탈색된 조중원의 얼굴 위로 식은땀이 비 오듯 흘러내렸다.

완전히 전의를 상실한 조중원의 모습을 확인한 단리백은 그제야 손을 들어 자신의 가슴 어림을 살폈다.

팔랑.

뒤늦게 옷자락이 길게 베어지며 그 사이로 한 치 깊이의 기다란 검상이 드러났다.

단리백의 짐작이 맞았다.

마지막 순간 곽자문은 깨달음을 얻어 검의 끝을 보았던 것이다. 그리고 죽기 전 남은 힘을 쥐어짜 심검을 시전하려 했다. 일찍 눈치 챘기에 망정이지 조금이라도 긴장의 끈을 늦췄더라면 갈라진 곳은 피부가 아닌 심장이었으리라.

실로 모골 송연한 순간이 아닐 수 없었다.

휘잉.

한차례 차가운 바람이 바닥의 눈송이를 쓸어 올리자 진한 피비린내가 화악 코를 자극했다. 그제야 조중원은 퍼뜩 정신이 들어 주위를 둘러봤다. 그리곤 자신도 모르게 신형을 부르르 떨었다.

한 폭의 지옥도가 따로 없었다. 높은 무명(武名)을 드날리던 네 명의 절정고수가 눈 깜짝할 사이에 주검으로 변해 핏물 속에 잠겨 있었다. 그들이 지닌 무공을 생각한다면 그것은 도저히 믿을 수 없는 일이었다.

하지만 오늘은 상황이 달랐다. 상대가 너무 강했던 것이다.

'강호에는 이런 괴물이 아홉 명이나 더 있단 말인가!'

단리백의 무위는 지금까지 자신의 잣대로 예상했던 강호와 십대고수에 대한 상식을 송두리째 뒤엎고 있었다.

여전히 그 자리에 우뚝 선 채 차가운 눈빛을 번뜩이는 단리백의 모습. 그것은 그에게 있어 지옥의 사자만큼이나 두려운 것이었다. 오랜 세월 흑도에 몸담고 있는 그였으나 이토록 무섭고 냉혹한 인물을 일찍이 본 적이 없었다.

이때 단리백이 조중원을 향해 입을 열었다.

"모처럼 나를 위해 선물을 준비했으니 나 역시 답례를 해야겠지?"

"……!"

단리백의 음성을 듣는 순간 조중원은 전신의 털이 거꾸로 곤두서는 듯한 두려움을 느꼈다.

단리백이 자욱한 살기를 뿌리며 조중원을 향해 다가설 때였다.

"그쯤 해두는 것이 어떤가?"

단리백이 고개를 돌렸다.

콩콩.

명아주 지팡이에 의지한 채 장내로 들어서는 노인이 단리백의 눈에 들어왔다. 새하얀 머리에 구부정한 허리, 인자한 눈매가 푸근한 인상을 주는 노인이었다. 노인의 얼굴에는 크고 작은 검상이 얼기설기 나 있었는데 그 검상 사이로 번뜩이는 냉혹한 두 눈과 어울려 전체적인 인상이 무척 싸늘하게 느껴졌다. 그리고 단리백에게는 낯익은 얼굴이었다.

단리백의 얼굴을 유심히 바라보던 노인이 천천히 고개를 끄덕였다.

"역시 피는 못 속이는군. 자네 부친과 꼭 닮았어."

더없이 인자한 웃음을 머금고 있는 얼굴과 달리 노인은 형형한 안광을 뿌리고 있었다.

"어떻게 된 거요, 유 호법? 이자와 아는 사이입니까?"

조중원의 질문에 유 호법이라 불리운 노인이 천천히 고개를 끄덕였다. 그리고 단리백을 향해 입을 열었다.

"자네가 당대 촉산혈성인가?"

"그렇소."

"자네 부친은?"

말없이 자신을 응시하는 단리백의 모습에 노인은 뭔가를 깨달았다는 듯이 고개를 끄덕였다.

"그렇겠지. 산 하나에 두 마리의 호랑이가 함께할 순 없으니까.”

노인은 고개를 돌려 조중원을 바라봤다.

“흑점주, 그의 요구를 들어주시오.”

노인의 말에 조중원의 눈빛이 급격이 흔들렸다. 유일하게 자신이 존대를 하는 인물. 지금의 흑점이 있기까지 지대한 공헌을 한 노인의 말에 실린 무게감 때문이었다.

“하지만…….”

“허허, 아직 모르시겠소? 그는 진심이라오. 살수업을 그만두더라도 흑점을 꾸려 나가는 데에는 어려움이 없지 않소? 하나 이대로라면 오늘부로 흑점의 이름은 강호에서 지워질 것이오.”

“그, 그럴 수는 없습니다!”

“휴…….”

강경하게 언성을 높이는 조중원의 모습에 노인은 한숨부터 터뜨렸다. 그리고 품속에서 작은 철패를 꺼내 조중원의 앞으로 던졌다.

챙그랑!

“이게 뭔지 알아볼 수 있겠소?”

철패를 유심히 바라보던 조중원의 얼굴에서 급격히 핏기가 사라졌다. 칙칙한 빛이 감도는 철패에 새겨져 있는 초승달 문양과 그 아래 위치한 살황(殺皇)이란 글자 때문이었다.

“살막(殺幕)……!”

“그렇소. 노부가 살막의 마지막 막주였소.”

조중원은 놀란 눈으로 노인과 철패를 번갈아 바라봤다.

무려 오백 년이나 이어져 왔던 무림의 살수 단체가 살막이었다. 그 역사만큼이나 그들은 최고의 실력을 지니고 있었고, 흑도무림에 있어서는 전설과도 다름없었다. 하지만 어느 날 그들은 돌연 종적을 감추었다.

이를 둘러싼 호사가들의 수많은 소문과 억측이 난무한 가운데 이십 년의 세월이 흘렀고, 그동안 그들은 단 한 번도 강호에 모습을 드러낸 적이 없었다.

“정말 유 호법이…….”

“그렇소.”

조중원은 비로소 깨닫는 것이 있었다.

사실 흑점이 살수업을 겸하게 된 것은 그리 오래된 일이 아니었다. 불과 십오 년 전, 노인이 이곳에 몸담은 이후 시작된 것이었다.

유 호법이라 불린 노인 유장령이 천천히 입을 열었다. 하지만 회한 섞인 그의 눈빛은 단리백에게 고정되어 있었다.

“살막이 사라진 이유를 아시오? 이십 년 전, 노부가 점주 당신처럼 고집을 부렸기 때문이오.”

“……!”

“촉산혈성을 암살하겠다니… 노부가 감히 오르지 못할 나무를 쳐다본 것이지.”

"설마……."

"그 설마가 맞소. 살막은 촉산혈성에 의해 와해되었소. 정확히는 저기 서 있는 사내의 부친, 전대 촉산혈성에 의해."

조중원은 어찌나 경악했던지 입만 벙긋거릴 뿐 말을 잇지 못했다.

이윽고 침통하고 무거운 얼굴로 고개를 떨군 조중원의 입에서 힘없는 목소리가 흘러나왔다.

"풍소명. 기천문주 풍소명이 의뢰인이오. 아니, 정확히 말하자면 풍소명으로 위장한 모종의 인물이오. 진짜 풍소명은 일 년 전 오태산에서 죽었소."

천천히 고개를 끄덕인 단리백이 조중원을 향해 질문을 던졌다.

"마운영과 송자필이라는 자들도 의뢰에 대해 알고 있었나?"

"그럴 것이오. 하지만 그들도 모르는 것이 있소. 그들 또한 청부 대상이었소. 원래대로라면 흑암보의 무사인 윤창서라는 자와 그가 호위하던 여아를 암살하고 뒤를 밟아온 그 두 사람의 목숨을 거두는 것이 본래의 의뢰 내용이었소."

단리백은 비로소 상황이 어떻게 진행된 것인지, 그리고 그간 납득할 수 없던 부분들도 이해할 수 있었다.

단리백이 돌아서는 순간 유장령이 급히 질문을 던졌다.

"자네 이름이 어찌 되는가?"

단리백은 잠시 유장령을 바라봤다. 그리고 천천히 입을 열었다.

"단리백."

"백(伯)이라……. 좋은 뜻이군. 하지만 자네는 아직 그 이름값을 하지 못하는 것 같군."

"무슨 의미지?"

싸늘한 한광을 토하는 단리백의 눈빛을 마주하고 있으면서도 유장령은 흔들림없이 단리백의 시선을 마주했다.

"일가를 이룬 사람을 백이라 하지. 하지만 자네는 자네 부친을 넘어서지 못한 것 같아 하는 말일세."

"당신이 상관할 일이 아닌 것 같은데?"

"상관있으니 하는 말 아닌가."

빙그레 웃던 유장령이 자신의 앞섶을 풀어헤쳤다. 그러자 붉은 흉터 가득한 그의 가슴이 모습을 드러냈다.

"이것을 기억하는가?"

유장령의 질문에 단리백이 고개를 끄덕였다.

"염왕수로군."

"자네 부친이 남긴 것이지."

유장령은 지팡이로 바닥을 짚으며 단리백을 향해 다가섰다.

"그리고 그는 이 상처와 함께 한 가지 약속을 남겼네, 자신의 명호를 이어받은 자가 이 금제를 풀어줄 것이라는."

단리백이 기억하지 못할 리 없었다. 이십 년 전 부친이 유장령에게 금제를 가할 당시 자신이 그 옆을 지키고 있었기 때문이다.

"좋아."

단리백이 고개를 끄덕였다. 그리고 말이 채 끝나기도 전에 유장령의 가슴을 향해 일장을 내갈겼다.

퍽!

"왁!"

입에서 왈칵 선혈을 내뿜은 유장령은 흘러내리는 핏물을 닦지도 않고 희미한 웃음을 머금었다.

"이유를 알 수 없군."

"뭐가?"

"이토록 순순히 금제를 풀어주리라 예상치 못했네."

우두둑!

그 말과 동시에 유장령의 전신에서 뼈마디가 뒤틀리는 음향이 터져 나왔다. 동시에 구부정하던 그의 허리가 반듯하게 펴지며 키가 커졌고, 백태가 끼어 있던 흐릿한 노안에서는 말로는 형용하기 힘든 가공할 안광이 줄기줄기 뿜어졌다.

유장령은 손에 들고 있던 명아주 지팡이를 들어 단리백을 가리켰다.

"네 부친과 겨룰 당시 나는 그에게 불과 한 수 반이 뒤처졌을 뿐이다. 하지만 지금의 너는 네 부친에 비해 열 수는 뒤처

지지. 본래의 무공을 되찾은 이상 내가 마음만 먹는다면 이 자리에서 네 목숨을 취할 수도 있다. 너는 그것이 두렵지 않느냐?”

유장령에 손에 들린 지팡이는 더 이상 평범한 지팡이가 아니었다.

이에 단리백이 싸늘한 미소를 피워 올리며 유장령을 응시했다.

“해봐.”

오연한 단리백의 모습에 유장령의 눈빛이 미미하게 흔들렸다.

금제를 당해 무공을 잃은 이후 이십 년 동안의 세월은 그에게 있어 지옥과도 다름없었다. 그리고 그 원한은 지금도 뼛속 깊이 새겨 잊지 않고 있었다.

단리백은 약했다. 촉산혈성의 명성에 비해, 아니, 멀리 갈 것도 없이 그의 부친과 비교해 보더라도 터무니없이 약했다. 과거, 직접 단리백의 부친과 겨루어본 그였기에 누구보다도 확신할 수 있었다.

본신의 무공을 회복한 유장령에게 있어 곽자문 정도는 십 초지적도 되지 않았다. 하지만 단리백은 그를 상대로 오십 초를 넘기고, 그것도 모자라 적지 않은 부상을 입어야만 했다. 만약 단리백의 부친이었다면 곽자문 따위는 이 초 만에 목을 날려 버렸을 것이다.

'하지만……'

유장령은 단리백을 지그시 응시했다. 머리로는 충분히 승산을 점하고도 남는데, 수십 년 동안 칼밭을 거닐던 본능이 불길한 위험을 경고하고 있었다.

단 한 번의 뼈아픈 패배가 그를 위축시키고 있었다. 또한 위험을 감수하기엔 자신의 나이가 너무 많았다.

"그만두지. 어쨌든 금제를 풀어줘 고맙네."

명아주 지팡이를 거두며 유장령이 한 걸음을 물러섰다. 싸늘한 눈빛으로 유장령을 노려보던 단리백은 그제야 신형을 돌려 장내를 벗어났다.

유장령이 우두커니 단리백의 멀어져 가는 모습을 바라보고 있을 때 한 사람이 천천히 그의 옆으로 다가왔다. 유장령은 돌아보지 않아도 자신의 옆으로 다가온 사람이 조중원이라는 것을 알 수 있었다.

"대체 누구요, 저 괴물은?"

유장령이 돌아서며 씁쓸하게 웃었다.

"나도 잘 모르겠네."

조중원이 그의 얼굴을 빤히 주시했다.

"하지만 어르신은 그와 안면이 있는 것 같던데……."

"그의 부친과 약속을 했지. 나는 그를 죽이려다 실패했고, 그 대가로 금제를 얻었네. 그때 저 아이가 그것을 지켜보고 있었지."

"단지 그것뿐이오?"

"그뿐일세."

조중원은 자신도 모르게 단리백이 사라진 쪽을 돌아보았다.

"십대고수는 모두 저자처럼 강하오?"

"글쎄… 강호는 워낙 넓고 기인이사는 모래알처럼 많다는 것은 예전부터 전해져 오던 말이 아닌가? 하지만 분명한 것은……."

유장령이 눈빛을 빛내며 말했다.

"그가 당대의 촉산혈성이라는 것이네. 촉산혈성이 움직인 이상 앞으로 강호는 한바탕 피바람을 피할 수 없을 게야."

장원을 나선 단리백은 인적이 없는 야산으로 걸음을 돌렸다.

그렇게 일각쯤 걸었을까. 발밑에서 부서지던 눈 소리가 그쳤다. 걸음을 멈춘 단리백은 기감을 펼쳐 주변을 살피기 시작했다. 다행히 인기척은 느껴지지 않았다.

휘청.

단리백의 신형이 차가운 눈밭 위로 무너졌다.

"쿨럭!"

단리백이 기침을 터뜨리자 시커멓게 죽은 핏물이 하얀 눈을 붉게 적셨다.

"제길… 그따위 놈에게……."

단리백은 말을 잇지 못했다. 입을 열기가 무섭게 또다시 뜨거운 핏덩이가 목을 타고 넘어왔던 것이다.

단리백은 표정을 달리하며 급히 이를 악물었다. 처음 토해 낸 핏물은 내상으로 인한 울혈(鬱血), 즉 기혈을 막고 있던 죽은 피였다. 하지만 지금은 달랐다. 본원진기가 담긴 진혈(眞血)이었다. 지금 당장은 괴롭더라도 절대 이를 잃어서는 안 되는 것이다.

목울대를 막고 있는 핏물로 인해 숨이 턱까지 차 올랐다. 웅웅거리는 이명이 귓속을 메우고 눈앞이 흐릿해졌다. 그리고 참을 수 없는 메스꺼움과 현기증이 동시에 찾아왔다.

주륵.

입가에서 스며 나온 한줄기 핏물이 단리백의 턱을 타고 흘러내렸다.

"왁!"

결국 단리백은 갈무리하지 못한 진혈을 눈밭 위로 쏟아내고 말았다.

새하얀 눈 위에 뿌려진 선홍색의 진한 핏물. 이를 바라보는 단리백의 눈빛이 미미하게 흔들렸다.

"망할."

나직한 욕설과 함께 단리백은 한숨을 내쉬었다. 하나 이미 돌이킬 수 없는 일.

검선과의 비무 이후 스스로 금제를 가한 까닭에 단리백은 오 할의 내공밖에 사용할 수 없었다. 혈라강기와 염왕수 같은 절정의 무공을 사용하기엔 턱없이 부족한 내공이었다. 하지만 검선에게 당한 내상이 완치되지도 않은 상태에서 단리백은 서둘러 산서로 달려왔고, 쉴 틈도 없이 무리하게 무공을 운용한 까닭에 내상이 깊어졌다.

하지만 무엇보다 결정적인 것은 곽자문과의 싸움 때문이었다. 염왕수와 혈라강기를 사용하지 않고 상대할 수 있을 만큼 곽자문은 호락호락한 인물이 아니었다. 암경을 사용해 그의 목숨을 거두지 않았다면 싸늘한 주검으로 변해 있는 사람은 그가 아닌 자신이 되었을 것이다.

그 정도의 고수가 나서리라 예상치 못한 자신의 실수였다. 하나 언제까지 자책만 하고 있을 수는 없는 노릇.

'우선…….'

단리백은 천천히 고개를 숙였다. 그러자 끔찍하게 입을 벌리고 있는 옆구리의 자상이 눈에 들어왔다. 그곳에서는 아직도 더운 피가 뭉클거리며 흘러내리고 있었다. 살이 한 움큼이나 뜯겨져 나간 어깨의 부상 역시 가볍지 않았다. 그러나 뒷목에서 허리까지 이어진 등의 부상에 비하면 이는 아무것도 아니었다. 능도후의 목숨을 거둔 직후 허용한 불의의 일격은 이처럼 뼈아픈 상처로 남아 그를 괴롭히고 있었다.

피처럼 붉은 장포 덕에 이와 같은 부상이 드러나지 않은 것이 그나마 다행이었다. 솔직히 지금의 상태로 유장령과의 승부를 장담할 순 없었다. 만약 그가 자신의 도발에 넘어왔다면 자신 역시 흑점의 장원에 뼈를 묻어야만 했을 것이다.

'피를 너무 많이 흘렸어.'

당장 지혈을 해야 했다. 하지만 상황이 좋지 않았다. 혈향선에 묻어 있던 부시음독 때문이었다. 비록 직접적인 일격은 허용하지 않았으나 선풍과 함께 공기 중에 떠돌던 부시음독이 상처에 스며들었던 것이다.

백여 구의 달하는 시신에서 채취한 시독(屍毒)을 이십 종이 넘는 독재와 함께 정제하여 얻은 극독 중의 극독. 그것이 부시음독이다. 아무리 단리백이라 할지라도 이대로라면 이각을 넘기지 못해 기맥이 굳고 피가 썩어 절명하고 말리라.

지혈에 앞서 부시음독의 독기를 몰아내는 것이 우선이었다.

눈 위에 정좌를 한 단리백은 천천히 진기를 끌어올렸다.

"크윽!"

순간 단리백의 얼굴이 와락 일그러졌다.

내공을 운용하기가 무섭게 미친 듯이 진기가 날뛰며 기혈이 끓어오르기 시작한 것이다. 마치 뜨거운 용암이 전신을 헤집고 다니는 느낌!

'심맥을 다친 것인가!'

단리백의 짐작대로였다. 곽자문이 시전한 심검은 단순히

피부만을 찢고 끝난 것이 아니었다. 심맥 일부를 건드린 기운이 단리백의 진기와 충돌을 일으켜 돌이킬 수 없는 내상으로 발전하고 있었다.

이 상태라면 독기를 몰아내기 전에 주화입마에 드는 것이 먼저일 터.

결단을 내려야 했다. 망설이는 시간이 길어질수록 저승의 문턱에 한 걸음씩 가까워지고 있음을 모를 단리백이 아니었다.

단리백은 떨리는 손을 들어 소매 쪽으로 가져갔다. 그리고 우윳빛이 감도는 한 자루 비수 월광비를 꺼내 들었다.

푹.

단리백이 월광비를 허벅지에 박아 넣었다.

"……!"

극렬한 통증!

단리백의 눈에 핏발이 섰다. 하나 그 덕에 단리백은 흐려지는 의식을 간신히 붙들 수 있었다. 이제부터는 정신력의 싸움이었다.

그 상태에서 단리백은 운공을 시작했다. 하지만 진기를 이끄는 내공의 양이 턱없이 부족한 까닭에 일주천을 이루는 과정은 몹시 험난했다. 조금만 방심해도 날뛰는 진기를 제어하지 못해 곧장 황천행 배에 몸을 실을 것이 틀림없었다.

그렇게 일각의 시간이 흘렀다.

돌연 단리백이 허벅지에 박힌 월광비를 뽑아 팔뚝을 길게 그었다.

푸악!

검게 죽은 핏물이 분수처럼 솟구치며 바닥을 적셨다.

치이익.

부시음독의 독기를 머금은 핏물은 바닥에 떨어지기가 무섭게 지독한 악취를 피워 올리며 부글부글 끓어올랐다.

그제야 단리백은 거친 숨을 몰아쉬었다.

"허억… 허억……!"

단리백이 어깨를 들썩일 때마다 뿌연 입김이 허공에서 흩어졌다.

간신히 한 고비를 넘긴 것이다.

본래는 손가락 끝에 독기를 몰아넣은 다음 피를 뽑아내야 했으나 중간에 내력이 달려 하마터면 탁한 피와 뭉쳐 놓은 독기를 놓칠 뻔했다. 그래서 급한 와중에 운공을 중단하고 출혈을 감수한 것이다. 하지만 운기요상을 중도에 멈춘 까닭에 내상은 전혀 호전되지 않았다. 내상의 발작을 간신히 억눌러 놓았을 뿐이다.

주위를 둘러보던 단리백의 입가에 쓰디쓴 웃음이 맺혔다. 지혈을 하지 않고 운공한 까닭에 전신에서 흘러내린 피는 작은 웅덩이를 이룰 정도였던 것이다.

단리백은 혈도를 짚어 지혈하려 했다. 하지만 너무 많은 내공을 소진한 까닭에 이마저도 쉽지 않았다. 무려 서너 번의 점혈을 하고 나서야 단리백은 간신히 지혈을 할 수 있었다.

철벅.

힘겹게 신형을 일으킨 단리백이 걸음을 옮기기 시작했다. 발목까지 덮이는 눈이 유독 신경에 거슬렸다. 피에 절어 달라붙은 장포 역시 거추장스럽기 그지없었다.

"빌어먹을……."

스스로의 모습이 더없이 한심하게 느껴져 단리백은 자신도 모르게 욕설을 내뱉었다.

단리백이 사라진 장내.

반 시진이 흘러 적막한 고요가 내려앉은 그곳에 세 명의 사내가 유령처럼 모습을 나타냈다.

"생각보다 형편없군. 곽자문을 상대로 이처럼 고전하다니……."

"그분께서 그를 너무 과대평가한 것이 아닐까? 비록 곽자문이 한때 십대고수에 이름을 올렸다곤 하나 하후용에게 패한 뒤 검을 놓지 않았던가? 검을 들었던 곽자문은 진정 두렵다 할 수 있었지만 한낱 마병에 의지한 지금은 우리만으로도 충분히……."

이때 얼음처럼 차가운 음성이 그의 말을 잘랐다.

"그래서? 당장 촉산혈성의 뒤를 밟아 그를 추살하기라도 하자는 말인가?"

세 명의 흑의인 중 가장 오른쪽에 위치한 사내였다.

잠시 멈칫하던 인영이 단리백이 사라진 곳을 응시했다.

"아무리 축산혈성이라 해도 저 정도의 피를 쏟고도 무사하진 못할 터. 불가능한 이야기도 아닐 것 같은데?"

피식.

오른쪽의 흑의인이 예의 차가운 웃음을 흘렸다.

"마음대로 해, 난 빠질 테니."

"흑승(黑繩) 너……."

흑승이라 불리운 사내가 차디찬 눈빛을 번뜩이며 입을 열었다.

"쓸데없는 공명심은 화를 부를 뿐이야. 아직 그에 관해서는 어떤 명령도 내려오지 않았다."

흑승을 지그시 노려보던 대규가 나머지 한 명을 바라봤다.

"중합(衆合) 넌?"

"아무래도 보고가 먼저겠지?"

대규는 말없이 중합과 흑승을 노려보다 돌연 웃음을 터뜨렸다.

"하하, 자네들이 이처럼 겁이 많은 위인인 줄은 미처 몰랐군. 좋아. 나 혼자 가지."

그 말을 끝으로 대규의 신형이 한차례 흔들리는가 싶더니 거짓말처럼 장내에서 사라졌다.

“멍청한 놈.”

싸늘한 흑승의 음성에 중합은 말없이 고개를 끄덕였다.

*　　　*　　　*

“많이 늦으시네요.”

걱정스러운 눈빛으로 대문을 바라보는 임소하의 모습에 호계상은 대수롭지 않은 듯이 손을 저었다.

“걱정할 것 없다. 당금 강호에 그의 옷자락을 건드릴 수 있는 인물은 손가락으로 꼽을 것이다. 하물며 그와 대등하게 겨룰 수 있는 사람은…….”

말끝을 흐리던 호계상이 잠시 곰곰이 생각을 정리하다 탁 하고 무릎을 내려쳤다.

“그래, 당금 최고수인 검선 정도라면 가능하겠군.”

“검선이요?”

호계상이 임소하를 향해 손가락 전부 펼쳐 보였다.

“십대고수에 대해 들어본 적이 있느냐?”

“사람들이 하는 말을 지나가다 몇 번 들은 것 같아요.”

그럴 줄 알았다는 듯이 고개를 끄덕인 호계상은 손가락을 하나씩 꼽으며 설명을 시작했다.

“당금 강호에는 일선(一仙), 이제(二帝), 삼왕(三王), 사괴(四怪)라 불리우는 고수들이 있느니라. 그들은 하나같이 인세에 보기 드문 절정의 무위를 지니고 있어 강호에 몸담은 이라면 어느 누구 하나 두려워하지 않는 이가 없지.”

임소하가 흥미로운 눈빛을 반짝이며 자세를 바로잡자 호계상은 혀로 입술을 살짝 축인 뒤 쉬지 않고 말을 이어갔다.

“일선은 검선 우일태를 가리키는 말로, 검에 관해 그를 따라갈 사람이 없다는 말이 나올 만큼 검에 미친 자다. 하지만 재미있는 것은 그가 검을 익힌 이유 때문이다.”

“강해지기 위해 검을 익히고 무공을 연마하는 것이 아닌가요?”

“대부분의 무인이 그렇지. 하지만 그는 신선이 되기 위해 검을 익혔다고 한다.”

“신선이요? 구름을 부르고 비를 다룬다는?”

임소하가 눈을 동그랗게 뜨고 반문하자 호계상이 껄껄 웃음을 터뜨렸다.

“황당무계하지? 하지만 사실이다. 그는 본래 화산파의 속가제자였는데, 어느 날 산속을 지나다가 깨달음을 얻어 우화등선하는 노인의 곁을 우연히 지키게 되었지. 그런데 그 사람은 오래전 은거한 것으로 알려진 화산파의 이십칠대 조사인 매화신검(梅花神劍) 악연강이었다. 그는 몸이 흩어지기 전 우일태에게 자신이 얻은 심득 중 일부를 남겼느니라.”

호계상의 말투는 어느새 손녀를 앞에 두고 오래된 이야기를 들려주는 촌로의 그것처럼 구수하게 변해 있었다.

　"우일태는 그가 남긴 심득을 가지고 화산을 찾았다. 가치를 따질 수 없는 귀한 무보(武寶)를 전해온 공로와 우일태의 탁월한 재능을 높이 산 화산은 그간의 전례를 깨고 본산의 제자들에게조차 공개를 꺼리는 절기들을 모두 전수했단다. 과연 우일태는 화산의 기대를 저버리지 않았다. 불과 서른을 넘기기도 전에 의형수검(意形手劍)의 경지를 코앞에 두게 되었지. 이는 화산의 역대 조사들 중 누구도 이루지 못했던 것이어서 우일태에게 거는 화산의 기대는 그 어느 때보다 대단했다. 하지만 이내 화산은 발칵 뒤집히고 말았다."

　"무엇 때문에요?"

　호계상은 일부러 뜸을 들이며 이어질 말을 기다리는 임소하의 반응을 살폈다. 아니나 다를까, 잔뜩 조바심을 내며 바짝 다가서는 그녀의 모습에 호계상은 만족스런 웃음을 머금었다.

　"우화등선한 악연강의 모습이 깊이 뇌리에 남았던지 우일태는 돌연 검을 포기하고 도를 닦기 시작했던 것이다."

　"아!"

　"당연히 화산의 수장들은 속이 뒤집어졌겠지. 자신들도 도사였지만 실제로 우화등선을 믿는 이들은 없었거든. 한때는 구대문파의 수장으로서 전 무림을 호령한 적도 있는 화산이었지만 마교와의 전쟁을 치른 이후 다른 구대문파처럼 상당한 피해를 입어야만 했다. 그래서 다시금 검정중원(劍征中原)

을 이룰 절세고수가 어느 때보다 필요한 시점이었단다. 그런 상황에서 우일태가 돌연 검을 놓아버렸으니 그간 쏟아 부은 혼신의 노력이 물거품이 되어버린 것과 다름없지 않겠느냐. 결국 이들은 모든 것은 한 가지로 통한다는 만류귀종(萬流歸宗)의 논리로 우일태를 설득하기 시작했다. 우화등선을 이루는 방편으로 검의 끝을 깨닫는 것을 제안한 것이지.”

“그래서요? 그분은 그 제안을 수락했나요?”

호계상이 웃으며 고개를 끄덕였다.

“다행히 우일태는 나이에 비해 세속의 때가 묻지 않은 사람이라 그들의 말을 선선히 받아들였다. 그 또한 검밖에 알지 못하는 상태에서 딱히 우화등선할 수 있는 방법을 알지 못했던 이유도 있었지만 말이야. 이후 그는 삼십 년 전과 십육 년 전 딱 두 번 강호에 모습을 보였는데 그때마다 그가 선보인 신위는 그를 대번에 십대고수의 수좌에 올려놓았다. 검선이란 명호로 불리우게 된 것도 그때부터였지. 하지만 정작 자신은 검선이란 명호를 늘 못마땅해했었다. 우화등선을 이뤄야만 진정한 검선이라 불리울 수 있다면서 말이야.”

“재미있는 분이군요.”

“재미? 아서라. 난 딱 한 번 그를 멀리서 지켜본 적이 있었는데, 그의 검끝에서 이 장에 달하는 검강이 솟구치는 걸 목격하고 나서 일주일 내내 밤잠을 설쳤다.”

“이 장에 달하는 검강이 그 정도로 대단한 건가요?”

“대단하지. 아암, 대단하고말고.”

돌연 호계상이 바닥에 쭈그리고 앉아 나뭇가지를 집어 들었다. 그리곤 소매로 바닥의 흙을 쓸어내고 무언가를 적기 시작했다.

“너는 무공에 대해 잘 알지 못하니 이것으로 설명해 주마.”

호계상이 나뭇가지로 바닥에 쓰여진 글자를 가리켰다.

“무공에 입문하면 가장 먼저 배우는 것이 초식과 내공 심법이다. 검에 비유하자면, 초식을 완벽히 익혀 뜻하는 대로 펼칠 수 있는 경지를 만검(滿劍)이라 하지. 이를 지나 내공과 초식이 합쳐지면 검을 펼치는 속도가 눈에 띄게 빨라지는데, 더욱 수련을 쌓으면 다시 느려지면서 검이 무거워진다. 이와 같은 쾌검(快劍)과 중검(重劍)의 경지를 지나면 자연 내공과 초식이 한데 어울리며 새로운 경지에 접어든단다. 이를 가리켜 무인검(無刃劍)이라 하는데, 날 선 검이 없이도 상대를 상하게 할 수 있는, 이른바 검기(劍氣)를 다룰 수 있게 되는 것이다. 검기상인(劍氣傷人)이나 어기상인(於氣傷人)이란 말도 같은 맥락의 의미를 지니지.”

잠시 말을 멈춘 호계상은 이해할 수 있겠냐는 듯이 임소하를 바라봤다. 이에 임소하는 천천히 고개를 끄덕였다.

호계상이 다시금 설명을 이어갔다.

“일단 무인검의 경지에 이르게 되면 강호에서 제법 어깨에 힘을 주고 다닐 수 있지. 백여 명 정도 되는 산적 패거리들은 혼자서도 충분히 찜쩌 먹을 수 있을 정도니까. 하지만 한편으로는 불행의 시작이기도 하다.”

“왜 그렇죠?”

“그건 눈에 띠게 무공의 발전이 느려지기 때문이다. 지금까지와는 달리 아무리 수련을 쌓는다 해도 단계를 밟아 발전할 수 없단다. 오로지 깨달음을 통해 그 벽을 뛰어넘어야 하지. 그리하면 또 다른 경지에 이를 수 있는데, 이를 가리켜 이기생형(理氣生型)이라 한다. 이때부터는 눈에 보이지 않는 무형의 진기를 유형화시킬 수 있지. 이는 언뜻 검기와도 비슷해 보이지만 실제로는 그 차이가 극명하다. 왜인지 알겠느냐?”

“음…….”

잠시 곰곰이 생각을 정리하던 임소하가 고개를 저으며 배시시 웃었다.

그럴 줄 알았다는 듯이 호계상이 설명을 이어갔다.

“보이지 않는 검기를 실체화시킬 수 있다는 것은 곧 검강(劍罡)의 초입에 들어섰다는 뜻과도 다르지 않기 때문이다. 강기(罡氣)를 다룬다는 것은 무인이라면 누구나 바라마지않는 경지로, 이를 이룰 수 있는 사람은 매우 극소수란다. 타고난 오성을 바탕으로 불철주야 뼈를 깎는 고행을 반복한다 한들 어느 순간의 깨달음을 얻지 못하고서는 절대 바라볼 수 없기 때문이다.”

임소하는 잠시 미간을 찌푸린 채 호계상의 말을 되새겼다.

하지만 무공을 모르는 그녀로서는 크게 와 닿지도 이해할 수도 없는 이야기였다.

그런 임소하의 마음을 짐작한 호계상이 흙바닥을 내려다봤다. 이미 적어놓은 글자들이 아직도 많이 남아 있었기 때문이다.

"계속할까?"

"네."

임소하가 고개를 끄덕이자 호계상은 흡족한 웃음을 머금었다.

"검강을 넘어서면 검과 자신이 하나가 되는 경지에 이르는데, 이를 가리켜 신검합일(身劍合一)이라 한다. 검즉심(劍卽心), 아즉검(我卽劍). 즉, 검이 마음이 되고 내가 검이 된다는 말이다. 쉽게 말해 검과 내가 하나가 된다는 말과도 일맥상통(一脈相通)하는 뜻이지."

더욱 아리송해하는 임소하의 표정에서 호계상은 그녀가 자신의 말을 이해하지 못하고 있음을 깨달았다. 하지만 호계상은 임소하가 알아듣든 알아듣지 못하든 계속해서 자신의 말을 이어갔다.

"이때가 되면 나를 잊고 검을 잊어 마음이 가는 곳에 검이 이르니 베지 못하는 것이 없다 한다. 이때야말로 초식이나 내공에 얽매이지 않는, 진정으로 자유로운 검이라 할 수 있겠지."

"그럼 혹시 그 위의 경지도 있나요?"

임소하의 반문에 호계상이 고개를 갸웃거렸다.

"글쎄다. 보통의 평범한 무인들에게는 검기를 다루는 무인검의 경지만 해도 꿈과 같은 일이지. 하지만 당금의 내로라하는 무림문파라면 누구나 검강과 같이 강기를 쓸 수 있는 경지를 목표로 하고 있을 것이다. 이를 넘어선다면 그는 더 이상 인간이라 할 수 없을 거야."

"그럼 신검합일이 가장 높은 경지겠네요?"

임소하는 한시라도 빨리 이야기를 끝내고 싶었다. 현실적으로 와 닿지 않는 무공의 경지보다 십대고수에 관한 이야기가 더욱 듣고 싶었기 때문이다.

그런 그녀의 마음을 읽었던지 호계상이 쓴웃음을 머금고 고개를 저었다.

"없다고는 안 했다."

잠시 망설이던 호계상은 바닥에 몇 글자를 더 추가해 써넣었다.

"가끔 오래된 전설에 보면 이기어검(以氣御劍)의 이야기가 나오지."

"이기어검요?"

"진기를 다스려 손을 대지 않고 마음대로 검을 움직이는 것을 말한다. 자유자재로 하늘을 날아다니는 검 정도로 생각하면 되겠구나."

임소하가 알겠다는 듯이 고개를 끄덕였다.

"그거라면 본 적이 있어요."

"엥? 이기어검을 본 적이 있다고? 네가 말이냐?"

미심쩍은 표정으로 임소하를 바라보던 호계상은 이어진 그녀의 대답에 실소하고 말았다.

"예전에 의숙께서 손을 뻗으니 허공에 있던 닭이 순식간에 의숙의 손으로 빨려 들어가는 걸 본 적이 있어요."

"그건 격공섭물이고. 하긴, 그 정도만 해도 대단한 경지이긴 하지."

임소하의 반응이 점차 시큰둥해지는 걸 느낀 호계상은 이쯤에서 무공에 관한 이야기는 마무리해야겠다고 생각했다.

"이제 남은 경지는 하나뿐이다. 의지만으로 상대를 해칠 수 있는 심검(心劍)의 경지가 바로 그것이다. 다른 말로 의형수검(意形手劍)이라고도 하는데, 의지가 곧 검이 되는 것이지. 비슷한 말로 심즉살(心卽殺)의 경지라고도 한다."

"그렇다면 정말 그 사람은 무적이겠네요."

"그렇다고 할 수 있지."

고개를 끄덕이던 임소하는 문득 궁금한 듯 호계상을 바라봤다.

"그렇다면 총관께서는 지금 어느 경지까지 이르셨나요?"

임소하의 돌발적인 질문에 호계상은 얼굴이 뜨뜻해졌다. 백대고수 안에 이름을 올리고 있는 만큼 나름대로 무공에 관해 스스로 자부하고 있던 호계상이지만 먼저 언급한 검선이나 앞으로 언급할 십대고수에 비하면 보름달 앞의 반딧불과도 다름없었기 때문이다.

"험험, 굳이 따지자면 이기생형과 검강의 중간 정도일까?"

"그럼 의숙은요?"

"그, 글쎄다."

진땀을 흘리던 호계상은 결국 한숨을 흘리며 고개를 흔들었다.

"솔직히 나는 그의 무위가 어느 정도의 경지에까지 이르러 있는지 감히 짐작할 수조차 없다. 그가 하늘을 노니는 용이라면 나는 이제 막 꿈틀거리기 시작한 흙바닥의 지렁이와도 다름없으니 말이다. 나와 같은 백대고수 스무 명이 달려든다 해도 그를 결코 감당할 수 없을 것이다."

"그 정도인가요?"

이미 호계상의 무위를 눈으로 확인한 임소하였다. 눈 깜짝할 사이에 적룡방의 무인 수십 명이 호계상의 손짓 한 번에 피를 뿌리며 나가떨어지던 광경이 지금도 눈앞에 선연했다.

비로소 임소하는 단리백이 어느 정도의 고수인지 실감할 수 있었다.

"의숙도 십대고수에 포함되어 있나요?"

호계상이 고개를 끄덕였다.

"일선, 이제, 삼왕, 사괴 중 네 의숙은 삼왕에 포함되어 있다.”

“삼왕이요?”

임소하가 의아한 얼굴로 반문했다. 삼왕이라면 이제의 밑이 아닌가? 분명 호계상은 단리백을 상대할 수 있는 인물이 검선뿐일 것이라 언급했었다. 그래서 내심 단리백이 최소한 이제 중 한자리를 차지하고 있으리라 생각했던 것이다.

이를 눈치 챈 호계상이 빙그레 웃으며 입을 열었다.

“실제로 네 의숙이 지닌 무위는 검선과 더불어 천하제일을 다투는 것일 게다. 하지만 그의 존재는 강호에 알려진 바가 거의 없지. 근 백여 년 가까이 촉산혈성은 모습을 드러내지 않았거든.”

“그렇다면 어떻게 십대고수에 들 수 있었죠?”

“전설 때문이지.”

“전설이요?”

“그래, 전설. 대대로 촉산혈문의 계승자인 촉산혈성은 강호에 모습을 드러낼 때마다 경천동지할 무위로 강호를 뒤흔들었다. 때론 피에 전 희대의 살인마로, 어떤 때는 위기에서 강호를 구하는 협사로. 모습은 달랐지만 그때마다 매번 강호엔 엄청난 혈풍이 몰아닥쳤지. 그리고 그런 촉산혈성의 존재는 이미 강호의 전설이 되었다. 따라서 모습을 드러내지 않는다 해도 촉산혈성의 존재를 의심하는 이가 없었고, 자연스럽게 십대고수에 항상 포함된 것이지. 하지만 백여 년 동안 그들을 본 사람이 없다 보니 평가가 절하되어 삼왕에 머무는 것이다. 눈으로 보지 않고선 믿지 못하는 게 사람이란 동물이거든."

그제야 임소하는 어찌 된 영문인지 이해할 수 있었다.

"다른 인물들에 대해서도 듣고 싶으냐?"

임소하가 고개를 끄덕이자 호계상은 다른 십대고수들의 명호와 이에 얽힌 이야기들을 자세히 설명하기 시작했다.

"이제 중 한 명은 광릉도제 하후용이라는 자로, 묵빛이 감도는 한 자루 도를 들고 십 년 전 홀연히 강호에 나타났단다. 당시 낙양의 하주 인근에 자리 잡은 철검장이라는 문파를 단신으로 박살 내면서 그의 이름이 알려졌지. 이로 인해 의천맹이 발칵 뒤집혔다. 철검장은 의천맹에 속해 있는 정도의 문파였기 때문이지. 하지만 얼마 안 가 철검장의 장주인 노해광의 금수(禽獸) 같은 만행이 들통나게 되었다."

"금수 같은 만행이요?"

"노해광이란 작자는 아주 몹쓸 놈이었지. 겉으로는 정인군자인 척하였으나 뒤로는 온갖 나쁜 짓을 일삼았던 것이다. 그는 하후용의 모친과 누이를 하후용의 눈앞에서 간살(姦殺)하고 집마저 불태워 증거를 없애려 했다."

"어떻게 그런 짓을……."

"하지만 하늘도 무심하진 않았던지 하후용은 그 지독한 화마(火魔) 가운데서도 운 좋게 목숨을 건질 수 있었다. 이후 강호의 은거 기인을 만나 엄청난 도법과 무공을 전수받아 무시무시한 고수로 변모했지."

"그래서 복수를 한 거로군요?"

"그렇지. 아녀자와 노인을 제외한 철검장의 모든 이는 하후용의 도를 피할 수가 없었다. 노해광은 토막토막 난 고깃덩이로 발견되어 시신조차 온전히 수습할 수 없었지. 당연한 인과응보였다."

"의천맹은 어떻게 했나요?"

임소하의 질문에 호계상이 씩 웃으며 입을 열었다.

"제아무리 의천맹이라 할지라도 하후용을 어찌할 수 없었지. 일단 그들도 대의와 명분을 중시하는 정파 집단인 이상 노해광의 파렴치한 행위가 알려지자 철검장을 외면해 버렸다. 게다가 하후용의 무위는 그들로서도 감당하기 힘들 만큼 대단했거든. 하지만 청성은 달랐다."

"청성이라면… 구대문파의?"

"그렇지. 노해광은 청성의 속가제자로, 철검장은 청성의 중요한 수입원 중 하나였다. 공식적으로는 죽은 노해광을 청성에서 파문하고 철검장을 봉문시켜 버렸지만 내심으론 입맛이 쓸 수밖에. 그래서 청성은 본산에서 고수를 급파했다. 청성의 신룡이라 불리우는 곽자문이 바로 그였다. 곽자문은 약관의 나이에 검강의 경지에 든 인물로, 당시 십대고수에 당당히 이름을 올리고 있었다."

임소하가 인상을 찡그렸다.

"노해광 같은 자를 두둔하다니……. 그래도 청성은 구대문파 중 한 곳인데 너무 비겁하고 부끄러움을 모르는군요."

이에 호계상은 고개를 저었다.

"네가 모르는 것이 있다. 강호란 무엇보다 명예를 중시하는 곳. 노해광은 청성의 속가제자 중 가장 뛰어난 무위를 지닌 자였다. 제법 이름을 날리던 청성의 고수가 그리되자 자연 청성의 평가는 곤두박질쳤고, 청성은 이를 만회하기 위해서 하후용을 청성의 검으로 쓰러뜨리려 한 것이다. 이미 불명예는 떠안을 만큼 안았으나 적어도 무공에서만큼은 하후용에게 명예를 양보할 수 없었기 때문이다."

"그래서 그 두 사람은 만났나요?"

호계상이 고개를 끄덕였다.

"만났지. 몇몇 참관인이 지켜보는 가운데 그들은 반나절 동안이나 쉬지 않고 싸웠다고 한다."

"결과는요?"

"하후용의 승리였다. 곽자문은 목숨이 위험할 만큼 큰 부상을 안은 채 패배를 인정했고, 이후 하후용은 곽자문을 밀어내고 십대고수의 자리를 차지하게 되었다. 당시 그가 펼친 도법이 어찌나 대단했던지 마치 한 마리 미친 용이 날뛰는 것 같았다 하더구나. 그래서 그의 명호가 광룡도제가 된 것이다."

“아!”

이때 식당에서 신경질적인 음성이 들려왔다.

“거기서 노닥거릴 시간 있으면 여기 정리나 좀 도와주쇼!”

호계상은 고개를 돌려 짜증스런 얼굴로 소리치는 가종령을 바라봤다. 그리곤 히죽 웃으며 약 올리듯 입을 열었다.

“내가 왜? 네놈이 어질렀으니 네놈이 정리하는 게 당연하지 않느냐? 왜 힘없는 늙은이를 부려먹으려 하는데?”

부서진 식탁을 한쪽으로 옮기던 가종령의 얼굴이 와락 일그러졌다.

임소하와 호계상이 흑암보를 떠난 이후 일단의 무리들이 흑암보를 공격해 왔다. 흑의와 복면으로 신분을 감추고는 있었으나 가종령은 그들이 어젯밤 임소하를 암습했던 흑점의 살수들임을 직감했다.

상대는 열한 명. 하지만 그의 상대는 되지 못했다. 가종령의 식도에 저마다 한 칼씩을 얻어맞은 그들은 큰 부상을 입고 달아났다. 하지만 이로 인해 식당 안이 엉망이 되어버렸던 것이다.

“죄송해요. 지금 도와드릴게요.”

임소하가 신형을 일으키자 가종령이 손을 저었다.

“아닙니다, 보주. 그냥 거기 계십시오. 아직 피 냄새가 역합니다.”

“그래도⋯⋯.”

“혼자서 충분하니 그냥 쉬고 계십시오.”

기다렸다는 듯이 호계상이 이죽거렸다.

“혼자서 충분하다면서 괜히 왜 난 걸고넘어져?”

가종령이 호계상을 향해 매섭게 눈을 부라렸으나 호계상은 귀를 후비며 딴청을 피웠다. 오히려 길게 하품까지 늘어놓는 모양새가 얄밉기 그지없었다. 하지만 어쩌랴, 말로는 그의 상대가 되지 않는 것을.

한숨을 내쉬며 가종령이 식당 안으로 사라지자 호계상이 고소하다는 듯이 키득거렸다.

“킬킬. 쌤통이다, 능구렁이 놈.”

“능구렁이요?”

“그동안 내내 시커먼 속을 숨기고 있었으니 능구렁이지. 젊은 놈이 너무 음흉하단 말이야.”

와장창!

갑자기 식당 쪽에서 집기 부서지는 소리가 들려왔다.

“어? 들었나? 미안허이. 내 딴엔 조용히 이야기한다 했건만……. 자넨 귀도 참 밝군 그래.”

일부러 들으란 듯이 말해놓고 이처럼 능청을 떠는 호계상의 모습에 임소하는 실소를 금치 못했다. 불과 한 시진 전, 무서운 눈빛을 뿌리던 고수의 모습은 온데간데없고 본래의 익살맞은 노인으로 돌아온 그의 변화무쌍한 모습이 재미있었기 때문이다.

"검선, 광룡도제까지 이야기했지?"

"네."

"이제 중 다른 한 명은 여인이다."

임소하의 눈이 동그래졌다. 그도 그럴 것이, 험난하기 그지없는 강호에서 여인의 몸으로, 그것도 이제에 포함된 여고수의 존재는 그녀의 관심을 끌기에 충분했던 것이다.

그 반응이 재미있었던지 호계상은 신이 나서 설명을 이어 갔다.

"여인이니 당연히 명호는 제(帝)를 쓸 수 없겠지? 그녀의 명호는 설산검후(雪山劍后). 설산검문이라는 문파의 장문인이다. 촉산혈성과 더불어 강호의 전설이 되어버린 이름이지."

"그럼?"

"그렇다. 설산검후 역시 강호에 모습을 보일 때마다 경천동지할 검법으로 강호를 진동시켰지. 설산검문의 역사는 촉산혈문과 비슷할뿐더러 무위 역시 우열을 가늠하기 힘들다고 알려져 있다. 하지만 그들은 서로 마주친 적이 없었단다. 딱 한 번을 제외하곤 말이야."

눈빛을 빛내며 이어질 말을 기다리는 임소하를 향해 한차례 웃어 보인 호계상은 특유의 구수한 말투로 이야기를 계속했다.

"한 칠십여 년 전쯤 설산검후와 촉산혈성이 동시에 강호에 나선 적이 있었단다. 당시 촉산혈성에 대한 것은 알려진 바가 거의 없었지만 설산검후에 관해서는 꽤 여러 가지 풍문이 떠돌았지. 그녀는 현사(顯邪)라 불리우는 영성이 깃든 한 자루 신검을 지녔는데, 그녀가 검을 휘두를 때마다 이름난 마두들이 추풍낙엽처럼 쓰러졌다 하더구나. 그리고 그녀에겐 정인이 있었는데 인세에 다시 보기 힘든 열양공(熱陽功)과 파정(破正)이라 불리우는 오 척 대도로 마교를 토벌한 인물이었다. 이름이 뭐였더라? 백… 뭐라 했는데?"

잠시 고개를 갸웃거리던 호계상이 무릎을 탁 치며 소리쳤다.

"그래! 백자강! 백자강이었어!"

기억을 더듬던 호계상은 당시의 십대고수 서열을 읊기 시작했다.

"당시엔 화룡신군 백자강이 일군이라 불리우며 십대고수 중 최강자로 꼽혔고, 바로 밑이 촉산혈성과 설산검후 한설연이었지. 하지만 호사가들 사이에서도 의견이 분분했어. 무공으로만 따지면 촉산혈성이 화룡신군을 능가한다는 의견이 지배적이었거든. 다만 선봉에서 마교와 싸운 화룡신군과 설산검후와는 달리 촉산혈성은 행동이 너무 신출귀몰하여 행적을 쫓는 데 어려움이 많았지. 그러다 그는 조용히 사라져 결국은 이렇다 할 이야깃거리를 남겨두지 않았단다. 항간의 소문으로는 녹야평이라는 곳에서 화룡신군과 촉산혈성이 일전을 벌였다는 이야기도 있는데, 진위는 알 수 없다."

쉬지 않고 긴 이야기를 쏟아낸 호계상이 호흡을 고른 다음 다시 입을 열었다.

"어쨌든 설산검후가 모습을 보인 것은 그때가 마지막이었다. 하지만 당시 그녀가 보여줬던 신위는 당시의 무림인들에게 엄청난 인상을 각인시켰지. 그래서 지금까지도 설산검후가 여전히 이제에 이름을 올리고 있는 것이다."

"아!"

감탄성과 함께 임소하가 고개를 끄덕였다. 그리곤 다시금 질문을 던졌다.

"삼왕에 대해서도 알려주세요."

"권왕, 수왕, 혈왕, 이 셋을 가리켜 삼왕이라 하는데, 권왕은 일체의 병기를 쓰지 않고 맨몸으로 무신의 경지에 이르렀다 알려진 사람이다. 이자 또한 특이한 점이 있는데, 한때 소림의 승려였다가 여인 때문에 스스로 파계를 하여 속인이 되었지."

"그래서 그처럼 강한 것이군요."

"소림의 승려라서? 아니다. 그는 무승이 아닌 학승이었다. 무승이었다면 파계를 당하는 즉시 단전이 파괴되고 분골단근의 형벌을 거쳐 무공을 잃게 되었을 것이다. 그가 소림을 나설 때까지만 하더라도 그는 무공의 무 자도 모르는 사람이었다."

"그런데 어떻게 십대고수가 될 수 있었죠?"

"그 또한 알려진 바가 없다. 혹자는 그가 기연을 얻었기 때문이라고도 하고, 어떤 이는 그를 아끼던 소림의 높은 승려가 그의 파문을 안타까워하여 남몰래 그에게 호신무공을 전수해 줬다는 이야기도 있지만 그가 쓰는 무공은 소림의 칠십이종 절예 중 어느 것에도 해당하지 않으니 그 역시 소문에 불과하겠지. 다만 확실한 것은 당금 강호에 맨주먹으로 그를 이길 수 있는 사람은 전무하다는 것이다."

잠시 생각을 정리하던 임소하는 이내 웃으며 고개를 끄덕였다.

"연인을 위해 구도의 길을 포기하다니, 그의 사랑이 매우 깊었나 봐요."

"절에 처박혀 불경이나 외는 것이 뭐 그리 대단하겠느냐? 나라도 운우지락(雲雨之樂)의 즐거움을 택했을 것이다. 그런 면에서 그는 매우 현실적인 사람이라고 할 수 있지."

운우지락이란 말에 임소하는 잠시 얼굴을 붉혔다. 그리곤 이를 감추기 위해 다른 말을 꺼냈다.

"그럼 혈왕이 의숙을 가리킨 말인가요?"

"그렇지. 촉산혈성이란 명호에서 비롯한 것이다."

임소하는 단리백의 사문에 대해 몹시 궁금했으나 호계상은 더 이상 촉산혈문에 대해 아는 바가 없어 급히 말을 돌렸다.

"수왕은 만수산장의 장주를 가리키는 말이다. 만수산장은 운남 일대에서 구대문파 중 한 곳인 점창과 더불어 패주 자리를

다투는 곳이다. 만수산장의 장주는 타고난 신력과 공령음(共靈
音)이란 독특한 음공으로 모든 짐승을 마음대로 다룬다고 알려
져 있지. 당대 장주인 패력거산(覇力巨山) 사도명은 도검이 불
침하는 엄청난 외공과 일거에 집채만 한 바위를 무너뜨리는 신
력으로 유명하다. 그가 성취한 외공은 철포삼(鐵布衫)이나 태보
횡련갑(太保橫練甲) 같은 외문 기공과는 비교가 되지 않는다고
하더구나. 오 년 전쯤 황보경이라는 놈이 사소한 시비 끝에 그
와 싸움을 벌인 적이 있었는데, 백대고수 안에 드는 그놈도 결
국엔 꼬리를 말고 달아났다고 한다.”

“왜요?”

호계상은 뭐가 그리 유쾌한지 껄껄 웃음까지 터뜨렸다.

“제 딴엔 검 좀 쓴다고 으스댔는데, 미친 듯이 검기를 날리
고도 핏방울은커녕 피부에 생채기도 남겨놓지 못했으니 어찌
기가 질리지 않을 수 있겠어? 그 노란 얼굴이 더욱 누렇게 변
해 꽁지가 빠져라 달아났겠지.”

호계상은 황보경이라는 자와 안면이 있는 것 같았다. 그리
고 그에 대해 좋지 않은 감정이 있는 것이 분명했다.

밭은기침까지 토하며 웃어대던 호계상이 웃음을 멈춘 것
은 근 일각이나 지나서였다.

“이제 사괴만 남았지?”

임소하가 고개를 끄덕이자 호계상이 말을 이어갔다.

“괴이한 짓을 끊임없이 일삼는 네 명의 늙은이를 사괴라

한다. 사망유희(死亡遊戱) 오문호, 불호신투(不呼神偸) 척대명,
불확점복(不確占卜) 능곡유, 종여서생(慫焜書生) 종리항이 사
괴에 포함되지."

"명호들이 무척 독특하군요."

"명호뿐만이겠느냐? 하는 짓 역시 그에 못지않다. 먼저 사
망유희 오문호로 말할 것 같으면… 커흠."

한차례 기침으로 목을 가다듬은 호계상이 인상을 찌푸렸
다. 그리고 못마땅한 표정으로 입을 열었다.

"아주 고약하고 몹쓸 놈이지."

일단 그렇게 운을 뗀 호계상은 거침없이 오문호에 대한 험
담을 늘어놓기 시작했다.

"하고 다니는 꼴은 영락없이 장의사야. 늘 상복을 걸치고
있는데, 등에는 귀왕척(鬼王尺)이라고 불리는 시커먼 철자와
탈명교(奪命鉸)라 불리는 넉 자 길이의 흉측한 가위, 그리고
생사전(生死栓)이라는 나무 못을 메고 다니지. 그놈 취미가
뭔지 아느냐? 자기가 죽인 놈을 직접 장사 지내는 거야. 귀왕
척으로 관과 수의로 쓸 옷감의 치수를 재고 탈명교로 옷감을
자른단다. 간혹 멀쩡하게 살아 있는 놈을 관에다 집어넣고 생
사전으로 못질을 하기도 해."

기괴하기 그지없는 오문호의 행동에 임소하는 어이가 없
어 벌린 입을 다물지 못했다. 그런 그녀에게 호계상은 계속해
서 말을 이어갔다.

"그뿐이라면 말도 안 하지. 그 작자는 장의사 외에도 수묘인(守墓人)을 겸하고 있다."

"수묘인이요?"

"묘를 지키고 관리하는 사람 말이다."

"아!"

"그자가 왜 수묘인을 하는지 아느냐?"

임소하가 고개를 흔들자 있는 대로 인상을 찌푸린 호계상이 그 이유를 설명했다.

"묘를 지키고 있다가 죽은 사람과 관련된 인물들이 찾아오면 모조리 죽이기 위해서란다. 처음엔 변덕으로 시작한 일이었지만 나중엔 재미를 붙였는지 몇십 년 넘게 그 짓을 하고 있지. 그래서 오문호 그자와 원한을 맺으면 죽어서조차 제삿밥도 못 얻어먹어. 오죽하면 명호가 사망유희겠느냐?"

임소하는 자신도 모르게 눈살을 찌푸렸다. 다른 사람의 죽음에서 즐거움을 찾는 괴행. 정말이지, 명호와 딱 맞아떨어지는 인물이었다.

그것을 끝으로 호계상은 더 이상 오문호에 관해 언급하지 않았다. 그를 떠올리는 것만으로도 몹시 기분이 불쾌해졌기 때문이다. 대신 사괴의 두 번째 인물인 척대명을 거론했다.

"척대명은 아주 웃긴 놈이야. 왜 그자의 명호가 불호신투냐 하면……."

오문호에 관해 이야기할 때와 달리 호계상의 얼굴에는 웃음이 떠올라 있었다.

"자기 자신은 도둑, 그것도 신투(神偸)라고 박박 우기는데 남들은 그를 절대 신투라 불러주지 않지."

"왜 그렇죠?"

호기심을 참지 못하고 임소하가 질문하자 호계상이 껄껄 웃음을 터뜨렸다.

"그놈이 지닌 도둑질 실력이 아주 형편없거든. 담을 넘자마자 들킨 게 셀 수도 없어. 어느 누가 자신의 물건을 훔치러 온 도둑을 가만두겠느냐? 한데 문제는 척대명의 무공이 매우 고강하다는 거야. 조용히 잠입해 슬쩍 물건을 빼가는 여타 도둑들과 달리 그놈은 힘으로 상대를 제압하고 물건을 강탈해 가지."

"그건 강도잖아요?"

"하하, 왜 아니겠느냐? 그런데도 그놈은 뻔뻔하게도 자신을 신투라고 주장하니 당한 사람 입장에서는 속이 터져 죽을 일이지."

결국 임소하는 실소를 머금고 말았다.

"그 사람은 왜 그렇게 신투란 말에 집착하는 것일까요?"

"그거야 나도 모르지. 하지만 확실한 건 그가 마음만 먹으면 차지하지 못하는 물건이 없다고 공공연히 떠들고 다닌다는 것과 한 번도 노린 물건을 놓친 적이 없다는 것이다. 결과만 놓고 본다면 신투라고 불리워도 손색이 없지. 다만 과정이 문제인 것이다."

"재미있는 사람이군요."

"그러고 보니 그 도둑놈이 모습을 보이지 않은 게 꽤 됐지, 아마?"

"이제 두 사람 남았어요."

호계상이 고개를 끄덕였다.

"불확점복 능곡유는 강호를 떠돌며 점을 쳐주고 복채를 받는 도사인데, 점이 한 번도 맞은 적이 없어 불확점복이라 한다. 평생 그 일만 했으니 우연이라도 한 번쯤은 들어맞아야 하는데도 그의 점은 매번 빗나가기만 하지. 그의 점이 들어맞는 경우는 딱 한 가지뿐이다. 바로 죽음에 관련된 점괘."

"죽음이요?"

"그래, 죽음. 예를 들어, 그가 '당신은 나흘 안에 죽을 것이오'라고 말하는 상대는 어김없이 나흘 안에 횡액을 당한다. 혹, 그 점괘가 빗나갈 것 같으면 그가 직접 상대를 죽여 자신의 점괘가 틀리지 않았다고 증명하지."

"세상에! 그런 점괘가 어디 있어요?"

"그러니 괴인이라 불리는 것 아니겠느냐?"

"이해할 수 없어요. 어떻게 그런 악인이 마음대로 강호를 주유하도록 무림인들은 좌시하는 거죠?"

"그건 그가 악인이 아니기 때문이다."

호계상의 말에 임소하는 의아함을 금할 수 없었다.

"악인이 아니라고요?"

“그에게 죽은 인물 대부분은 부패한 탐관오리나 소작농의 고혈을 빨아먹는 악덕 지주, 그리고 등에 업은 위세만 믿고 설쳐 대는 무림의 쓰레기들이 대부분이었다. 딱히 그를 징죄할 이유를 찾지 못한 이상 함부로 칼을 들이댈 수는 없는 노릇 아니겠느냐? 더구나 그는 십대고수에 들 만큼 무공이 고강한 사람이다. 어느 누가 함부로 그와 싸우려 들겠느냐?”

임소하가 탄성을 터뜨렸다.

“그는 악인이 아니라 협객이었군요.”

“협객? 단언코 아니라 할 수 있다.”

“어째서죠?”

“그건……”

잠시 말끝을 흐리던 호계상이 짜증스러운 얼굴로 고개를 흔들었다.

“그자 이야긴 그만 하자꾸나.”

“왜요?”

“왜는 무슨, 이야기하기 싫으니 그렇지. 여하튼 분명한 건 그자는 협객이 아니라는 거야. 엉터리 점괘로 먹고사는 늙은 사기꾼일 뿐이지. 그러니 더 이상 따져 묻지 말거라.”

그에 관해 궁금한 것이 많았지만 호계상이 정색하자 임소하는 마지못해 고개를 끄덕였다.

“이제 종여서생이라는 분만 남았네요.”

임소하의 말에 호계상이 입을 열었다.

"종여서생에 대해서는 나 역시 그다지 아는 바가 없다, 그저 화약을 다루는 데 있어 인세에 보기 드문 실력을 지녔다는 것밖에. 과거 산서의 패주였던 벽력당의 후예라고 하는 이도 있지만 어디까지나 소문일 뿐 확인된 것은 없다. 하지만 확실한 것은 그를 적으로 삼고 살아남은 이가 전무하다는 것이다."

"그렇다면 그분은 어째서 사괴에 포함된 것이죠?"

"미쳤기 때문이지."

"미쳤다구요?"

"그래, 그자는 광인이다, 그것도 중증의. 그래서 아무도 그와 마주치길 원치 않지."

말을 마친 호계상은 눈을 들어 하늘을 바라봤다. 한바탕 눈이라도 오려는지 하늘은 무거운 구름으로 뒤덮여 있었다.

"강호가 왜 무섭다고 하는 줄 아느냐?"

운은 뗀 호계상이 말을 이어갔다.

"수많은 기인이사가 바닷가의 모래알처럼 널린 곳이 강호다. 십대고수가 최고라고 할 수 없는 이유도 이 때문이지. 당장 의천맹의 맹주인 남궁정만 하더라도 십대고수와 맞먹는 무위를 지니고 있으며, 의천맹의 기둥인 나머지 사대세가의 가주들 역시 만만치 않은 무공을 지닌 자들이다. 게다가 지금은 숨을 죽이고 있지만 구대문파에도 어떤 무서운 고수가 숨어 있을지 모른다. 그래서 강호를 가리켜 하늘과도 같다 한다. 끝을 짐작키 어려운 높이도 그러하거니와 변화무쌍한 날씨처럼 늘 이변이 끊이지 않는 곳이기 때문이다."

호계상을 따라 임소하 역시 고개를 들었다. 그리고 한참 동안 말없이 하늘을 응시했다.

그렇게 얼마나 시간이 흘렀을까. 강호의 이야기에 흠뻑 취해 있던 임소하가 문득 손가락을 들어 코끝을 매만졌다. 콧잔등에 내려앉은 차가운 감촉. 조용히 내리기 시작한 눈이 묘한 감흥을 일으켰다.

반면 호계상은 인상을 찡그리며 한숨을 흘렸다.

"애구, 어쩐지 허리가 쑤시더라니……. 보아하니 이번에도 징그럽게 퍼부어대겠군."

자리를 털고 일어난 호계상이 주먹으로 허리를 두들겼다. 하지만 임소하는 여전히 그 자리에 앉은 채 대문 쪽을 응시할 뿐이었다.

호계상은 그녀의 얼굴에 떠오른 한줄기 근심을 읽어낼 수 있었다.

"걱정 마라. 그가 어떤 위인인데……. 조금만 지나면 피로 목욕을 한 모습으로 돌아올 것이다."

"피요?"

놀라 묻는 임소하를 향해 호계상이 슬쩍 웃음을 머금었다.

"그가 어디에 갔을 거라 생각하느냐? 아마도 흑점을 발칵 뒤집어놓았을 것이다. 그래도 너무 걱정할 것 없느니라. 당금 강호에 그를 감당할 수 있는 인물은 거의 없다고 하지 않았느냐?"

“그래도…….”

호계상의 말에도 임소하는 마음이 놓이지 않았다. 딱 꼬집어 말할 수는 없으나 가슴 깊은 곳에서 솟구치는 알 수 없는 불안함에 발길이 떨어지지 않았다.

그때였다.

대문이 열리며 피 칠갑을 한 인영이 들어섰다.

이에 호계상이 인상을 찡그렸다. 피로 목욕 운운한 것은 자신이었지만 정작 그런 단리백의 모습을 보니 자신도 모르게 진저리가 쳐진 까닭이다.

“쯧쯧, 적당히 좀 하지.”

호계상이 임소하를 바라보며 쓴웃음을 머금었다.

“봐라, 내가 뭐라 했느냐?”

그러나 임소하는 호계상의 말이 들리지 않았다. 분명 단리백이 틀림없었다. 하지만 어딘가 이상했다.

“의숙?”

조심스레 부르며 임소하가 단리백을 향해 다가섰다.

그 순간 임소하의 신형이 굳어졌다. 동시에 그녀의 심장이 쿵 소리를 내며 내려앉았다. 신형을 휘청이며 위태로운 모습으로 걸음을 옮기던 단리백이 그대로 무너지듯 눈밭 위로 쓰러졌기 때문이다.

제9장

설상가상(雪上加霜)

휘이이잉.

벽에 두드리는 바람 소리는 귀신의 호곡성처럼 을씨년스러웠다.

소리없이 내리던 눈은 어느새 눈보라로 변해 있었다.

이따금씩 창틈으로 새어 들어온 차가운 바람이 실내를 밝힌 촛불을 흔들었고, 임소하의 마음 역시 바람 앞의 촛불처럼 위태롭게 흔들리고 있었다.

"의숙……."

임소하가 나직이 단리백을 불렀다.

대답이 돌아올 리 만무했다. 의식을 잃은 지 벌써 두 시진

째, 단리백은 좀처럼 깨어날 기미를 보이지 않았다.

임소하는 조용히 손을 뻗어 단리백의 손을 잡았다. 얼음처럼 차디찬 손끝이 무겁게 마음을 짓눌렀다. 식은땀에 젖은 창백한 얼굴 역시 가슴을 아프게 찔러왔다.

덜컹!

이때 문이 열리며 호계상이 뛰어들 듯 안으로 들어섰다.

눈보라를 뚫고 온 그의 머리칼과 수염에는 얼어붙은 눈덩이가 주렁주렁 매달려 있었다. 그리고 그의 손에는 하얗게 질려 있는 중년인이 붙들려 있었다.

"여, 여기가 어디요?"

중년인의 음성에서 두려움이 묻어났다. 그도 그럴 것이, 눈보라 때문에 일찍 문을 닫고 잠을 청하려던 찰나에 갑자기 들이닥친 호계상에 의해 영문도 모른 채 끌려와야 했기 때문이다.

그의 이름은 조가원. 인근에 명의라고 소문난 조씨의가의 주인이었다.

"순순히 따라올 것 같지 않아서 억지로 데려왔다."

호계상의 말에 임소하는 고개를 끄덕였다. 태어나 이처럼 지독한 눈보라는 처음이었다. 조가원 역시 사람. 이렇게 살인적인 눈보라 속으로 어찌 나서고 싶겠는가.

"부탁드립니다. 저분을 구해주세요."

임소하의 간곡한 음성에 조가원의 눈빛이 흔들렸다.

"어디 한번 봅시다."

팔을 걷어붙인 조가원이 단리백이 누워 있는 침상으로 다가섰다. 그리고 손을 뻗어 이불을 젖혔다.

"헉!"

조가원의 입에서 헛바람이 터져 나왔다. 장포를 흠뻑 적시고도 모자라 침상을 흥건히 물들인 엄청난 양의 핏물 때문이었다. 하지만 이내 놀란 감정을 추스르고 양손을 뻗어 단리백의 장포를 움켜쥐었다. 그러자 걸레를 쥐어짜듯 붉은 핏물이 그의 손을 타고 흘러내렸다.

찌익!

힘주어 장포를 찢은 조가원의 눈빛이 침중하게 가라앉았다.

"으음……."

조가원이 신음을 흘리며 얼굴을 찌푸렸다. 적지 않은 세월을 의원에 종사한 그였지만 이처럼 지독한 부상은 처음이었다.

한 주먹이 넘는 살덩이가 뜯겨져 나간 어깨는 뼈가 보일 만큼 깊에 패어 있었고, 가슴을 비롯해 전신을 난자한 검상은 손가락이 들어갈 만큼 깊어 한눈에 보기에도 위중한 부상이 틀림없었다. 오히려 아직까지 숨이 붙어 있다는 것이 신기할 정도였다.

조가원은 단리백의 손목을 잡고 눈을 감았다.

“음?”

진맥을 하던 조가원의 얼굴에 이채가 떠올랐다. 조가원은 노련한 움직임으로 단리백이 입은 부상을 살피기 시작했다. 그리곤 자신도 모르게 탄성을 터뜨렸다.

“허어…….”

마음을 졸이며 그 옆을 지키고 있던 임소하가 자신도 모르게 다가섰다.

“상태가 어떤가요?”

임소하의 질문에 조가원이 황당한 얼굴로 단리백을 바라봤다.

“이처럼 기이한 상태의 환자는 처음이오. 맥박은 금방이라도 끊어질 것처럼 불규칙하나 알 수 없는 기운이 그의 명을 간신히 붙들고 있소.”

“그래서 살릴 수 있다는 말이오, 없다는 말이오?”

호계상이 조가원의 말을 자르며 끼어들었다.

“맥박이 상당히 불안정하긴 하지만 완전히 끊어지진 않았으니 방법이 있을 테지요. 외상도 극심하긴 하나 출혈도 멎은 상태고. 다만 목숨을 건진다 해도 온전히 사람 구실을 할 수 있으리란 보장은 없소.”

조가원의 말에 임소하의 얼굴이 급격히 어두워졌다.

이때 조가원이 임소하를 향해 입을 열었다.

“어찌 됐든 치료를 서둘러야 하오. 보아하니 예리한 병장

기에 당한 것 같은데, 제대로 소독하지 않아 화농(化膿:고름)
이 잡히고 있소."

조가원은 고개를 돌려 호계상을 바라봤다. 그리곤 혀를 차
며 입을 열었다.

"다짜고짜 끌고 오기 전에 환자의 상태부터 말했어야 할
것 아니외까? 약재도 없는 빈손으로 나더러 뭘 하란 말이오?"

"그게……."

난처한 얼굴로 말끝을 흐리는 호계상을 향해 조가원이 버
럭 고함을 질렀다.

"당장 내 처소로 가서 도화산(桃花散)과 금창철선산(金創
鐵扇散), 생기산(生肌散)을 찾아오시오. 문을 열고 들어가 왼
쪽 선반에 놓인 붉은 항아리가 도화산이고, 그 위에 흰색 자
기 병이 생기산이오. 금창철선상은 뚜껑에 이름을 적은 종
이를 붙여뒀으니 찾기 어렵지 않을 것이오. 그리고 소저
는……."

조가원이 임소하를 바라봤다.

"상처의 소독을 위해 감총전이 필요하오. 깨끗한 물에 감
초와 파뿌리를 넣고 달인 다음 식혀서 가져오시오. 서두르는
게 좋을 거요. 제때 치료하지 못하면 환부에 종창이 생겨 곪
기 시작할 테고, 그리되면 더욱 치료하기가 힘들 테니."

고개를 끄덕인 임소하가 재빨리 주방으로 달려가자 호계
상 역시 다시금 눈보라 속으로 신형을 날렸다.

이윽고 한참의 시간이 흘러 임소하가 펄펄 끓는 감충전을 가지고 방 안으로 들어섰다.

이에 조가원이 쓴웃음을 머금었다.

"그 뜨거운 걸 환자의 몸에 부을 생각이오? 일단 차갑게 식혀야지."

그 말에 임소하의 얼굴이 붉게 달아올랐다. 마음이 너무 급해 당연한 것도 생각하지 못한 것이다.

임소하는 감충전이 담긴 그릇을 밖에 내놓았다. 마침 밖엔 혹한의 바람이 몰아치고 있어 감충전은 금세 차갑게 식었다.

조가원은 조심스럽게 그릇을 기울여 단리백의 상처 위에 붓고 핏물과 고름을 씻어냈다.

때맞춰 호계상이 조가원이 언급했던 약들을 가지고 돌아왔다.

조가원은 우선 금창철선산을 화농이 맺힌 환부에 뿌려 고름을 빨아낸 다음 약간의 시간이 지나 다시 한 번 감충전으로 씻어내렸다. 그리고 소매 속에서 작은 목갑을 꺼내 들었다.

목갑 안에는 낚싯바늘 모양으로 휘어진 작은 바늘과 실이 들어 있었다. 촛불에 바늘을 달군 뒤 독한 술로 씻어내 소독을 마친 조가원은 단리백의 전신에 난자된 끔찍한 자상을 꿰매기 시작했다.

무려 한 시진에 걸친 봉합이 끝나자 조가원은 상처 위에 도화산과 생기산을 골고루 뿌린 다음 붕대를 감는 것으로 치료를 마쳤다.

"휴……."

조가원이 한숨을 쉬며 이마의 땀을 훔쳐 냈다.

그때까지 옆에서 숨을 죽이고 있던 호계상이 조심스레 말을 건넸다.

"끝난 거요?"

"일단 외상은 치료했으니 경과를 지켜보면 될 것이오. 피를 많이 흘려 맥박이 약한 것이 흠이긴 하지만 좋은 약을 복용하고 푹 쉬면 얼마 가지 않아 정신도 차릴 거요. 그리고 정신이 든다 해도 넉넉잡아 보름 정도는 움직이지 않는 것이 좋을 것이오. 무리하게 움직였다가 봉합한 상처가 다시 터지기라도 하면 더욱 골치 아플 테니."

조가원은 근처에 놓인 약들을 가리키며 사용법을 설명했다.

"붕대는 하루에 두 번 갈아주시오. 도화산은 지혈 작용을 하고 칠리산은 지통 작용이 있으니 상황에 따라 사용하면 될 것이오. 만약 화농이 심해지면 금창철선산으로 고름을 제거하고 감총전은 소독과 지통 작용이 있으니 여분이 떨어지지 않도록 늘 준비해 두시오. 피가 많이 나올 때는 여성금도산(如聖金刀散)을 붙이고 지혈서(止血絮)로 상처를 막아 피가 멎게 하면 되고, 생기산은 살을 돋게 하지만 남용하면 상처가 몹시 가려우니 적당량만 사용하시오. 내 의가에 돌아

가는 대로 타승고(陀僧膏)와 치료에 필요한 나머지 약들을
보내리다.”

조가원이 단리백을 돌아보며 설레설레 고개를 흔들었다.

“나 원, 저런 부상을 입고도 살아 있다니……. 지금껏 많은
환자를 보아왔지만 이 사람처럼 목숨이 질긴 사람은 처음이
오. 미약하게나마 가슴의 기복이 있었기에 망정이지 처음엔
웬 시체를 갖다 놓았나 했소.”

“그럼…….”

조가원이 빙그레 웃으며 임소하를 향해 고개를 끄덕였다.

“걱정할 것 없소. 그는 목숨을 건졌소이다.”

임소하의 어깨가 미미하게 떨리기 시작했다. 긴장이 풀어
지자 전신에서 힘이 빠져나간 것이다.

그런 그녀를 위로하듯 조가원이 웃으며 입을 열었다.

“왕진비(往診費)는 두둑히 치러야 할 것이오. 앞으로 들어
갈 약재 값이 만만치 않으니.”

“고맙습니다.”

조가원은 더없이 흡족한 웃음을 머금었다. 그렁그렁한 눈
물을 매단 채 화사한 미소를 짓고 있는 임소하의 모습을 보고
있자니 절로 기분이 좋아졌던 것이다. 혹한의 눈보라를 헤치
고 온 고생을 감수할 가치가 충분했다.

벌컥!

이때 돌연 창문이 요란하게 열리더니 차가운 눈보라와 함

께 매서운 바람이 방 안으로 쏟아져 들어왔다.

임소하는 재빨리 손을 뻗어 창문을 걸어 잠갔다. 하지만 문 틈으로 쓸려 들어온 눈보라가 이미 방 안을 난장판으로 만들어 버린 뒤였다.

근처를 더듬어 화섭자를 찾은 임소하가 다시금 촛불을 밝혔다.

"괜찮으세요?"

임소하의 질문에 호계상은 아무런 대답도 하지 않았다. 얼음처럼 싸늘한 표정으로 창밖을 주시할 뿐이었다.

"총관?"

"쉿."

손가락을 들어 입으로 가져간 호계상이 천천히 손목에 차고 있던 혈영음도를 풀어 내렸다. 희미하긴 했으나 바람 속에 섞여 있는 살기를 느꼈기 때문이다.

이때 가만히 서 있던 조가원의 신형이 천천히 기울어졌다.

쿠웅!

호계상과 임소하가 동시에 고개를 돌렸다.

조가원은 바닥에 쓰러진 채 미동도 하지 않고 있었다. 순간 그의 등을 삐죽이 뚫고 나온 날카로운 물체가 눈에 들어왔다. 동시에 조가원의 주위로 붉은 핏물이 번지기 시작했다.

호계상이 급히 조가원을 잡아 일으켰다. 그리곤 이내 와락 인상을 일그러뜨렸다.

"젠장! 어느 틈에!"

흑색이 감도는 한 자루 철시(鐵矢)가 조가원의 심장을 관통하고 있었다.

쉬쉬쉬쉭!

이때 또다시 여러 개의 파공음이 들려왔다. 호계상의 손에 들려 있던 면도가 벼락같이 휘둘러진 것도 거의 동시였다.

창문을 뚫고 쇄도해 오던 네 대의 철시가 은빛 장막에 가로막혔다.

따다다당!

귀청이 떨어질 것 같은 차가운 금속성이 연달아 터져 나왔다. 임소하와 호계상을 노리고 있던 네 자루의 화살이 허공으로 튕겨진 순간,

팟!

호계상은 그대로 면도를 휘둘러 촛불을 꺼버렸다.

주위가 어둠에 잠기자 더 이상 화살은 날아오지 않았다. 하지만 호계상은 주변에서 느껴지는 살기가 더욱 짙어지고 있음을 깨달았다.

평소라면 화살의 파공음만으로도 적이 숨어 있는 방향을 짐작했을 테지만 요란하게 울어대는 바람 소리와 부서진 창문으로 쏟아져 들어오는 눈보라로 인해 이마저도 쉽지 않았다.

'한 놈이 아니다.'

도처에서 산만하게 느껴지는 인기척으로 미루어 암수(暗手)는 적어도 두 명 이상이 분명했다.

피잉!

이때 또다시 한줄기 파공음과 함께 철시가 날아들어 벽에 틀어박혔다.

순간 호계상의 눈빛이 번뜩였다.

콰앙!

돌연 호계상이 신형을 날리더니 창문을 뚫고 나갔다. 그리곤 이내 바람 소리와 섞인 금속성과 고함 소리, 신음성이 터져 나오기 시작했다. 하지만 이도 잠시, 점차 멀어지기 시작한 소음은 어느 순간 들리지 않게 되었다.

"총관!"

임소하가 소리쳐 호계상을 불렀으나 호계상의 대답은 들려오지 않았다. 무심한 바람 소리만이 깜깜한 장내를 가득 메우고 있을 뿐이었다.

임소하는 재빨리 의자를 쌓아 창문을 막았다.

"……!"

순간 임소하의 신형이 석상처럼 굳어졌다. 정확히 설명할 순 없었으나 알 수 없는 묘한 위화감이 그녀의 신경을 긁어댔다.

임소하는 천천히 돌아섰다. 그러자 어둠 가운데 번뜩이는 한 쌍의 눈과 시선이 마주쳤다.

"이상하군. 무공을 익히지 않았다고 들었는데 어떻게 내 기척을 알아챈 거지?"

전신에 소름이 돋는 음성이었다.

순간 목소리의 주인이 서슬 퍼런 눈빛을 흘리며 임소하에게 다가섰다.

"이것 참, 귀찮게 됐군. 이봐, 아가씨. 비켜주지 않을래? 난 그자의 목이 필요하거든."

임소하는 질끈 입술을 깨물었다.

"그럴 수 없어요!"

단호한 그녀의 음성에 사내는 일순 주춤하는가 싶더니 이내 웃음을 머금었다. 어둠 속에서 빛나는 새하얀 이빨. 그러나 그 안에 담긴 것은 명백한 살의(殺意)였다.

피잉!

미간을 노리며 날아든 철시를 있는 힘껏 쳐낸 호계상이 곧장 어둠 속으로 신형을 날렸다.

촤라락!

호계상이 휘두르는 손을 따라 두 자루의 혈영음도의 현란한 은백색 도신이 허공을 휘저었다.

"제길."

이번에도 칼끝에 걸리는 게 없었다. 아무리 눈보라로 인해 이목이 흐려졌다곤 하나 이처럼 수월하게 자신의 칼을 피하는 적들의 신법은 호계상조차 인정하지 않을 수 없었다. 그들은 이십여 장의 거리를 유지한 채 철시를 쏘아대고 있었는데 호계상은 아직 그들의 얼굴조차 확인하지 못했다.

하지만 언제까지 이처럼 술래잡기만 할 순 없는 노릇.

호계상이 양팔을 늘어뜨리며 눈을 감았다. 그리고 적의 기척과 위치를 파악하기 위해 모든 신경을 청각에 집중했다.

그렇게 얼마나 시간이 흘렀을까.

"거기냐!"

돌연 고함 소리와 함께 호계상이 벼락처럼 양손을 휘둘렀다.

까앙!

차가운 금속성과 함께 혈영음도가 휘청였다. 동시에 손목까지 시큰해지는 묵직한 충격이 전해졌다.

뜻밖의 고강한 상대의 내력에 호계상은 내심 놀라움을 금치 못했다. 하나 물러설 수 없었다. 간신히 잡은 기회를 놓칠 수 없었기 때문이다. 상대 역시 더욱 경각심을 높일 것이고, 그가 이대로 달아나 눈보라 속에 숨어버리면 기척을 감지하는 것이 더욱 어려워질 것이 분명했다.

파락!

호계상이 손목을 비틀자 혈영음도의 얇은 도신이 한차례

낭창이나 싶더니 허공에서 급격히 도첨을 틀었다. 그리곤 먹이를 노리는 독사처럼 흐릿한 인영의 옆구리와 등을 파고들었다.

'걸렸다!'

호계상은 회심의 미소를 머금었다. 이처럼 십성의 공력을 실어 펼쳐 낸 회룡점두(回龍點脰)의 초식을 피해낸 이는 지금까지 전무했던 까닭이다.

아니나 다를까.

예상치도 못한 궤도로 날아드는 두 자루의 혈영음도 앞에 인영은 몹시 당황한 것 같았다.

하지만 이도 잠시, 어둠 속에서 한줄기 섬광이 번뜩였다.

카캉!

쿵쿵쿵!

도신을 타고 올라와 어깨까지 마비시키는 엄청난 충격을 견디지 못하고 호계상은 세 걸음이나 물러서고 말았다.

호계상의 눈에 은은한 경악의 빛이 떠올랐다.

그 순간 귀에 익은 음성이 들려왔다.

"망할! 나요, 나! 확인도 하지 않고 다짜고짜 칼부터 휘두르면 어떡하오?!"

호계상의 얼굴이 와락 일그러졌다.

"종령?"

"그럼 누구겠소?"

씩씩거리며 호계상에게 다가선 인물. 그는 다름 아닌 가종
령이었다. 그의 옷은 옆구리쯤이 길게 찢어져 맨살이 드러나
있었고, 그 사이로 살짝 긁힌 상처가 눈에 띄었다.

"이놈아! 인기척이라도 내야 할 것 아니냐?"

호계상의 호통에 가종령은 어이없는 표정을 지었다.

"인기척을 낼 시간이나 줬소?"

쉬익!

가종령의 말이 끝나기가 무섭게 매서운 파공음이 공기를
찢었다.

이번엔 목이었다. 호계상은 급히 면도를 휘둘러 철시를 쳐
냈다.

캉!

방향을 잃은 철시가 바닥에 아무렇게나 처박혔다. 하나 이
내 호계상은 눈을 부릅떴다. 분명히 철시를 걷어냈건만 목을
노리고 날아드는 날카로운 예기는 사라지지 않았던 것이다.

'아뿔싸!'

호계상은 깨닫는 바가 있었다. 영악하게도 적은 연달아 두
대의 철시를 날린 것이다. 그것도 같은 궤도, 같은 속도로. 파
공음이 하나뿐이어서 먼저 쏘아진 화살 뒤에 숨겨진 다른 화
살을 놓쳐 버렸다.

이때 호계상의 눈앞에서 새파란 불꽃이 튀어 올랐다.

따앙!

그리고 이어진 충격음.

방향이 틀어진 화살은 호계상의 목을 비껴 옷자락을 찢는 데 그쳤다.

호계상은 자신의 전면을 막아선 가종령의 모습에 놀란 가슴을 쓸어내렸다. 가종령이 화살을 쳐내지 않았다면 이미 황천에 발을 내딛고 말았을 것이다. 하지만 이어진 가종령의 말에 잠시나마 가졌던 고마운 마음이 확 달아나 버렸다.

"참나, 백대고수 맞소? 이런 애들 장난 같은 술수에 속다니."

"이놈아! 누가 도와달래? 시키지도 않은 일 가지고 생색이야, 생색은!"

그러나 가종령은 손을 들어 한곳을 가리켰다.

"저쪽이오. 인원은 두 명, 거리는 사십 장쯤 될 것 같소."

호계상의 눈에 언뜻 놀라운 감정이 떠올랐다. 자신조차 감지하지 못한 적의 기척을 정확히 파악해 낸 가종령의 실력. 이는 분명 자신보다 높은 무위를 지니고 있음을 반증하는 것이었기 때문이다.

먼저 신형을 날린 것은 가종령이었다. 이에 뒤질세라 호계상도 신형을 날렸다.

맞서 싸울 생각이 없었는지 그들은 자신들의 위치가 발각되자 주저 않고 달아나기 시작했다.

"놈들이 내뺀다!"

"북동쪽으로 방향을 틀었소."

호계상의 외침에 가종령이 차분히 대답했다.

적들의 경공은 그리 뛰어난 편이 아니어서 호계상은 순식간에 그들과 거리를 좁힐 수 있었다. 경공만큼은 아직 호계상에게 뒤떨어지는 듯 가종령은 오 장의 거리를 두고 따르고 있었다.

불과 십여 장의 거리를 남겨두고 있을 때 호계상은 흐릿하게나마 흑의를 걸친 그들의 모습을 육안으로 확인할 수 있었다.

그 순간 꼬리를 잡힌 흑의인들이 갑자기 신형을 돌리며 철시를 날렸다.

쉭! 쉭!

호계상의 눈이 차갑게 번뜩였다. 허공을 가르는 바람 소리가 예사롭지 않았기 때문이다.

호계상은 급히 혈영음도를 휘둘렀다.

카캉!

아니나 다를까, 조금 전과는 확연히 다른 화살의 위력이 느껴졌다. 화살을 막느라 호계상이 잠시 주춤한 사이 흑의인들과의 거리는 더욱 벌어졌다.

"놓칠 것 같으냐!"

호계상의 신형이 일순 엿가락처럼 길게 늘어지나 싶더니 이십여 장의 거리를 순식간에 압축했다. 하지만 그 순간 또다시 철시가 날아들었다.

"칫!"

호계상의 입에서 신경질적인 쇳소리가 흘러나왔다. 그도 그럴 것이, 시간이 지날수록 흑의인들이 날리는 화살의 위력은 더욱 강해지고 있었던 것이다. 뿐만 아니라 이전과는 확연히 비교될 만큼 정교한 각도로 날아드는 화살은 쳐내기가 몹시 까다로워지고 있었다.

"잠깐! 뭔가 이상하지 않소?!"

등 뒤에서 가종령이 외치는 소리가 들렸으나 호계상은 이를 무시했다. 흑의인들과의 거리는 불과 삼 장 정도만을 남겨놓고 있었기 때문이다. 흑의인들을 쫓고, 그들이 날리는 화살을 쳐내고, 다시 쫓는 과정이 십여 차례나 반복된 이후에 간신히 좁힌 거리였다.

"잡았다!"

흑의인들과의 거리가 일 장까지 좁혀지자 호계상은 득의한 웃음을 터뜨리며 혈영음도를 휘둘렀다.

피잉!

진기가 실린 혈영음도는 흑의인들의 등을 향해 일직선으로 쭉 뻗어 나갔다.

자신들의 등을 노리는 날카로운 예기를 느꼈음인지 그들은 들고 있던 활을 던지며 동시에 신형을 돌렸다. 어느새 그들의 손에는 끝이 바늘처럼 날카로운 협봉검(狹鋒劍)이 들려 있었다.

카라라락!

호계상과 흑의인들 사이에서 거친 금속성이 연달아 터져 나왔다.

혈영음도를 막아낸 두 사람은 훌쩍 일 장 정도를 물러섰고, 더 이상 달아날 생각을 포기했는지 우두커니 서서 호계상을 응시하고 있었다.

"흐흐, 네놈들이 뛰어봐야 벼룩이지."

호계상이 웃음을 흘리고 있을 때 뒤늦게 도착한 가종령이 딱딱하게 굳은 얼굴로 주위를 둘러봤다.

"우린 함정에 걸렸소."

"함정? 무슨 소리냐?"

호계상의 반문에 가종령은 대답 대신 한곳을 가리켰다.

가종령이 가리킨 방향으로 고개를 돌린 호계상의 얼굴에서 웃음이 사라졌다. 동일한 복색을 갖춘 열네 명의 흑의인이 눈보라 속에서 천천히 걸어나오고 있었기 때문이다.

비로소 호계상은 처음 달아났던 두 명의 흑의인이 이곳까지 자신들을 유인했음을 깨달았다.

"네놈들은 누구냐?"

호계상이 질문을 던졌으나 어느 누구 하나 대답하는 이가 없었다. 다만 호계상과 가종령을 에워싸듯 포위한 채 무심한 눈빛을 던지고 있을 뿐이었다.

호계상은 가슴이 답답해지는 것을 느꼈다. 그들 개개인은 마치 한 자루 잘 벼려놓은 칼을 보는 듯했다. 어기상인의 경지에 이르지 않고서는 지닐 수 없는 기파였다. 하지만 이내 의아함을 금할 수 없었다. 수적인 우위를 점하고 있음에도 불구하고 흑의인들은 자신들을 공격할 의사가 없어 보였던 것이다.

'어디?'

이를 이상하게 여긴 호계상은 슬쩍 그들을 건드려 보려 마음먹었다.

츠팟!

돌연 호계상 주위로 눈보라가 일더니 두 줄기 강맹한 도기가 허공을 갈랐다. 그리곤 곧장 흑의인들을 덮쳐 갔다.

순간 호계상의 전면에 서 있던 흑의인이 협봉검을 휘두르며 앞으로 나섰다.

따당!

흑의인이 뿌린 검기와 호계상의 도기가 부딪쳐 와해되면서 경쾌한 음향이 허공에 울려 퍼졌다. 하지만 그뿐이었다. 호계상의 도기를 흩어낸 흑의인은 반격조차 하지 않은 채 다시금 제자리로 돌아갔다.

이때 가종령이 목소리를 낮춰 호계상에게 입을 열었다.

"아무래도 이들의 목적은 우리를 이곳에 묶어두는 것 같소."

"그렇다면?"

호계상의 가슴이 철렁 내려앉았다. 지금 흑암보에는 혼절한 단리백과 무공을 모르는 임소하 둘뿐이었다.

"돌파한다!"

호계상의 말에 가종령이 고개를 끄덕였다.

호계상이 막 뛰쳐나가려는 순간이었다.

덥석.

호계상은 자신의 어깨를 붙든 가종령을 의아한 눈으로 바라봤다.

"왜?"

"그전에……."

가종령이 호계상을 향해 손을 내밀었다.

"칼 한 자루 빌려주시오."

호계상이 인상을 찡그리자 가종령은 들고 있던 식칼을 휙 던지며 다그치듯 호계상을 바라봤다.

"제대로 된 무기가 필요하오."

호계상은 마지못해 한 자루의 혈영음도를 가종령에게 건넸다.

혈영음도를 받아 든 가종령은 잠시 도신의 길이를 가늠하나 싶더니 호계상이 말릴 틈도 주지 않고 수도(手刀)를 들어 도신의 중간을 내려쳤다.

쩡!

차가운 음향과 함께 혈영음도가 잘려 나가며 넉 자 정도의 길이로 짧아졌다.

"적당하군."

"이놈아! 대체 무슨 짓이야?"

노발대발하는 호계상을 거들떠보지도 않고 가종령은 흑의 인들을 향해 신형을 날렸다.

호계상이 그 뒤를 따르며 고래고래 소리를 질렀다.

"이놈! 물어내라! 반드시 물어내야 한다!"

하나 이도 잠시, 호계상은 벼락을 맞은 듯 부르르 몸을 떨었다. 그리고 눈을 부릅뜬 채 가종령이 들고 있는 토막 난 도를 응시했다. 도신을 휘감은 채 안개처럼 일렁이던 옥색 서기가 한순간 짙은 빛을 뿌리나 싶더니 한 자가량 죽 늘어나며 뚜렷한 검의 형체를 갖추고 있었던 것이다.

'도강(刀罡)!'

호계상은 벌어진 입을 다물 수 없었다.

"너, 너 이놈! 대체 정체가 뭐냐?!"

호계상은 대답을 들을 수 없었다. 그의 말이 끝나기가 무섭게 가종령이 흑의인들과 격돌했기 때문이다.

잔인한 미소를 입가에 매단 채 대규는 임소하를 향해 성큼 다가섰다.

"곤란한걸. 힘없는 계집을 핍박하는 건 영 내키지 않는데 말이야.”

말과 달리 대규는 손에 들린 협봉검을 들어 임소하의 눈앞에서 위협적으로 흔들었다.

뾰족한 칼끝이 눈앞을 어지럽히자 임소하는 왈칵 두려움이 밀려왔다. 하지만 물러설 수 없었다.

임소하는 힐끔 고개를 돌려 단리백을 바라봤다. 의식을 잃은 채 시체처럼 누워 있는 단리백의 모습이 더없이 아프게 가슴에 파고들었다.

‘의숙······.’

임소하가 주먹을 움켜쥐었다. 그리고 오기 어린 눈빛으로 대규를 노려봤다.

“아무리 당신이 겁을 준다 해도 난 물러서지 않을 거예요.”

오연한 임소하의 음성에 대규는 피식 웃음을 흘렸다. 그리곤 천천히 손을 움직여 날카로운 검끝을 임소하의 어깨에 갖다 댔다.

“그래, 그 마음 변치 말라고.”

이죽거리는 대규의 음성에 임소하는 말없이 그를 노려볼 뿐이었다.

대규가 들고 있던 협봉검에 천천히 힘을 넣었다.

“······!”

어깨에서 시작한 극렬한 통증 앞에 임소하의 고운 아미가 한껏 찌푸려졌다. 그런 그녀의 모습에 대규는 잔인한 웃음을 머금었다. 그리고 천천히 협봉검을 그녀의 어깨에 찔러 넣었다.

협봉검이 파고들자 임소하의 상의 위로 금세 핏물이 번져 가기 시작했다.

주르륵.

고통을 참느라 질끈 깨문 입술 사이로 한줄기 핏물이 흘러나왔다. 하지만 임소하는 여전히 제자리를 지킨 채 한 걸음도 물러서지 않았다. 심지어 신음조차 흘리지 않았다.

대규의 눈빛이 잔혹하게 번뜩인 것도 그때였다. 협봉검이 두 치쯤 그녀의 어깨에 박혔을 때 그는 검끝을 살짝 비틀었다. 하지만 이내 의외란 얼굴로 임소하를 바라봤다.

그가 협봉검으로 찌른 견정혈(肩井穴)은 약간의 자극에도 엄청난 고통을 유발하는 혈도였다. 게다가 그는 단순히 협봉검을 비튼 것이 아니라 내력을 실어 혈도를 자극하는 고명한 고문 수법을 사용했다. 웬만한 무인조차 거품을 물고 혼절해야 마땅할진대 임소하는 여전히 그 자리에 이를 악문 채 서 있었던 것이다.

대규의 얼굴 위로 마뜩찮은 빛이 떠올랐다.

파리하게 질린 표정으로 봐선 분명 상당한 고통을 겪고 있음이 분명한 데도 임소하는 조금도 물러설 기미를 보이지 않았다.

이때 고통에 인상을 찡그린 채 임소하가 협봉검의 검신을 와락 움켜쥐었다.

"의숙을… 해치게 놔두지 않을 거야……."

"가당치도 않은 짓을."

힘겹게 입을 여는 임소하의 모습에 대규는 차가운 웃음을 날렸다. 그리곤 협봉검을 힘껏 잡아당겼다.

"악!"

촤악!

임소하의 비명 소리와 함께 자욱한 피보라가 뿌려졌다. 칼날이 훑고 간 임소하의 손바닥은 뼈가 보일 만큼 길게 찢어져 있었다. 그럼에도 불구하고 임소하는 앞으로 넘어지는 순간 양손으로 힘껏 대규의 다리를 끌어안았다.

순간 대규의 얼굴에서 웃음기가 사라졌다.

"이 계집이!"

짜악!

임소하의 얼굴이 홱 돌아갔다.

"이게 감히 어디다 더러운 피를 묻혀?"

퍼억!

대규가 무릎을 걷어올리자 임소하의 신형이 허공으로 튕겨졌다.

쿵!

집기들을 박살 내며 내동댕이쳐진 임소하의 신형이 단리

백이 누워 있는 침대에 부딪쳤다. 그런 그녀를 향해 대규가 다가섰다.

협봉검을 들어올린 대규의 눈에 살기 어린 안광이 번뜩였다.

질끈 눈을 감은 임소하는 몸을 날려 단리백을 끌어안았다. 자신의 몸을 방패 삼아 조금이라도 단리백을 보호하고 싶었던 것이다.

부질없는 짓이란 것을 임소하 역시 잘 알고 있었다. 자신이 목숨을 던진다 해도 고수의 검 앞에서는 미봉책에 불과하다는 사실도. 하지만 달리 방법이 없었다.

'미안해요, 의숙.'

쉬익!

등 뒤에서 들려온 섬뜩한 파공음!

임소하는 죽음을 각오했다. 그러나 한참이 지나도 고통이 느껴지지 않아 슬며시 눈을 떴다.

고개를 돌려 대규를 바라본 그녀의 눈에 의아함이 서렸다. 비틀거리며 물러서는 대규의 모습이 어딘가 어색했기 때문이다.

뒤늦게 대규의 어깨를 관통하고 있는 협봉검을 발견한 임소하는 놀란 눈으로 그를 바라봤다.

반면 대규는 경악 어린 눈으로 자신의 어깨를 응시했다.

"어떻게 이런……."

귀신에 홀린 것만 같았다. 한순간 알 수 없는 기이한 기류가 협봉검을 옭아매나 싶더니, 자신의 의지와 상관없이 검이 튀어 올라 어깨를 뚫어버린 것이다.

이때 대규는 무언가 따가운 시선을 느끼고 고개를 번쩍 쳐들었다. 그 순간 대규는 전신의 털이 곤두서는 기이한 경험을 했다.

자신을 응시하는 한 쌍의 차가운 눈. 얼음처럼 차가운 살기를 뿌리는 위압적인 눈빛과 마주한 순간 가슴이 진탕되며 다리에 힘이 풀리는 것을 느꼈다.

이때 갑자기 눈앞에서 희끗한 붉은빛이 번뜩이나 싶더니 대규는 마치 거대한 망치에 가슴을 얻어맞은 것 같은 충격을 느꼈다.

"왁!"

콰지직!

한 사발이 넘는 피를 토한 대규의 신형이 벽을 부수며 주르륵 밀려났다. 바닥에 깊은 족적을 새기며 이 장이나 물러선 대규는 그대로 아름드리나무에 부딪쳤다.

쿠웅!

충격을 견디지 못한 나무가 크게 휘청이며 그 위에 쌓여 있던 눈 더미가 와르르 쏟아져 대규의 전신을 내리눌렀다.

임소하는 어찌 된 영문인지 몰라 크게 당황했다. 처음엔 호계상이 돌아왔다 생각했지만 그 어디에서도 그의 모습은 보이지 않았다.

그때였다.

"비켜……. 숨을 쉴 수 없잖아."

임소하는 천천히 고개를 돌렸다. 창백한 얼굴로 자신을 바라보는 단리백의 모습이 눈에 들어왔다.

"의숙!"

창백한 임소하의 얼굴을 잠시 물끄러미 바라보던 단리백은 손으로 침상을 짚어 천천히 신형을 일으켰다. 그러던 어느 순간 단리백의 눈에서 섬전 같은 안광이 폭사되었다. 퉁퉁 부어오른 임소하의 뺨에 남겨진 붉은 손자국과 피투성이가 된 어깨를 발견했기 때문이다.

어찌 된 영문인지를 깨닫는 데는 그리 오랜 시간이 걸리지 않았다.

"으득!"

한차례 이빨을 갈아붙인 단리백이 침상 아래로 내려섰다.

순간 그의 가슴을 동여매고 있던 면포가 붉게 물들며 핏물이 번져 가기 시작했다. 봉합했던 상처가 다시 벌어진 것이다.

이를 발견한 임소하가 단리백의 손을 붙들었다.

"안 돼요, 지금 움직이시면!"

단리백은 말없이 임소하의 손을 응시했다. 손바닥이 길게 찢어져 핏물이 흥건했다. 이를 바라보던 단리백의 분노가 비등점을 넘어섰다.

"걱정하지 마라, 네가 걱정할 만큼 위중한 부상이 아니니."

임소하의 어깨를 가볍게 두드린 단리백은 대규가 뚫고 나간 벽을 향해 걸음을 옮기기 시작했다.

퍼엉!

단리백이 막 눈보라 속으로 들어섰을 때 폭음과 함께 눈 더미가 비산했다. 그리고 흩날리는 눈 더미 사이로 야차처럼 얼굴을 일그러뜨린 대규가 모습을 드러냈다.

대규는 자신의 어깨를 관통한 협봉검을 움켜잡았다. 그리곤 이를 악문 채 손잡이를 쑥 잡아당겼다.

"크윽!"

고통스런 신음을 흘리기도 잠시,

"다 죽어가던 놈이 어떻게 이런 신위를……."

은은하게 떨리는 대규의 음성은 두려움에 질려 있었다.

하나 이때 그의 눈에 들어온 것이 있었다. 시체처럼 창백한 단리백의 얼굴과 가슴을 동여맨 붕대 위로 선연히 번져 가는 핏물, 보일 듯 말 듯 흐르는 입가의 선혈이 그것이었다.

가만히 단리백을 응시하던 대규가 갑자기 협봉검을 휘둘렀다.

퍽!

미약한 충격음과 함께 단리백의 신형이 크게 휘청였다. 그리고 잠시 후 단리백의 허벅지에서 진한 핏물이 솟구쳤다. 동시에 대규의 입가에 슬며시 웃음이 떠올랐다.

분명 단리백이 내뿜는 살기는 그로선 듣도 보도 못한 무시무시한 것이었다. 하지만 그뿐이었다. 물론 처음에 당한 일격은 단번에 내부를 진탕시켜 버릴 만큼 위력적이었으나 지금의 단리백은 서 있는 것조차 버거워 보였다.

"크큭, 그럼 그렇지. 역시 허장성세(虛張聲勢)였어."

그의 짐작대로였다.

의식을 잃은 와중에도 눈앞의 살기에 본능적으로 암경을 일으켰으나 내상을 입은 상태에서 무리하게 내공을 끌어올린 탓에 간신히 억눌러 두었던 내상이 다시 발작을 일으켰다.

단리백은 기광이 일렁이는 눈으로 대규를 노려보았다.

끓어오르기 시작한 기혈로 인해 속이 울렁거리는 것은 참을 수 있었다. 통제를 벗어나 미친 듯이 날뛰는 진기 때문에 기맥이 뒤틀리는 고통도 견딜 수 있었다. 그러나 자신의 눈앞에서 득의만면한 웃음을 머금고 있는 벌레 같은 존재는 절대 참을 수 없었다.

뽀드득.

단리백의 발밑에서 부서진 눈이 비명이 터뜨렸다.

순간 대규의 눈이 이채를 발했다. 단리백의 손에 들려 있는 우윳빛 비도를 발견했기 때문이다.

"월광비?"

월광비를 바라보는 대규의 눈에 탐욕의 빛이 일렁였다. 십대고수의 한 명인 단리백을 죽이면 그의 빈자리에 자신의 이름을 올릴 수 있을 것이다. 게다가 무림칠대기보 중 하나인 월광비까지 덤으로 얻을 수 있다니, 그로선 두 번 다시 없을 기회였다.

탐욕이 앞선 대규가 일순 긴장의 끈을 늦췄을 때였다. 단리백은 그 찰나의 틈을 놓치지 않았다.

쾌애액!

단리백의 손을 떠난 한 자루 월광비가 삼 장의 거리를 단번에 압축했다.

"헉!"

헛바람을 토한 대규가 황급히 뒤로 물러섰다.

힘이 부족했기 때문일까. 단리백이 던진 월광비는 예상했던 것보다 현저히 위력이 떨어졌다. 뿐만 아니라 정확성도 부족해 대규의 발치에서 한 자쯤 떨어진 바닥에 꽂히고 말았다.

"놀라게 하고 있어!"

일순 겁을 먹었던 자신에게 화풀이하듯 대규가 검기를 날렸다.

츠츠츳!

자신을 향해 날아드는 검기를 바라보며 단리백은 이를 악물었다.

'이대도강(李代桃殭)!'

갈수록 심해지는 내상으로 인해 암경은커녕 내공을 이용한 어떤 무공도 사용할 수 없는 단리백에게 있어 살을 내주고 뼈를 베는 고육지책 외에는 달리 방법이 없었다.

단리백은 오히려 검기 속으로 뛰어들었다.

퍽!

어깨가 떨어져 나갈 듯한 통증이 느껴졌다. 그러나 다행히 팔은 움직일 수 있었다.

쉭쉭!

두 자루의 월광비가 단리백의 손을 떠났다. 하지만 대규를 맞히기엔 무리였다. 허공을 가른 월광비는 대규를 빗나가 근처의 땅바닥에 깊숙이 꽂혀 버렸다.

균형을 잃은 상태에서 월광비를 던진 단리백의 신형이 휘청였다. 그 순간을 놓치지 않고 대규는 단번에 거리를 좁혀왔다.

피잉!

협봉검이 날아들었다.

단리백의 목을 향해서였다.

서 있기조차 힘겨운 듯 허리를 구부린 단리백이 날아드는 검끝에 손을 가져다 대었다.

그 순간 믿을 수 없는 일이 벌어졌다. 그저 협봉검의 검극을 툭 건드렸을 뿐인데 협봉검을 쥐고 있던 대규의 신형이 팽

이처럼 허공에서 한 바퀴 회전하더니 바닥에 거칠게 내동댕이쳐진 것이다.

쿠웅!

"컥!"

전신을 찌르르 울리는 충격에 대규는 경악을 금치 못했다.

'이게 대체 무슨 사술이지?'

그러나 놀라고 있을 틈이 없었다. 단리백의 손이 살아 있는 뱀처럼 자신의 팔을 감아오고 있었던 것이다.

체면이고 뭐고 따질 겨를이 없었다. 나려타곤(懶驢打滾)의 수법으로 급히 바닥을 구르며 대규는 있는 힘껏 장력을 쳐냈다.

우드득.

쾅!

이질적인 두 개의 음향이 울려 퍼지나 싶더니 단리백의 신형이 주르륵 뒤로 밀려났다.

일 장 정도를 굴러 벌떡 일어난 대규는 황급히 자세를 바로잡았다. 하지만 이미 그의 오른팔은 팔꿈치 아래로 탈골이 되어 연체동물처럼 흐느적거리고 있었다.

대규가 노한 눈으로 단리백을 노려보았다.

단리백의 상태도 그리 좋은 편은 아니었다.

갈가리 찢겨진 붕대 사이로 드러난 가슴에서는 선명한 장인이 찍혀 있었고, 허리가 뒤로 크게 젖혀진 채 입에서는 피분수를 뿜어내고 있었다. 실제로 단리백의 상태는 걷잡을 수 없을 만큼 악화일로(惡化一路)로 치닫고 있었다.

협봉검을 왼손으로 고쳐 잡은 대규는 조금 전 위험했던 순간을 떠올리자 가슴이 서늘해졌다. 그리고 흉험하기 그지없던 곽자문과 단리백의 근접전을 기억해 냈다.

두 번 다시 접근을 허용하지 않으리란 다짐을 하며 대규는 대지를 박차 단리백과 멀찍이 거리를 두었다.

천천히 검을 대각선으로 늘어뜨린 대규의 모습에서 단리백은 침음성을 삼켰다. 오 장이나 떨어져 있음에도 불구하고 검끝에 모아지는 서늘한 예기에 피부가 따끔거렸기 때문이다.

"차압!"

기합을 터뜨리며 대규가 검을 휘두르자 지금까지와는 비교되지 않는 검기가 무수한 칼바람을 남기며 짓쳐들었다.

단리백은 검기를 피하려 들지 않았다. 대신 연달아 네 개의 월광비를 던졌다.

찌이이익!

비단 폭이 찢어지는 듯한 음향이 사위를 집어삼켰다. 월광비는 본래 호신강기를 전문적으로 파괴하는 병기. 월광비에 닿은 검기는 그대로 와해되며 허공에 흩어졌다. 하지만 네 자루의 월광비만으로 비처럼 쏟아지는 모든 검기를 와해시키긴 무리였다.

퍼버버벅!

검기에 한 번씩 격중될 때마다 단리백의 몸에서는 어김없이 핏물이 뿜어졌다.

반면 대규는 월광비를 피하려고조차 하지 않았다. 애초부터 월광비는 자신을 크게 비껴가 있었기 때문이다.

"흐흐, 이제 하나밖에 남지 않았군."

단리백의 오른손에 들려 있는 마지막 월광비를 바라보며 대규가 웃음을 터뜨렸다.

이에 아랑곳하지 않고 단리백은 있는 힘껏 월광비를 날렸다.

쌔애액!

지금까지와는 판이하게 다른 파공음에 대규의 안색이 굳어졌다. 허공을 가르는 우윳빛 잔영은 눈으로 쫓기도 힘들 만큼 가공할 속도를 지니고 있었다. 뿐만 아니라 이번엔 정확히 자신의 심장을 향해 날아들고 있었다.

"큭!"

짧은 신음과 함께 대규는 황급히 옆으로 신형을 틀었다.

찌익!

찢겨진 옷자락이 허공에 나풀거렸다.

그때였다.

"……!"

회심의 미소를 머금고 있던 대규의 얼굴이 갑자기 굳어졌다. 옷자락을 찢으며 아슬아슬하게 비껴갔던 월광비가 돌연한 바퀴 커다란 원을 그리며 숏구치더니 그대로 정수리를 향해 떨어졌던 것이다.

"제기랄!"

전혀 예상치 못한 월광비의 움직임에 대규는 젖 먹던 힘을 다해 상체를 젖혔다.

팔랑.

잘려진 몇 가닥 머리칼이 바람에 휩쓸려 날아갔다. 순간 가슴을 훑고 지나가는 화끈한 느낌!

비록 스친 것에 불과했으나 가슴이 쩍 벌어지며 피분수가 숏구쳤다.

비틀거리며 물러선 대규가 단리백을 잡아먹을 듯이 노려봤다.

"이 한 수를 노리고 있었던 것인가? 하지만 아깝게 됐군. 이제 남은 월광비가 없지, 아마?"

이죽거림도 잠시.

어둠 속에서 일렁이는 귀화(鬼火)와도 같은 눈빛을 발견한 대규의 몸이 그 자리에 얼어붙었다. 거대한 빙하처럼 전신을 찍어누르는 압도적인 기파에 위축되어 손가락 하나 까딱할 수 없었던 것이다.

분명 자신이 우세를 점하고 있었다. 하지만 이처럼 기이한 불안감은 무엇이란 말인가?

이성과 본능적인 두려움 사이에서 혼란을 느끼고 있던 대규는 문득 웅웅대며 울어대는 바람 소리에 미묘한 소리가 뒤섞여 있음을 깨달았다.

대규는 황급히 주위를 둘러봤다. 하지만 시야를 어지럽히는 눈보라만 가득할 뿐 아무것도 보이지 않았다.

그때였다. 피투성이로 변한 단리백의 손이 시야에 잡혔다.

툭, 툭.

몇 방울의 피가 보이지 않는 실에 매달린 것처럼 허공에서 일직선으로 흐르다 바닥에 떨어졌다.

순간 대규의 뇌리에 벼락처럼 스치는 것이 있었다.

천천히 협봉검을 들어올린 대규는 매우 조심스럽게 주위를 쓸어갔다.

디디딩.

보이지 않는 무언가가 검끝이 걸리며 묘한 선율이 울려 퍼졌다.

사악.

대규의 얼굴에서 핏기가 가셨다. 그제야 주위를 뒤덮은 예기(銳氣)의 정체를 깨달은 것이다.

"대체 어느 틈에……."

주위를 둘러보던 대규의 눈이 급격히 흔들렸다. 자신을 중심으로 큰 원을 그리며 바닥에 꽂혀 있는 여덟 자루의 월광비가 눈에 들어왔다.

비로소 대규는 월광비의 용도를 알 수 있었다. 처음부터 월광비에는 혈영사가 묶여 있었고, 일곱 개의 월광비는 결계를 구성하기 위한 축대에 불과했다. 그리고 마지막 여덟 번째 월광비를 피해 물러선 순간 결계는 완성되었고, 자신은 꼼짝없이 그 안에 갇힌 것이다.

"자, 잠깐!"

대규가 황급히 입을 열었다. 그러나 단리백은 이를 외면한 채 허공을 잡아채듯 손을 휘둘렀다.

쫘라라락!

비파의 현을 거칠게 잡아뜯는 듯한 음향이 대규의 귀를 파고들었다.

써컥!

뒤이어 이어진 섬뜩한 파육음!

협봉검을 움켜쥔 채 자욱한 피분수를 뿌리며 허공으로 솟구치는 팔이 대규의 눈에 들어왔다.

챙그랑!

바닥에 떨어진 협봉검이 차가운 금속성을 터뜨렸다. 그리고 어깨 아래로 깨끗이 잘려 나간 대규의 팔이 경련을 일으키며 사위에 핏물을 뿌렸다.

잠시 얼빠진 눈으로 바닥을 응시하던 대규의 눈이 점점 경악으로 물들었다.

"으아악!"

잠시 후, 남은 손으로 어깨를 움켜쥔 대규의 처절한 비명 소리가 허공을 울렸다.

싸늘한 눈으로 이를 응시하던 단리백의 입가에 더없이 씁 쓸한 웃음이 떠올랐다 사라졌다.

"고작 이런 놈을 길동무 삼아야 하다니……."

단리백은 남은 진기를 끌어올리는 것과 동시에 움켜쥐고 있던 혈영사를 잡아당겼다.

티디디딩.

낮은 울림을 시작으로 혈영사에 맺혀 있던 핏방울이 튀어 오르기 시작했다. 그리고 대규로서는 죽어서도 잊지 못할 섬 뜩한 소리가 이어졌다.

쫘라라라락!

단숨에 좁혀진 결계는 순식간에 예리한 칼날이 되어 대규 의 전신을 훑고 지나갔다.

"……!"

두 눈을 부릅뜬 대규는 무언가를 말하려는 듯 입술을 몇 번 달싹였다. 그 순간 그의 정수리에서 시작된 붉은 선이 그의 턱까지 빠르게 이어졌다.

스륵.

대규의 얼굴 한쪽이 붉은 선을 타고 미끄러졌다. 이를 시작 으로 전신에서 핏물이 뿜어지더니 그의 육신은 수십 조각으 로 토막 나 질펀한 핏물 위로 후두둑 소리를 내며 무너졌다.

털썩!

단리백 역시 차가운 눈밭에 무릎을 꿇었다. 순간 달짝지근한 핏물이 목울대를 타고 넘어왔다.

"우웩!"

그대로 한 사발이 넘는 피를 토해낸 단리백이 돌연 미친 사람처럼 웃음을 터뜨렸다.

"크하하하!"

쩌렁하게 울려 퍼지는 광소성에 임소하가 놀라 뛰쳐나왔다.

"의숙!"

단리백을 향해 달려가던 임소하의 뒤로 두 개의 인영이 나타났다. 호계상과 가종령이었다. 치열한 격전을 치른 듯 호계상의 의복은 곳곳이 찢겨져 있었고 얼굴엔 커다란 멍 자국이 남아 있었다.

"이런… 늦었는가."

호계상의 눈빛이 흔들렸다. 단리백의 눈에서 일렁이는 강렬한 안광. 그것이 죽음 직전에 보이는 회광반조(廻光返照)의 현상임을 알아본 것이다.

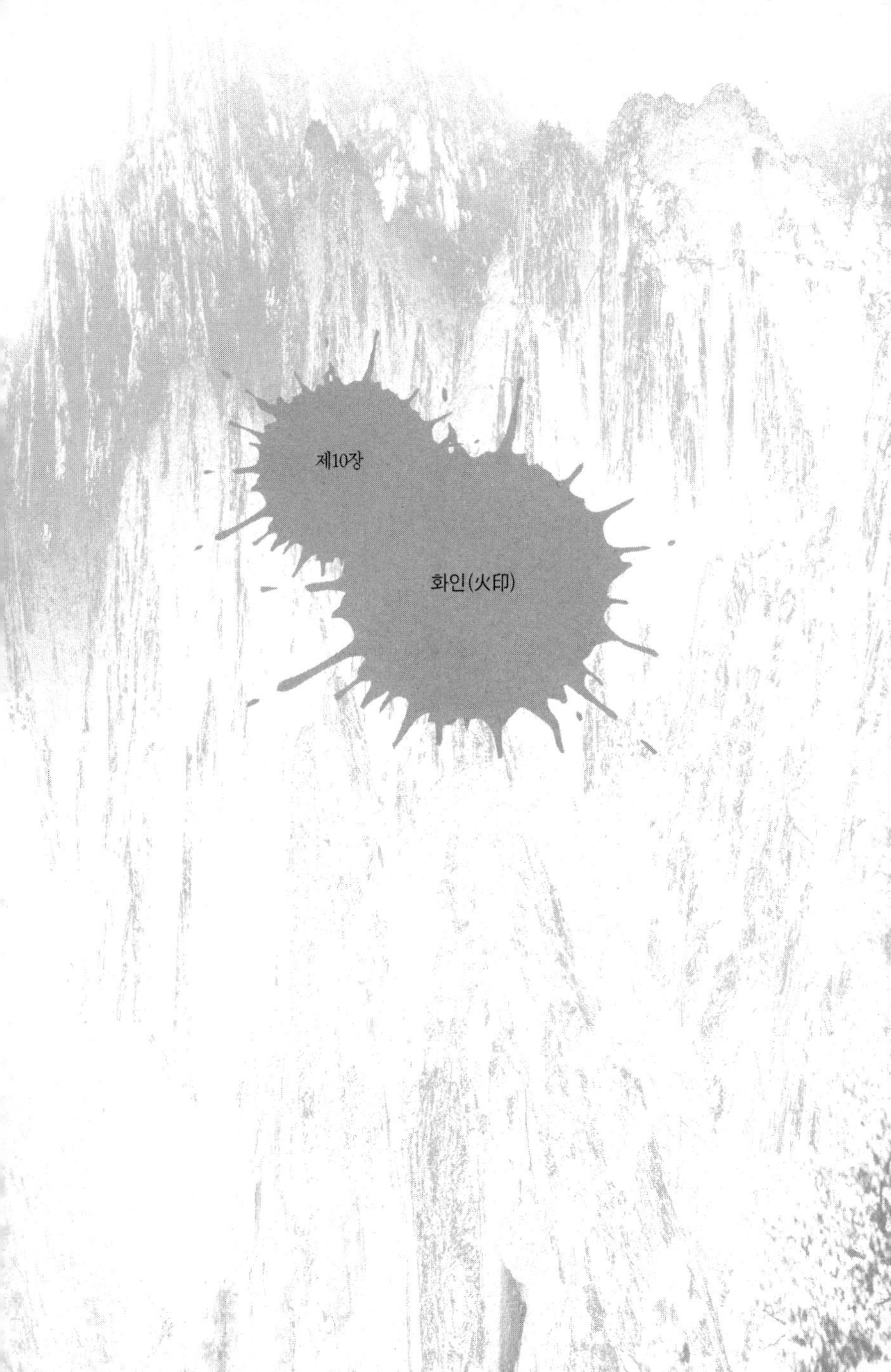
제10장
화인(火印)

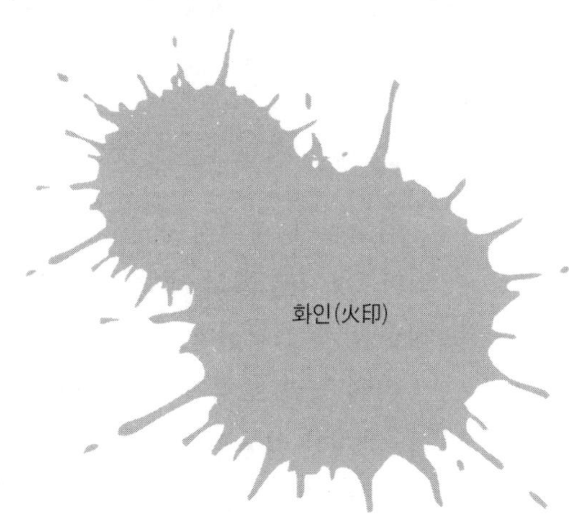

화인(火印)

단리백은 천천히 고개를 돌려 임소하를 바라봤다.

순간 임소하는 자신도 모르게 그 자리에 멈춰 서고 말았다. 단리백과 시선이 마주친 순간 끝 모를 두려움이 왈칵 밀려들어 왔던 것이다.

냉막하던 단리백의 얼굴에 떠오른 한줄기 미소.

입매를 떠나지 않던 냉소도, 얼굴을 찡그리며 웃던 어색한 웃음도 아니었다. 한 번쯤 보고 싶다 생각한 격의없는 미소.

그래서 임소하는 더욱 불안함에 휩싸였다.

그 순간 단리백이 왈칵 검붉은 핏물을 토하더니 신형이 기울어졌다.

“의숙!”

임소하가 재빨리 손을 뻗어 무너지는 단리백을 부둥켜안았다. 하지만 그의 체중을 견디지 못해 이내 두 사람은 눈밭 위로 함께 쓰러졌다.

이에 놀란 호계상과 가종령이 황급히 이들 곁으로 다가섰다. 하지만 이들의 얼굴은 이내 복잡하게 일그러졌다.

임소하는 있는 힘을 다해 단리백을 일으켜 세우려 하고 있었다. 하지만 물먹은 솜처럼 늘어진 채 계속해서 핏물을 게워 내는 단리백의 상태는 이미 돌이킬 수 없는 지경에 이르러 있음이 분명했다.

“그를 눕히는 게 좋겠다.”

보다 못한 호계상이 임소하를 향해 입을 열었다. 하지만 임소하는 고집스럽게 단리백을 붙든 손을 놓지 않았다. 아니, 놓을 수 없었다. 이대로 손을 놓으면 한 줌 바람처럼 단리백이 사라져 버릴 것만 같았다.

“소하야.”

호계상이 다시 임소하를 불렀다.

“그가 힘들어하지 않느냐.”

이어진 호계상의 말에 임소하는 눈물이 그렁한 눈을 들어 호계상을 바라봤다.

“총관, 의원을… 의원을 불러주세요.”

파르르 떨리는 임소하의 눈빛을 차마 마주할 수 없어 호계상은 한숨을 흘리며 고개를 돌리고 말았다. 아무리 봐도 단리백의 상태는 가망이 없어 보였다. 화타와 편작이 아닌 대라신선(大羅神仙)이 이 자리에 있다 해도 이미 죽음의 문턱에 한 발을 디딘 사람을 살려낼 방도는 없었다.

자신의 안타까운 마음이 이러할진대 그녀는 오죽하겠는가.

가종령 역시 무거운 한숨을 흘리며 눈을 감았다. 또다시 친인의 죽음을 강요하는 그녀의 가혹한 운명이 원망스러울 뿐이었다.

우두커니 서 있는 두 사람을 향해 임소하가 소리를 질렀다.

"뭐 하고 있어요? 빨리 의원을 데려오란 말이에요!"

갈라진 그녀의 음성에 진득하게 배어 있는 아픔이 호계상과 가종령의 마음을 아프게 했다.

이때 임소하는 자신의 뺨에 와 닿는 손길을 느꼈다.

"무리하지 마라."

비록 온기가 느껴지지 않는 차디찬 손이었으나 음성에 실린 따스함은 그녀의 가슴을 강하게 울렸다.

"의숙……."

빙그레 웃은 단리백이 천천히 손을 들었다. 염왕수를 시전하지 못한 상태에서 예리한 혈영사를 억지로 다룬 탓에 갈가리 터져 찢겨진 단리백의 손은 그야말로 넝마와 다름없었다.

임소하는 그런 단리백의 손을 가만히 잡아 자신의 가슴 앞에 끌어안았다. 자신의 옷이 피로 범벅이 되는 것 따윈 신경 쓰지 않았다. 오로지 단리백을 놓아줄 수 없다는 염원만이 그녀의 마음을 지배하고 있었다. 하지만 그녀의 간절한 바람을 져버리듯 단리백의 손은 점차 얼음처럼 싸늘하게 식어가고 있었다.

단리백이 쓸쓸한 눈빛으로 임소하를 바라봤다.

"꼴사납군, 이런 식으로 죽는 건."

순간 임소하의 눈빛이 격하게 흔들렸다.

"아니에요! 의숙은 죽지 않아요! 왜 그런 약한 말씀을 하시는 거예요?"

단리백의 손을 더욱 꼭 끌어안으며 임소하가 마구 고개를 저었다. 그러나 이어진 단리백의 말에 그녀는 석상처럼 굳어 버렸다.

"아니, 우리의 인연은 여기까지다."

임소하는 잠시 망연한 표정으로 단리백을 바라봤다. 하지만 이내 그녀의 눈에 습막이 차 오르기 시작했다.

눈물 너머로 일렁이는 단리백의 얼굴을 바라보며 임소하가 나직이 입을 열었다.

"…거짓말쟁이."

울먹이는 음성으로 임소하가 말을 이어갔다.

"지켜준다면서요…… 언제나 내 옆에 있어준다면서

요……."

툭툭.

자신의 얼굴 위로 떨어지는 뜨거운 눈물 앞에 단리백은 일순 가슴이 먹먹해지는 것을 느꼈다.

'살고 싶다.'

스스로의 생각에 단리백은 해연이 놀라고 말았다. 언제나 죽음의 그림자에서 자유로운 적이 없었던 그였기에 죽음을 받아들이는 것을 두려워한 적은 없었다.

하지만 지금은 아니었다. 지금껏 살아오며 이렇게 확실하게 무언가를 바란 것은 처음이었다.

가능하다면 매일같이, 음지에 피어 있던 꽃을 양지에 내놓은 것처럼 풍성하게 피어나는 임소하의 모습을 곁에서 지켜보고 싶었다.

그렇지만 죽음은 누구에게나 공평한 법. 그라 해서 이를 피해갈 순 없었다.

"쿨럭!"

잔뜩 웅크린 단리백이 또다시 마른기침을 토했다. 그때마다 단리백의 입에서는 주먹만 한 핏덩이가 쏟아졌다.

숨 쉬는 것조차 버거운 듯 어깨를 들썩이며 피를 토하는 단리백의 모습에 임소하는 손으로 입을 막은 채 터져 나오는 오열을 참아야만 했다.

이윽고 기침을 멈춘 단리백이 밀랍처럼 창백한 얼굴로 임소하를 바라봤다. 그리고 무언가 할 말이 있는 듯 손짓을 해 그녀를 가까이 불렀다. 하지만 임소하는 두려운 얼굴로 고개를 저었다.

"싫어요. 난 듣지 않을래요."

이때 임소하의 어깨를 붙드는 손이 있었다.

고개를 돌린 임소하는 무거운 눈빛으로 자신을 바라보는 호계상을 발견할 수 있었다.

"이대로 그를 보내면 앞으로 넌 계속 후회하게 될 것이다. 그래도 좋으냐?"

호계상의 말에 임소하는 부르르 신형을 떨었다. 단리백의 얼굴에 짙게 드리운 죽음의 그림자를 그녀라 해서 모를 리 없었다. 지금 단리백이 하고자 하는 말이 마지막 유언이 될 것이란 것도 어렴풋이 짐작하고 있었다. 그래서 더욱 단리백의 말이 듣고 싶지 않았다. 단리백의 말을 듣는 순간 그의 죽음을 현실로 받아들일 것 같은 두려움 때문이었다.

그때였다.

단리백이 힘겹게 입을 열었다.

"나는 네가 싫다."

갑작스런 단리백의 말에 임소하의 시선이 그에게 향해졌다.

"려군… 기분 나쁜 그 여자와 너무나 닮았거든. 특히 그 웃음이……."

점차 작아지는 단리백의 음성은 마지막엔 모깃소리만큼 작아져 귀를 가까이 하지 않고선 들을 수 없을 정도로 미약했다.

단리백은 웃을 힘조차 없는 듯 미미하게 얼굴을 찡그렸다.

이에 임소하는 또다시 눈물을 쏟고 말았다. 하지만 임소하는 애써 미소를 지어 보였다. 걷잡을 수 없는 슬픔에 가슴이 무너지고 있었지만 죽음을 목전에 두고 있으면서도 농담으로 자신을 위로하는 단리백의 노력을 수포로 돌릴 수 없었던 것이다.

"겨우 그것 때문인가요?"

단리백은 아릿한 아픔이 가슴을 저미는 것을 느꼈다. 비록 임소하는 웃고 있었지만 떨리는 그녀의 음성 너머에 배어 있는 진한 슬픔이 고스란히 느껴졌기 때문이다.

임소하는 떨리는 손을 들어 단리백을 허리를 껴안았다. 그리고 그의 가슴에 얼굴을 묻은 채 조용히 속삭였다.

"그럼 앞으로 의숙 앞에선 항상 울상만 지어야겠군요."

단리백이 힘겹게 웃으며 입을 열었다.

"그래도 웃어라. 네 웃음은 너만의 것이니까."

순간 임소하의 몸이 딱딱하게 경직되었다. 자신의 머리칼을 쓸어내리던 단리백의 손이 점차 무거워지는 것을 느꼈기 때문이다.

"의숙!"

경악한 임소하가 단리백의 어깨를 붙들었다. 하지만 단리백의 공허한 시선은 회색 빛 하늘을 응시하고 있었다. 생명의 기운이 급격히 사그라지는 단리백의 눈빛을 보며 임소하는 비명과 같은 오열을 터뜨렸다.

"안 돼요! 이렇게 가시면 안 돼요! 절 보세요, 의숙! 저를 보시라구요!"

임소하는 하늘이 무너지는 듯한 슬픔에 가슴이 터져 나갈 것만 같았다.

그런 그녀의 절규에 호계상과 가종령은 착잡한 마음을 금치 못했다. 하나 단리백은 그의 음성을 들을 수 없었다. 이미 그의 의식은 끝 모를 어둠의 나락 속에 삼켜지고 있었기 때문이다.

장내의 그 누구도 예상치 못한 일이 벌어진 것도 그때였다.

째앵!

날카로운 음향과 함께 임소하의 목에 걸려 있던 목걸이가 산산이 부서졌다.

"……!"

호계상과 가종령이 놀란 눈을 치켜떴다. 목걸이가 부서지는 것과 동시에 단리백을 끌어안은 임소하의 몸에서 돌연 눈부신 빛이 쏟아졌기 때문이다.

임소하의 전신을 휘감고 있던 황금빛 빛무리가 천천히 움직이기 시작했다. 어깨에서 팔로, 그리고 다시 손으로.

이동을 거듭할수록 황금빛은 점차 폭발적으로 짙어져 종국엔 새하얀 섬광만이 남았다. 그리고 어느 순간 단리백의 몸 속으로 빨려들 듯 사라졌다.

잠시 후 단리백의 몸 전체가 하얗게 빛나기 시작했다.

'세상에! 내가 꿈을 꾸고 있는 것인가?'

호계상은 정신을 차릴 수 없었다. 수십 년 동안 강호를 떠돌며 온갖 기이한 일을 겪어온 그로서도 지금 눈앞에서 벌어지는 일은 정녕 기사(奇事) 중의 기사가 아닐 수 없었다.

단리백의 전신을 가득 메운 끔찍한 자상이 빠르게 아물어 가고 있었다. 폭포수처럼 콸콸 쏟아지던 피도 어느새 멎어 있었다. 뿐만 아니라 밀랍보다 창백하던 안색도 점차 본래의 혈색을 되찾고 있었다.

'대체 무슨 일이 벌어지는 거야?'

호계상은 힐끗 가종령을 바라봤다. 그 역시 자신과 크게 다르지 않았다. 벌겋게 충혈된 눈으로 전면을 응시하는 그의 얼굴에는 믿을 수 없다는 표정이 역력했다.

'꿈은 아니로군.'

그때였다.

단리백의 몸을 감싸고 있던 광채가 다시금 한곳으로 움직이기 시작했다. 그리고 천천히 임소하의 손으로 옮겨가더니 어느 순간 그녀의 전신을 에워쌌다.

팟!

또다시 가공할 섬광이 폭사되었다.

눈으로 파고드는 고통을 느끼며 호계상과 가종령이 고개를 돌렸다. 임소하를 집어삼킨 빛무리는 한참 동안 안개처럼 일렁이며 주위를 대낮처럼 밝혔다.

그렇게 얼마나 시간이 흘렀을까. 뒤늦게 정신을 차린 호계상이 주위를 둘러봤다. 눈부신 빛은 온데간데없이 사라지고 자신들은 여전히 혹한의 눈보라 가운데 서 있었다.

＊　　　＊　　　＊

코끝을 스치는 희미한 향기. 그것이 율금향(栗檎香)이라는 것을 단리백이 깨닫는 데는 그리 오랜 시간이 걸리지 않았다.

단리백은 천천히 눈을 떴다.

처음 그의 눈에 들어온 것은 허리를 숙여 자신을 바라보는 여인의 윤곽이었다. 햇살을 등지고 있어 얼굴은 알아볼 수 없었지만 호리호리한 몸매와 독특한 분위기가 낯익었다.

약간의 시간이 지나 역광에 눈이 익숙해지고서야 단리백은 그녀가 누구인지 알 수 있었다. 이각 전 객점에서 마주쳤던 여인이다.

그녀는 손으로 무릎을 짚은 채 허리를 숙여 단리백을 내려다보고 있었는데, 이 때문에 흑단처럼 흘러내린 그녀의 머리칼이 바람에 찰랑일 때마다 코끝을 간질이고 있었다. 안개처럼 묻어나는 아스라한 율금향은 이 때문이었다.

"꺼져."

싸늘한 단리백의 음성에 여인은 잠시 의외란 표정을 지었다. 하지만 이내 단리백을 향해 조용히 웃어 보였다.

"당신은 곧 죽을 거예요."

단리백은 와락 인상을 구겼다. 정확히 이각 전에도 그녀에게 같은 말을 들었던 것이다. 처음엔 정신 나간 여자의 헛소리라 여기고 대수롭지 않게 흘려들었다. 하지만 지금은 그녀의 말을 부정할 수 없었다.

"점괘를 맞췄으니 복채라도 달라는 것인가?"

단리백의 냉소에 여인은 고개를 저었다.

"지금까지 내 느낌은 한 번도 빗나간 적이 없어요. 하지만 오늘은 아니군요."

여인은 고개를 들어 한곳을 바라봤다. 그녀의 시선을 따라 고개를 돌린 단리백은 핏물 속에 누워 있는 청삼사내의 시신을 확인할 수 있었다.

여인이 다시금 입을 열었다.

"원래 당신은 저 사람에게 죽었어야 했어요. 그리고 저 사람은 살아 있어야 했죠. 하지만 당신은 아직까지 살아 있고, 살아 있어야 할 저 사람이 죽었죠. 정해진 운명이 당신을 빗겨간 거예요."

"그래서 서운한가? 자신의 점괘가 빗나가서?"

차가운 조소가 담긴 단리백의 말에 여인은 빙그레 웃으며 단리백을 응시했다.

"아니요. 오히려 기쁜걸요."

여인이 말을 이어갔다.

"당신은 운명을 바꾸는 힘을 지닌 사람. 이처럼 쉽게 당신을 찾을 수 있으리라 생각지 못했어요."

단리백은 있는 대로 인상을 찌푸렸다. 기껏 구해줬더니 운명 운운하는 정신 나간 계집일 줄이야.

단리백은 목구멍까지 치밀어 오른 욕설을 삼켜 버렸다. 대신 쓴웃음을 머금었다.

인정하긴 싫었지만 자신은 죽어가고 있었다.

가벼워 보이던 청삼인의 장력 안에 이토록 지독하고 음습한 위력이 숨어 있으리라곤 예상치 못했다. 전신의 뼈마디 중 성한 곳이라곤 한 군데도 없었다. 기경팔맥이 전부 제자리를 벗어났고, 파괴된 기해혈에서는 지금도 쉴 새 없이 진기가 빠져나가고 있었다. 부러진 늑골이 허파를 찔러 숨을 쉴 때마다 지옥 같은 고통이 느껴졌다.

하지만 무엇보다 결정적인 건 가슴의 상처였다. 심장 한 부분을 찢고 지나간 관통상은 단리백조차 손쓸 엄두가 나지 않았다. 지금도 단리백의 가슴에서는 붉은 피가 샘솟듯 콸콸 흘러내리고 있었다.

이대로라면 반 각을 버티지 못하리라.

'강호엔 기인이사가 모래알처럼 널려 있다 했던가? 농담이 아니었군. 강호에 나서자마자 저런 괴물과 마주칠 줄 어찌 알았겠어?'

청삼사내는 자신을 사도운이라 밝혔다. 하지만 단리백은 들어본 적이 없는 이름이었다. 아직 수련이 부족해 천하제일이라 자부할 순 없었지만 적어도 십대고수의 상위에 해당하는 무위를 지녔다고 생각하고 있었다. 하지만 이처럼 이름조차 알려지지 않은 무인과 양패구상을 맞을 줄이야.

자괴감이 밀려왔다. 십칠대를 이어온 촉산혈문의 이름에 자신이 먹칠을 한 것이다.

그때였다.

"자책할 것 없어요. 당금 강호에서 그를 상대할 수 있는 인물은 그리 많지 않으니까요."

일순 단리백의 눈빛이 흔들렸다.

'이 여자가 방금 뭐라 한 거지?'

"자책하지 말라고 했어요."

"……!"

잠시 경악한 얼굴로 여인을 바라보던 단리백이 천천히 입을 열었다.

"지금 내 생각을 읽은 것인가?"

여인은 대답 대신 조용히 웃어 보였다.

“누구냐, 넌?”

얼음처럼 싸늘한 단리백의 음성에도 여인의 얼굴에선 미소가 떠나지 않았다.

“아, 미처 소개를 못했네요. 전 명려군이에요. 고울 려 자에 아름다운 옥을 뜻하는 군 자를 쓰죠.”

누가 이름 따위를 물어봤던가? 그녀의 말장난에 놀아나는 것 같은 불쾌함은 둘째 치고 단리백은 말로 설명하기 힘든 묘한 기분에 휩싸였다. 가지런한 그녀의 미소를 보고 있자니 불같이 치솟던 적개심이 서서히 사그라지고 있었기 때문이다.

‘섭혼공(攝魂功)의 일종인가?’

단리백은 내심 고개를 저었다. 여인이 섭혼공을 사용했다면 자신이 모를 리 없었다. 아무리 미약한 사기(邪氣)라도 자신의 감각을 피해갈 수 없었기 때문이다. 더구나 그녀에게서는 터럭만큼의 사이한 기운도 느껴지지 않았다.

이때 명려군이 질문을 던졌다.

“살고 싶나요?”

“뭐?”

“살고 싶냐고 물었어요.”

그녀의 의중을 파악하기 위해 단리백은 명려군을 응시했다.

이에 명려군은 배시시 웃으며 말을 이어갔다.

“나와 계약을 해요. 그럼 당신을 살려주겠어요. 나에게는 당신을 살릴 수 있는 힘이 있어요.”

“계약?”

“그래요. 나의 부탁을 들어주면 당신은 죽지 않아도 돼
요.”

“집어치워.”

“네?”

생각할 가치도 없다는 듯 단리백이 자신의 제안을 일언지
하에 거절해 버리자 명려군은 의아한 얼굴로 단리백을 바라
봤다.

“왜죠?”

그녀의 반문에 단리백은 마른 웃음을 풀풀 날리며 명려군
을 노려봤다.

“살려준다고 하면 ‘네, 알겠습니다’ 하고 넙죽 조아릴 줄
알았나? 그렇게까지 구차하게 목숨을 연명하고 싶은 생각은
없다. 너 따위 계집에게 휘둘리느니 이대로 죽는 게 나아. 그
러니 이젠 내 눈앞에서 꺼져.”

상대하기도 싫다는 듯 그 말을 끝으로 단리백은 눈을 감아
버렸다.

그런 단리백을 명려군은 얼떨떨한 표정으로 한참 동안 바
라봤다.

그러기를 잠시,

“휴우.”

포옥 한숨을 내쉰 명려군이 단리백을 향해 입을 열었다.

"미안해요. 일부러 당신의 기분을 나쁘게 하려는 의도는 없었어요. 단지……."

잠시 말끝을 흐리던 명려군이 바닥에 무릎을 꿇고 앉았다. 그리고 팔을 뻗어 단리백의 가슴에 손을 올렸다.

순간 단리백은 희미한 광채에 눈을 떴다. 그리고 자신의 가슴에 올려진 명려군의 손을 발견했다.

"무슨 짓이지?"

만년설처럼 새하얀 그녀의 손에는 흐릿한 금빛 광채가 맺혀 있었다. 그리고 이는 점차 짙어져 종국에는 사위를 삼킬 만큼 휘황찬란한 빛을 뿌려댔다.

눈부신 광채를 정면에서 마주할 수 없어 단리백은 질끈 눈을 감았다. 이때 그의 귓속으로 명려군의 음성이 파고들었다.

"미안해요. 당신은 계약 따위에 묶일 사람이 아닌데……. 조건 없이 당신을 살려주겠어요. 하지만 내 부탁을 들어줄래요? 물론 강제력은 전혀 없어요. 당신이 원하지 않는다면 이대로 떠나면 돼요."

금빛 섬광이 사라지자 단리백은 천천히 눈을 떴다.

여전히 명려군은 그 자리에 웃는 얼굴로 앉아 있었다. 하지만 달라진 것이 있었다.

학의 깃털처럼 새하얗던 그녀의 옷이 붉게 변해 있었다. 그것이 옷에 스며든 그녀의 피로 인한 것임을 단리백이 깨닫는 데는 그리 오랜 시간이 걸리지 않았다.

휘청.

돌연 명려군의 신형이 뒤로 넘어갔다.

단리백은 자신도 모르게 손을 뻗어 그녀의 어깨를 붙들었다. 순간 단리백은 놀라움을 금치 못했다.

조금 전만 해도 손가락 하나 까닥할 수 없던 자신이었다. 하지만 명려군을 붙드는 자신의 움직임에는 그 어떤 불편함도 느껴지지 않고 자연스러웠다.

혹시나 싶어 단리백은 내공을 운용해 보았다. 거침없이 기맥을 내달리는 진기가 느껴졌다. 파괴되었던 기해혈도 원래대로 돌아와 있었고, 뒤틀린 기맥도 제자리를 찾았다.

내상뿐만이 아니었다. 골절을 비롯한 피류의 자잘한 상처마저도 깨끗이 완치되어 그 어떤 부상의 흔적도 느껴지지 않았다.

'내가 환각을 보고 있는 것인가?'

단리백은 혼란스러움을 금치 못했다. 이때 또다시 명려군의 음성이 들려왔다.

"환각 따위가… 아니에요."

그녀의 음성은 몹시 지쳐 있었다.

단리백은 명려군을 일으켰다.

의구심과 경악이 뒤섞인 단리백의 복잡한 눈빛을 마주한 명려군은 조용히 미소를 머금었다.

"어이, 대체 무슨 짓을 한 거야?"

단리백의 질문에 명려군은 슬며시 눈을 감으며 나직이 읊조렸다.

"하늘은 공평한 법. 결코 대가 없는 기적을 베풀지 않아요. 나는 다른 이의 부상을 치료할 수 있는 능력이 있어요. 타인의 상처를 나에게 옮겨오게 함으로써 그 사람의 부상을 낫게 하는 것이죠."

"그걸 나더러 믿으란 말인가?"

"지금 이렇게 눈앞에서 보고 있잖아요. 아니면 당신은 달리 이를 설명할 수 있나요?"

단리백은 말문이 막혔다. 죽어가던 자신은 약간의 상처도 없이 원래대로 돌아와 있었다. 대신 조금 전까지만 해도 멀쩡하던 명려군이 전신을 피로 흠뻑 적신 채 자신을 올려다보고 있었다. 이를 어떻게 설명할 수 있단 말인가?

"그렇다면 너는 지금 어떻게 살아 있는 거지?"

"물론 그대로 당신의 부상을 나에게 옮겨왔다면 나는 틀림없이 죽었을 테죠. 하지만 다행히 전이된 부상은 절반으로 줄어들어요."

빙긋이 웃으며 명려군이 다시금 말을 이어갔다.

"걱정하지 않아도 돼요. 내가 선택한 거니 당신을 원망하는 일은 없을 거예요. 그리고 시간이 지나면 나아질 테니까……."

"착각하지 마. 누가 너 따위를 걱정한다는 거야?"

무안함을 감추기 위해 단리백은 차갑게 응수했다. 그러다 뒤늦게 생각이 난 듯 무서운 눈빛으로 명려군을 노려봤다.

"약속하지. 한 번만 더 내 생각을 읽는다면 너는 내 손에 죽을 거야."

명려군이 웃으며 단리백을 바라봤다.

"당신은 솔직하지 못하군요."

"너……."

막 화를 내려던 단리백은 말을 잇지 못했다. 자신의 팔 안에서 물먹은 솜처럼 늘어지는 명려군 때문이었다. 그녀는 완전히 의식을 잃은 듯 단리백의 팔에 힘없이 몸을 맡긴 채 눈을 감고 있었다.

혼절한 명려군을 한참 동안 바라보던 단리백이 복잡한 표정으로 인상을 찌푸렸다.

"젠장."

나직이 욕설을 내뱉은 단리백이 두 팔로 명려군을 안고 일어섰다. 기분 나쁠 정도로 가벼운 몸무게가 느껴졌다.

'여자의 몸이란 원래 이렇게 가벼운 것인가?

미묘한 눈빛으로 명려군을 바라보던 단리백이 이윽고 한숨을 내쉬었다.

"아주 귀찮은 짐을 떠맡아 버렸군."

　　　　*　　　　*　　　　*

단리백은 천천히 눈을 떴다. 조금 전 보았던 따사로운 햇빛은 온데간데없이 사라지고 대신 뼈를 에일 듯한 혹한의 눈보라가 눈앞을 가득 메우고 있었다.

환청과 같은 목소리가 들려온 것도 그때였다.

"이로써 당신을 얽매고 있던 모든 제약이 사라졌어. 가문의 염원을 이룬 소감이 어때?"

서럽게 울어대는 바람 속에 섞여 있다곤 하나 단리백은 그것이 명려군의 음성임을 기억해 냈다.

"미안해. 나는 당신을 잡을 수 없어. 그러니 이젠 나 같은 건 잊어버려."

단리백은 피식 웃음을 흘렸다.

'잊을 수 있을 리가 없잖아? 아직도 이렇게 너의 환영과 마주하는걸.'

눈보라 속에서 자신을 바라보는 여인. 비록 희끗한 인영뿐이었지만 단리백은 그녀가 명려군일 거라 생각했다. 하지만 점차 흐릿하던 눈동자가 제자리를 찾고 원래의 시력이 돌아오기 시작하자 눈앞의 인영이 그녀가 아니라는 것을 깨달았다.

"소하?"

여전히 꿈을 꾸고 있는 것일까? 단리백은 천천히 손을 뻗어 임소하의 얼굴을 매만졌다.

손끝에 만져지는 물기. 뜨거운 눈물의 감촉이 단리백의 의식을 빠르게 현실로 이끌었다.

'꿈이 아니다! 환영 따위는 더더욱 아니다! 그렇다면 설마……!'

단리백이 재빨리 신형을 일으켜 임소하를 붙들었다.

"너… 대체 무슨 짓을……?"

창백한 얼굴로 임소하가 아미를 찡그렸다.

"아파요."

"이런!"

단리백의 눈빛이 크게 흔들렸다. 피를 잔뜩 머금어 홍의로 변해 버린 임소하의 의복이 눈에 들어왔던 것이다.

단리백은 급히 임소하의 전신 혈도를 찍어 피를 멈추게 했다. 그리고 나서 조심스럽게 그녀의 상의를 헤쳤다.

"너…….."

백옥 같은 그녀의 새하얀 어깨가 드러나자 단리백은 말을 잇지 못했다. 자신의 짐작이 맞았던 것이다.

임소하의 전신에는 끔찍한 상처들이 자리 잡고 있었다. 그것은 자신이 입었던 부상과 한 치의 오차도 없이 같은 위치였다.

비록 자신이 입었던 부상과는 비교할 수 없이 가벼웠으나 열여섯 여자 아이가 감당할 만큼 호락호락한 상처가 아니었다.

이때 임소하가 조용히 손을 뻗어 단리백의 손을 붙잡았다. 그리고 더없이 환한 미소로 단리백을 응시했다.

"괜찮은 거죠?"

자신의 부상은 신경도 쓰지 않고 자신을 먼저 걱정하는 임소하의 모습에 단리백은 뜨거운 무언가가 울컥 치밀어 오르는 것을 느꼈다. 마주 잡은 손길을 통해 자신을 향해 넘쳐흐르는 그녀의 마음이 고스란히 전해져 왔기 때문이다.

단리백이 말없이 고개를 끄덕이자 임소하의 신형이 스르륵 무너지더니 단리백의 가슴에 얼굴을 묻었다.

"다행이에요. 이대로 의숙이 돌아가시는 게 아닌가 걱정했어요. 그런 생각을 하니 너무나도 두려운 마음이 들어서… 흑!"

결국 마지막에 임소하는 울음을 터뜨리고 말았다.

"어떡하죠? 왠지 마음이 놓여서… 눈물이 멈추지 않아요."

점차 잦아드는 그녀의 음성에 단리백은 송곳으로 심장을 찌르는 아픔을 느껴야만 했다.

"미안하다."

단리백의 말에 임소하가 고개를 저었다.

"아니에요. 오히려 제가 미안한걸요. 의숙은 이토록 무서운 고통을 억지로 견뎌왔던 거로군요. 저 때문에 차마 내색도 하지 못하고… 그동안 이렇게 무리를 해오신 거로군요. 이제야 알았어요. 죄송해요, 의숙. 죄송해요.”

단리백은 자신의 품에 안겨 흐느끼는 임소하를 말없이 바라봤다. 잠시 후 단리백은 두 팔로 들어 금방이라도 부서질 듯한 여린 어깨를 조심스레 끌어안았다.

그때부터였다, 지울 수 없는 화인(火印)처럼 임소하의 존재가 단리백의 가슴에 새겨진 것은.

“자네… 괜찮은가?”

시체처럼 누워 있던 단리백이 벌떡 일어서자 눈앞에서 귀신을 본 것마냥 얼어붙어 입만 벙긋거리던 호계상이 그제야 슬그머니 다가섰다.

그런 호계상을 가종령이 재빨리 붙잡았다.

‘왜?’

눈빛으로 묻는 호계상을 향해 가종령 역시 눈빛으로 대답했다.

‘지금이 끼어들 분위기요?’

호계상의 얼굴이 와락 일그러졌다. 무안함은 둘째 치고 눈빛만으로도 가종령과 대화를 나눌 수 있다는 것 자체가 기분 나빴다.

이때 단리백이 임소하를 안아 들었다.

월동문을 넘어 단리백의 모습이 사라질 때까지 호계상과 가종령은 멀거니 그의 뒷모습을 바라볼 뿐이었다.

이윽고 단리백의 모습이 보이지 않게 되자 호계상이 가종령을 향해 입을 열었다.

"대체 무슨 일이 벌어진 것이냐?"

"낸들 어찌 알겠소."

무뚝뚝하게 대꾸하는 가종령이었으나 그의 얼굴에도 놀라운 감정이 역력했다.

"주방에 술 남았냐?"

"아마도."

우두커니 서서 단리백이 사라진 월동문을 바라보던 두 사람은 약속이나 한 것처럼 식당 쪽으로 걸음을 옮기기 시작했다.

가종령과 어깨를 나란히 하고 걷던 호계상이 문득 입을 열었다.

"믿을 수 없군, 믿을 수 없어. 죽어가던 사람이 멀쩡히 살아나다니. 이게 말이 돼?"

"술이나 마십시다."

호계상이 고개를 끄덕였다. 도저히 납득하기 힘든 기사를 직접 겪은 이는 자신만이 아니었던 것이다.

그들마저 사라진 장내에는 혹한의 눈보라만이 남았다.

그렇게 얼마나 시간이 흘렀을까.

"보았나?"

바람 소리에 묻혀 들릴 듯 말 듯한 음성. 하나 얼음처럼 차가운 음성이 이를 받았다.

“확실히.”

“대형께 뭐라 보고해야 할지 모르겠군.”

난처한 듯한 중합의 표정에 흑승이 예의 싸늘한 음성으로 입을 열었다.

“있는 그대로 보고하면 돼.”

고개를 끄덕인 중합이 문득 한곳을 바라보며 인상을 찌푸렸다. 육편으로 화해 온전한 시신조차 남기지 못한 대규의 잔해가 널려 있는 곳이었다.

“멍청한 자식. 쓸데없는 공명심이 화를 부른다는 것을 몰랐단 말인가? 이래서 정파 놈들이란.”

“자신의 실력도 가늠하지 못하는 얼간이다. 신경 쓸 것 없어.”

“나야 걸리적거리던 놈이 사라져 좋긴 하지만 혹 그를 만류하지 않은 것에 대한 문책이 있으면?”

“어디까지나 그의 독단적인 행동이다. 그것까지 책임지라 한다면 그 늙은이들의 뻔뻔한 낯짝을 박살 내주겠어.”

“크큭, 참으라고. 그래도 아직까진 우리들에게 필요한 자들이니.”

흑승의 대답이 돌아오지 않자 중합은 슬쩍 고개를 돌렸다. 어디에서도 흑승의 기척이 느껴지지 않았다.

중합이 설레설레 고개를 저었다. 그리고 그의 신형 역시 휘몰아치는 눈보라 속에 묻혀 사라졌다.

그들이 사라지고 나서 반 각의 시간이 지났을 때였다.

스윽.

장원의 공간 한곳이 물결처럼 일렁이나 싶더니 그 사이로 유령처럼 나타난 인물이 있었다.

그는 사람 좋은 웃음이 인상적인 중년인의 모습을 하고 있었다. 도박장에서 혁련광을 부추겼던 풍소명. 그가 흑암보에 모습을 드러낸 것이다. 아니, 사실 그는 지금껏 흑암보와 관계된 모든 일을 빠짐없이 주시하고 있었다.

우드득.

이때 풍소명의 얼굴이 뒤틀리더니 냉혹한 눈매에 매부리코를 지닌 날카로운 인상의 노인으로 모습이 바뀌었다.

그의 시선이 잠시 흑승과 중합이 사라진 곳을 향했다.

"역시 그들이 움직이기 시작했군. 흑점이 갑자기 세를 늘린 것도 저들이 뒤를 봐주었기 때문인가?"

노인은 고개를 돌려 전각의 지붕에 쌓인 눈을 바라봤다. 그리곤 욕심을 떨치듯 고개를 흔들었다.

"아까운 기회를 놓쳤군. 하나 무리하지 말자. 그 아이가 은 일족의 후예임을 확인한 것으로 만족할 수밖에."

그의 손에는 어느새 한 장의 부적이 들려 있었다.

화르륵.

그가 부적을 허공에 던지자 부적은 금세 불길에 휩싸였다. 잠시 동안 허공에서 일렁이던 푸른 화염은 이내 눈보라에 흩어져 사라졌다. 그리고 그의 모습 역시 사라지고 없었다.

*   *   *

바닥의 눈송이를 쓸어 올리며 연화봉 정상을 향해 내달리는 바람이 유독 을씨년스럽게 느껴지는 날씨였다.

정상까지 길게 이어진 돌계단 위에서 잠시 걸음을 멈춘 조명은 걱정스러운 표정으로 연화봉을 바라봤다. 하지만 그도 잠시, 우울한 눈빛으로 다시금 걸음을 재촉해 계단을 오르기 시작했다.

그렇게 얼마를 걸었을까.

계단의 끝에 다다르자 필설로 형용할 수 없을 만큼 아름다운 화산의 풍광이 그의 눈을 사로잡았다. 붉은 물감을 풀어놓은 듯 하늘을 가득 메운 노을이 그러했고, 그 사이 우뚝 선 연화봉의 장엄한 기세가 그러했다. 더욱이 그 아래 늘어선 수십 채의 전각은 수백 년간 이어져 온 화산의 이름에 조금도 부끄럽지 않을 만큼 웅장하고 화려했다.

이 모든 것이 한데 어우러진 절경은 보는 이로 하여금 절로 탄성을 자아낼 법하건만 정작 이를 바라보는 조명의 얼굴은 어둡기만 했다.

조명의 뒤를 따르는 스물네 명의 매화검수 역시 마찬가지였다. 비에 젖은 한지처럼 축 늘어진 그들의 어깨에서는 감출 수 없는 실망과 지친 기색만이 역력했다.

몇 개의 건물을 돌아 유독 깔끔하게 단장된 큰 전각 앞에 이르러서야 조명은 걸음을 멈췄다. 옥청전(玉淸殿) 아래 새겨진 현판을 바라보던 그의 얼굴에 잠시 망설이는 기색이 스치고 지나갔다. 하지만 그는 나직한 한숨과 함께 고개를 흔드는 것으로 편치 않은 심사를 다스리며 옥청전 안으로 들어섰다.

지붕을 떠받치고 있는 열여덟 개의 기둥을 지나 원시천존과 삼존상 아래 마련된 제단으로 다가간 조명은 향불을 지핀 다음 이를 모아 쥔 채 몇 번 절을 올렸다.

이때 조명은 문득 등 뒤에서 느껴진 인기척에 신형을 돌렸다. 그리곤 공손히 고개를 조아렸다.

"장문 사형을 뵙습니다."

"어찌 되었는가?"

평소라면 부드러운 웃음으로 조명을 반겼을 그였지만 조일 도장은 다짜고짜 이를 먼저 묻고 있었다. 그만큼 마음이 급했으리라.

조명은 손을 들어 제자들을 물린 다음 품속에서 비단에 싸인 두루마리를 꺼내 조일 도장에게 건넸다.

두루마리를 조심스레 풀어헤친 조일 도장의 눈빛이 미미하게 흔들렸다.

"어찌 사백께서는 오시지 않고 풍아(風牙)만을 보내셨단 말인가?"

"사형, 사백께서는……."

잠시 말끝을 흐리던 조명이 무거운 한숨과 함께 입을 열었다.

"우화등선하셨습니다."

"……!"

큰 충격을 받은 듯 조일 도장은 잠시 멍한 얼굴로 조명을 바라봤다.

우화등선.

말이 좋아 우화등선이지 사실상 죽었다는 것과 별반 다름없는 말이다.

"정녕 그리되셨단 말인가!"

절로 터져 나오는 무거운 탄식. 사제가 전해온 암담한 소식은 그를 낙심하게 하기에 충분했다.

조일 도장은 우일태의 신물인 풍아를 바라보며 몇 번이고 장탄식을 터뜨렸다.

이때 갑자기 옥청전 입구가 소란스러워졌다.

무슨 일인가 싶어 고개를 돌린 조명은 대번 얼굴을 구기고 말았다.

이제 약관이나 지났을까. 제법 반듯한 용모에 시원한 눈매가 인상적인 청년 한 명이 십여 명에 달하는 화산 제자들을 주렁주렁 매달고 옥청전 안으로 들어서고 있었다.

"무슨 일이냐?!"

조명의 준엄한 꾸짖음에 청년을 붙들고 있던 제자들이 화들짝 놀라 분분히 허리를 숙였다.

"장로님, 그게……."

"무슨 일이냐고 묻지 않았더냐?"

삼대제자 한 명이 울상을 지은 채 눈앞의 청년을 가리켰다.

"이자가 막무가내로 옥청전 안으로 들어서려 하기에 그를 제지했습니다. 하지만 저희들이 전부 힘을 합쳤음에도 불구하고……."

민망하고 송구스러운지 삼대제자는 말을 잇지 못했다.

더 이상 설명을 듣지 않아도 조명은 상황을 충분히 짐작할 수 있었다.

조명의 얼굴에 은은한 노기가 떠올랐다.

"자네는 누구길래 허락없이 화산을 올랐으며, 신성한 옥청전에서 소란을 일으킨단 말인가?"

추상같은 조명의 호통 소리에 청년은 잠시 얼빠진 듯한 표정을 지었다. 하지만 이내 허리를 젖히며 커다랗게 웃음을 터뜨렸다.

"하하하! 살다 보니 이런 일이 다 있구나! 네 녀석에게 꾸짖음을 듣게 될 줄 누가 알았겠느냐!"

웃음을 그친 청년이 가볍게 어깨를 흔들었다. 그러자 그에게 매달려 있던 십여 명의 화산제자들이 제대로 힘 한 번 써 보지 못하고 후두둑 떨어져 나갔다.

조일 도장의 얼굴이 딱딱하게 굳어졌다. 마치 먼지를 떨어내듯 가벼운 움직임이었으나 그 안에 담겨 있는 상승 무학의 묘리는 오래전 실전되어 지금은 익힌 이가 전무하다고 알려진 매화괘권(梅花罫拳)과 무척 닮아 있었기 때문이다.

청년이 친근한 미소를 머금은 채 조명을 향해 다가섰다.

"오랜만이다, 조명. 한데 네 녀석은 나이를 먹을수록 목소리만 커지는구나."

"……!"

떫은 감을 씹은 듯 조명의 얼굴이 와락 일그러졌다. 자신보다 한참이나 어린 청년이 마치 후배 대하듯 자신의 도호를 입에 담다니!

"감히!"

조명이 막 노호성을 터뜨리려는 찰나 조일 도장이 재빨리 그를 제지했다.

영문을 몰라 조일 도장을 바라본 조명의 눈에 의아함이 떠올랐다. 귀신을 본 것처럼 두 눈을 끔벅이며 청년을 바라보는 사형의 모습 때문이었다.

그뿐만이 아니었다. 한참 동안 유심히 청년의 모습을 살피던 조일 도장이 대뜸 허리를 숙여 그에게 절을 올리는 것이 아닌가.

"제자 조일이 사숙님을 뵙습니다."

'사숙? 사숙이라고?!'

너무 놀란 조명이 입만 벙긋거리고 있을 때 청년이 껄껄 웃음을 터뜨렸다.

"하하! 오랜만일세, 장문 사질. 용케도 날 알아보는구먼."

청년은 대뜸 조명을 향해 버럭 고함을 질렀다.

"이놈, 조명! 아무리 세월이 오래되었다 해도 그렇지, 내 얼굴을 잊어 버려?!"

조명은 기가 막혀 말이 나오지 않았다. 사숙이라니? 도저히 믿지 못할 노릇이었다. 자신이 아는 무음매영(無音梅影)의 나이는 아흔넷. 하나 눈앞의 청년은 아무리 나이를 많게 봐도 이십대 초반이 아닌가?

이때 조명을 향해 성큼성큼 다가선 명현이 대뜸 손을 뻗어 그의 볼을 꼬집었다.

"이놈이 아직도 정신을 못 차리네그려."

볼을 꼬집고 마구 흔드는 명현의 손길에 조명은 비로소 정신을 차릴 수 없었다.

청년의 허리춤에 비스듬히 매달린 한 자루 검. 그 손잡이엔 운형(雲形)이란 글자가 뚜렷이 새겨져 있었다. 사부로부터 당대 장문인인 조일 도장이 물려받은 월림(月臨), 그리고 우일태의 풍아와 함께 화산삼대보검으로 불리우는 명현자의 신물이 틀림없었다.

그러고 보니 청년이 입고 있는 옷도 화산의 득라의였다. 비록 오래되어 빛이 바래고 군데군데가 삭아 떨어졌으나 소매에 새겨진 다섯 개의 매화 무늬는 그의 신분이 화산의 태상장로임을 증명하고 있었다.

그러고 보니 청년의 얼굴 역시 낯설지 않았다. 찬찬히 뜯어보니 어린 시절 코흘리개 때부터 보아왔던 한 사람의 모습과 정확히 겹쳐지는 것이 아닌가.

"……!"

조명의 눈빛이 급격히 흔들렸다.

명현자가 틀림없었다. 매화검선 우일태와 더불어 무음매영이란 명호로 화산의 전설이 된 사람.

그는 화산의 가장 큰 어른 중 한 명으로, 천재라 불러도 모자랄 만큼 뛰어난 자질로 인해 젊어서부터 화산의 기대를 한 몸에 받던 기재 중의 기재였다.

철모르던 나이에 화산을 올라 단 칠 년 만에 화산의 모든 권을 섭렵하고, 이후 십 년 동안 검에 매진하여 화산검법의 정수라 할 수 있는 이십사수매화검법의 완벽한 형을 이룬 인물이었다.

우일태로 인해 빛을 보지 못했으나 누구도 그의 재능을 의심하는 이가 없었다. 다만 일대종사라 할 수 있는 우일태와 늘 비교되는 것이 싫어 일찌감치 장문인 자리를 내놓고 산으로 평야로 독야청청(獨也靑靑) 홀로 떠돌던 사람이었다.

이십 년 전에도 그랬다. 넝마처럼 해진 득라의를 걸친 채 홀연히 화산을 오른 그는 대뜸 우일태에게 비무를 신청했었다.

우일태는 웃으며 사제의 비무 신청을 받아들였고, 서로의
검을 섞는 것으로 오랜만의 해후가 이루어졌다.

비록 목숨을 건 생사결은 아니었으나 두 사람의 비무는 화
산의 역사에 길이 남을 만큼 대단한 것이었다.

칠 주야를 쉬지 않고 겨룬 끝에 우일태가 근소하나마 승기
를 잡았다. 그러자 명현은 돌연 검을 거두더니 나직한 한숨을
흘리며 화산을 내려갔다. 그리고 이십 년이 지난 지금 다시금
모습을 나타낸 것이다. 더욱이 그때와는 비교될 수 없는 젊은
모습으로.

반듯한 허리와 윤기가 감도는 짙은 흑발, 주름 하나 없이
대춧빛이 감도는 얼굴과 눈에 감도는 정광. 그 어디에서도 구
십 줄에 접어든 나이의 흔적을 찾아볼 수 없었다.

"하하, 놀랐느냐? 하긴 놀랄 만도 하지. 언제 무덤에 들어
가도 이상할 것 없는 늙은이가 이처럼 젊어졌으니."

"아픕니다, 사숙! 어린 제자들 앞에서 꼭 이리 망신을 주서
야겠습니까?"

"허허, 이놈 보게. 머리가 허예졌다고 이젠 막 대드네?"

꼬집고 있던 손을 푼 명현자가 귀엽다는 듯이 조명의 뺨을
툭툭 두들겼다.

옆에서 이를 지켜보고 있던 조일 도장이 명헌자를 향해 입
을 열었다.

"대체 어찌 되신 겁니까, 사숙?"

"보는 대로다. 어찌하다 보니 전설에서나 회자될 법한 반로환동(返老還童)을 해버렸구나."

명헌자가 빙그레 웃으며 대답하자 조일 도장은 황당함을 금치 못했다. 하지만 눈앞에 명헌자가 서 있는 이상 믿지 않을 도리가 없었다.

"축하드립니다, 사숙."

"축하는 무슨. 사는 게 슬슬 지겨워져 마지막으로 사형 얼굴이나 보고 검이나 몇 번 섞어보려 했는데 돌연 고뿔이 들어 몸져누웠지 뭐냐? 참으로 창피한 일이지. 그런데 시름시름 며칠 앓다 일어나 보니 이리 되어 있었다."

한차례 씨익 웃은 명헌자가 신상 앞의 제단에 턱하니 걸터앉았다.

다른 이라면 펄쩍 뛰며 기함을 했을 조일 도장이었으나 자유분방한 명헌자의 성품을 아는지라 눈썹만 찡그릴 뿐 아무런 말도 하지 못했다.

"사형은 어디 계시냐? 아직도 우화등선한답시고 신선 흉내나 내고 계시겠지? 가서 좀 모셔오너라. 아니다. 내가 찾아뵙지. 아직도 연화봉 정상에 거하시느냐?"

"사백께서는……."

잠시 말끝을 흐린 조일 도장이 난처한 얼굴로 조명을 바라봤다.

이에 조명이 무거운 탄식을 터뜨리며 조일 도장의 말을 받왔다.

"사백은 이곳에 계시지 않습니다."

"잉? 그게 무슨 소리야? 나처럼 역마살 낀 놈이라면 모를까, 사형처럼 진득한 사람이 가긴 어딜 가?"

"그것이……."

조명 도장은 자신이 아는 바를 모두 고하기 시작했다. 촉산으로 향한다는 짤막한 편지만을 남긴 채 우일태가 화산을 떠난 것부터 시작해서 자신이 직접 매화검수를 대동하고 그를 쫓아 화산을 나선 것, 그리고 촉산에서 우일태의 신물만을 회수한 이야기까지.

조명의 설명을 듣는 동안 명현자의 얼굴은 급격히 굳어져 갔고, 옆에서 이를 지켜보던 조일 도장은 스멀스멀 피어오르는 불안함을 금할 수 없었다. 누구보다 자유분방하지만 또한 누구보다 불같은 명현의 성품을 아는 까닭이다. 하나 의외로 명현자는 선선히 고개를 끄덕였다.

"그래, 그랬구먼."

명현자의 시선이 문득 한곳을 향했다.

옥청전의 가장 오래된 기둥. 도가의 성지이면서 구대문파의 수좌를 다투는 화산파 역시 그 기둥을 세움으로써 시작된 것이다. 사백 년 전에는 작은 문설주에 불과했으나 지금은 화산을 상징하는 옥청전을 떠받치고 있다.

"사백 년이 지났건만 아직도 지워지지 않았군."

명현자의 말에 조일 도장의 얼굴이 딱딱하게 굳어졌다. 기둥 끄트머리에 적혀 있는 글자들을 그 역시 알고 있었기 때문이다.

검게 퇴색하여 알아보기도 힘든 글씨들. 하나 그 안에 실린 의미는 결코 가볍지 않았다.

"촉산혈성이라……."

명현자는 한참 동안 자신의 허리에 매달린 검자루를 매만지며 생각에 잠겼다.

그렇게 얼마나 시간이 흘렀을까.

명현자가 조명을 바라보며 입을 열었다.

"연화봉 자락에 호랑이의 이빨 형상을 한 바위가 있지?"

"예?"

뜬금없는 그의 말에 조명이 의아한 얼굴로 반문했다. 하지만 명현자는 계속해서 말을 이어갔다.

"그 바위 옆에 사십 년 정도 된 매화나무가 있을 게야. 그 아래를 파면 항아리 하나가 있을 테니 그걸 찾아오너라."

조명은 고개를 갸웃거렸다. 난데없이 항아리라니? 하지만 이내 고개를 끄덕였다. 사숙이 쓸데없이 그와 같은 일을 시키진 않았을 터. 가만히 기억을 더듬어보니 호치암(虎齒巖)이란 바위 옆에 고아한 기상을 지닌 훌륭한 매화나무가 있다는 것이 생각났다.

"알겠습니다."

조명은 곧장 제자들을 이끌고 옥청전을 나섰다.

"사숙, 그 항아리가 무엇인지요?"

혹시나 하는 희망을 걸고 조일 도장이 조심스레 물었다. 하나 명현자는 가만히 눈을 감은 채 석상이 된 듯 꿈쩍도 하지 않았다.

이에 조일 도장의 머릿속엔 온갖 생각이 떠올랐다. 하지만 사숙이 말하지 않는 이상 따져 물을 수도 없는 일. 조일 도장은 한시바삐 자신의 사제가 돌아오기만을 기다렸다.

그렇게 약 반 시진이 지났을 즈음 소매가 온통 흙투성이가 되어 조명이 돌아왔다.

"가져왔습니다."

"그래, 수고했다."

조명이 건넨 항아리를 받아 든 명현이 빙그레 웃으며 입을 열었다.

"이게 무언지 궁금하지? 사십 년 전 처음으로 내가 화산을 떠났을 때 두 사형과 함께 묻은 것이다. 이 안에 우리 사형제들의 노력과 약속이 담겨 있지."

"그럼 혹시?"

조일 도장의 얼굴이 일순 환해졌다.

비록 자신들의 사부인 명진은 평범했으나 그의 두 사형제는 화산의 역사를 통틀어 전무후무한 무재라 알려진 사람들. 그런 두 사람의 노력이 담겨 있는 물건이라면?

가슴이 두근거렸다. 잃어버린 희망을 다시 찾은 듯 조일 도장은 부푼 기대를 안고 뚫어져라 항아리를 응시했다.

이와 달리 명현자는 과거를 회상하듯 그리움이 담긴 눈빛으로 항아리를 바라보고 있었다. 그리곤 잠시 후 항아리 입구를 봉해놓은 기름종이를 뜯어냈다.

화악.

순간 말로는 설명하기 힘든 향긋한 내음이 옥청전 안을 가득 메웠다. 조일 도장이 당황스러움을 금치 못한 것도 동시였다.

아무리 맡아봐도 주향이 분명했다. 그것도 쉽게 찾아볼 수 없는 명주의 향기였다.

"사, 사숙!"

"왜?"

"비급이나 무공에 관련된 물건이 아니었습니까?"

"이거?"

명현자가 항아리를 들어 킁킁 냄새를 맡았다. 그리고 웬 엉뚱한 소리냐는 듯 조일 도장을 바라봤다.

"술인데?"

망치로 뒷머리를 얻어맞은 것 같은 충격에 조일 도장의 얼굴이 순식간에 납빛이 되었다. 일말의 기대가 산산이 부서지며 실망을 금할 수 없었던 것이다.

게다가 술이라니? 사숙은 자신이 도사임을 잊어버리셨단

말인가? 그것도 신성한 옥청전에서.

하지만 이어진 명현자의 말에 조일 도장은 숙연한 표정이 되었다.

"홍루몽(紅淚夢)이라 한다. 홍매화 잎으로 담근 술이지. 내가 화산을 떠나는 걸 사형들은 만류하지 않았다. 대신 이 술을 묻으며 언젠가 우리 세 사람이 다시 모이는 날 이를 마시며 지난날을 돌이켜 웃음으로 흘리자 맹세했다. 하나 이젠 세 사람 중 오직 나만 남았구나. 나마저 이를 찾지 않는다면 우리 사형제의 약속 또한 영원히 땅속에 묻혀 잊혀질 게 아니겠느냐?"

말을 마친 명현자는 항아리를 기울여 벌컥벌컥 술을 들이켰다. 쌉싸래하고도 향긋한 주향이 가슴속에 불을 지폈다.

턱.

단숨에 항아리를 비운 명현자가 한숨을 터뜨렸다.

"지난날 모든 것이 돌아보니 꿈같더라. 한줄기 눈물로 이를 삼키니, 홍루몽, 홍루몽……. 이름도 참 잘 지었다."

그렇게 낮게 읊조린 명현자가 벌떡 일어나 걸음을 옮기기 시작했다.

이에 화들짝 놀란 조일 도장이 체면이고 뭐고 없이 명현자의 소맷자락을 붙들었다.

"사숙, 어딜 가십니까?"

"왜, 할 말이 남았느냐?"

"야속하십니다. 이리 매정히 떠나시다니요? 화산에서 얻으신 것, 정녕 화산에게 아니 돌려주시렵니까?"

명현자가 인상을 찌푸리며 혀를 찼다.

"돌려주고 싶어도 그리할 수 없는 것을……."

"알고 있습니다, 본 파의 제자 그 누구도 사숙과 사백의 진전을 이을 그릇이 없음을. 하지만 당대에 이루지 못한다면 후대에라도 전해야 할 것 아닙니까? 하다못해 비급이라도 남겨주소서."

하나 명현자는 냉정히 고개를 저었다.

"말이나 글로 설명해 깨우칠 수 있는 것이 아닐세, 장문 사질."

그 말을 끝으로 명현자는 조일 도장의 손을 뿌리치고 휘휘 옥청전 밖으로 사라졌다.

털썩.

주저앉듯 바닥에 무릎 꿇은 조일 도장이 명현자가 사라진 곳을 한참 동안 응시하고 있을 때였다. 슬픈 표정을 짓고 있던 그의 얼굴에 일순 화색이 감돌았다. 바람 소리에 섞여 아스라이 멀어지는 명현자의 음성 때문이었다.

"화산을 잘 꾸리시게, 장문 사질. 자네의 어깨에 짊어진 태산 같은 짐을 내 어찌 모르겠는가? 장문 사질의 생각과 말 한마디에 일천 제자의 미래가 달려 있음을 잊지 마시게. 일평생 발길 내치는 대로 떠도는 나라 하나 묻힐 곳은 화산뿐임을."

조일 도장이 바닥에 엎드려 명현자가 사라진 곳을 향해 절을 올렸다.
'기다리겠습니다. 사숙의 진전을 이어갈 그릇을 만들어 기다리겠나이다.'
바닥에 엎드린 조일 도장의 허리는 한참의 시간이 지나도록 펴질 줄을 몰랐다.

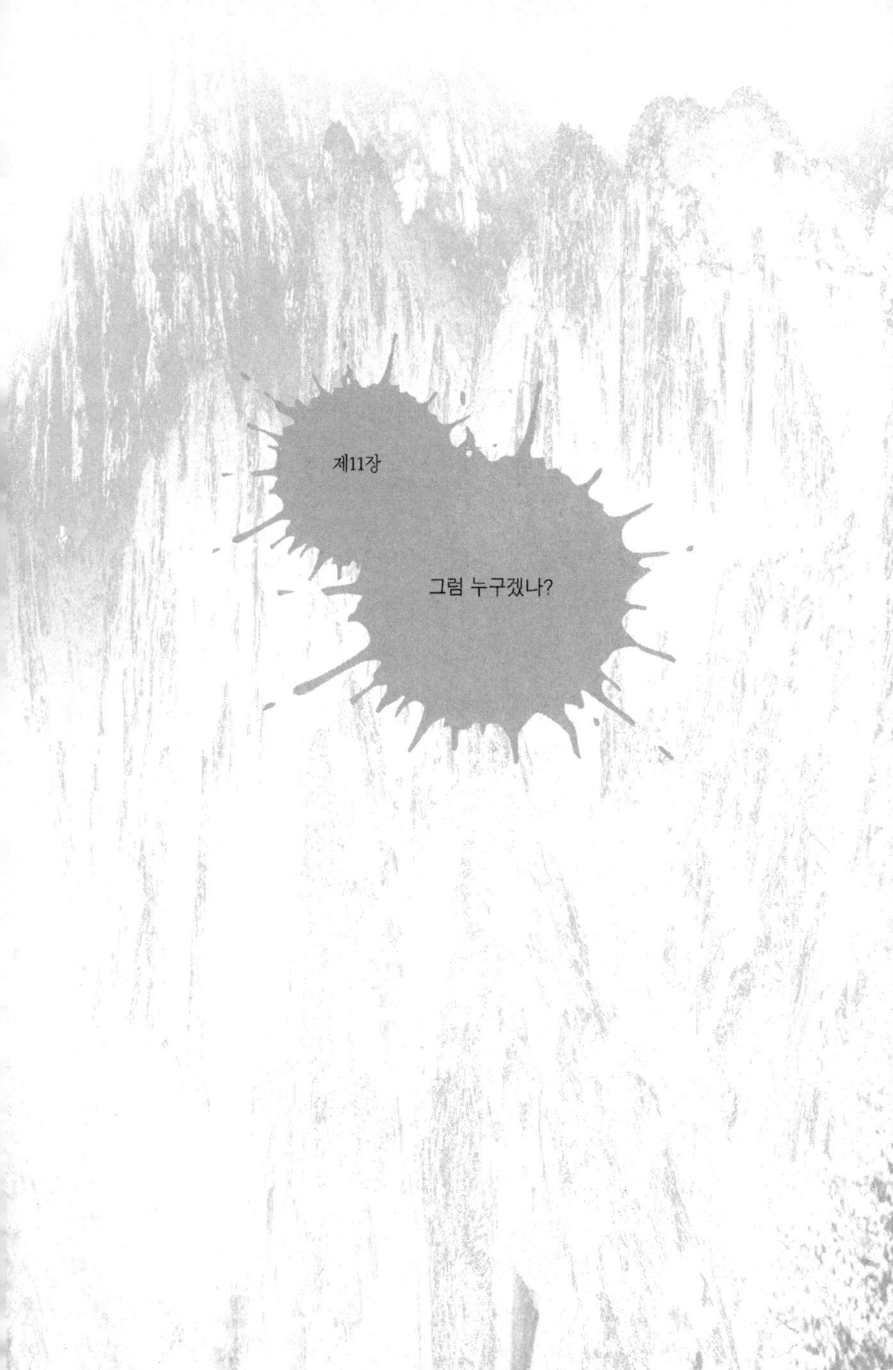

제11장

그럼 누구겠나?

방 안은 고요했다. 타닥 소리를 내며 타오르는 화롯불과 이따금씩 창문을 긁고 지나가는 바람 소리만이 실내의 적막을 깨뜨릴 뿐이었다.

새벽이 되었음에도 눈보라는 좀처럼 그칠 기미가 보이지 않았다.

단리백은 벽에 기댄 채 밤새도록 몰아치는 바람 소리를 들으며 임소하의 곁을 지키고 있었다.

그녀는 계속 아팠다.

머리가 불덩이처럼 뜨거웠고, 열이 몸 전체로 퍼져 있었다.

쉴 새 없이 흐르는 땀과 창백한 얼굴, 건조하게 마른 입술은 아무리 물로 적셔도 금세 갈라졌고, 이따금 몸을 뒤척일 때마다 고통스러운지 인상을 찡그리곤 했다.

그런 임소하의 모습을 지켜보는 단리백은 겉으로 드러내진 않았으나 내심 안쓰러움을 금할 수 없었다.

그렇게 얼마나 시간이 흘렀을까.

짧은 신음을 흘리며 임소하가 천천히 눈을 떴다.

그녀는 눈을 크게 뜨고 주위를 둘러보았으나 아직도 전신이 나른하고 눈이 가물거려 제대로 보이지가 않았다.

"의숙……?"

"여기 있다."

임소하는 단리백의 음성이 들려온 곳을 향해 고개를 돌렸다. 그리곤 희미한 화톳불에 의지한 채 한참 동안 유심히 단리백을 바라보더니 이내 배시시 웃었다.

살짝 웃었을 뿐인 데도 어두운 방 안이 온통 환해지는 듯한 착각이 들었다.

"의숙이 말도 없이 가버리는 꿈을 꾸었어요. 아무리 불러도 돌아보지 않고…… 그래서 다시 혼자가 되는 꿈."

임소하는 안심했다는 듯이 미소를 지어 보였다.

단리백은 말없이 임소하에게 다가섰다. 그리고 이불을 끌어 임소하의 가슴까지 덮어준 다음 대야에 담긴 차가운 물수건을 건져 그녀의 이마와 얼굴 언저리의 땀을 닦아주었다.

"목이… 말라요……."

고개를 끄덕인 단리백이 찻잔을 집었다. 그리고 한 손으로 임소하의 머리를 받친 다음 그녀의 입에 조심스럽게 찻물을 흘려 넣어주었다.

단리백이 그녀의 턱을 타고 흐르는 찻물을 손으로 닦아내며 입을 열었다.

"아느냐? 하마터면 너는 죽을 수도 있었다."

은은한 질책이 섞인 단리백의 음성에 임소하는 말없이 고개를 끄덕였다.

단리백이 말을 이어갔다.

"네가 지닌 힘에 대해 알고 있었느냐?"

임소하가 놀란 얼굴로 단리백을 바라봤다.

"알고 계셨군요."

단리백은 묵묵히 고개를 끄덕였다. 은(隱) 일족에 대해서는 이미 명려군을 통해 많은 것을 들어 알고 있었던 것이다.

은 일족은 예로부터 많은 이들에게 회자되어 왔다.

천지의 신령과 교감하며, 인간을 뛰어넘은 신비한 힘으로 구름과 번개를 다루고 비를 내리게 한다는 그들의 이야기는 떠들기 좋아하는 호사가들에게는 더할 나위 없는 이야깃거리였다. 그래서 은 일족은 수많은 이들의 호기심과 선망의 대상이 되어왔다. 다만 그들은 세상에 좀처럼 모습을 드러내는 일이 없어 전설로만 여겨질 뿐이었다.

사실 단리백도 명려군을 만나기 전엔 그들의 존재를 믿지 않았다. 하지만 그녀를 통해 은 일족에 대해 자세한 것을 들을 수 있었고, 세간의 소문과 상당 부분 다르다는 것을 깨달았다.

은 일족의 힘은 대대로 여인에게만 전승된다. 정확히 말하면 이능력(異能力)이라 할 수 있는 신비한 힘의 일부분을 물려받는 것이다. 이는 마치 잠재력과도 같아, 영적인 각성을 통한 깨달음을 얻지 않고서는 그 어떤 힘도 발휘할 수 없었다.

실제로 대부분의 은 일족은 신비한 힘을 다룰 수 없는 평범한 사람들에 불과했다. 하지만 간혹 그들 가운데 특이한 여아(女兒)가 태어나는데 그들은 그 아이를 가리켜 천룡의 인을 타고난 자라 불렀다.

천룡의 인을 타고난 여인은 대부분 초경을 겪은 이후 지독한 열병을 앓는다. 열흘 정도 지속되는 고통은 그야말로 지옥과 다름없다 한다. 열에 아홉은 이를 견디지 못하고 어린 나이에 죽음을 맞는다. 하지만 이를 견디고 살아남은 여인은 신열(神熱), 혹은 정화(淨火)의 불길 속에서 새롭게 태어난다. 인간으로서는 꿈도 꾸지 못할 신비한 힘을 지니게 되는 것이다.

천형(天刑)이라 할 수 있는 가혹한 시험을 통과한 여인은 은 일족의 존경을 한 몸에 받는 지도자가 되어 그들을 이끌게 되는데, 그녀에 대한 은 일족의 신망과 존경은 그야말로 절대적이었다.

명려군 역시 유사한 과정을 거쳐 은 일족의 지도자가 되었다. 하지만 그녀는 그들을 떠날 수밖에 없었다.

그녀가 지닌 힘은 역대 은 일족의 지도자들 가운데서도 찾아볼 수 없을 만큼 엄청났다. 세상과 교류를 단절한 채 자연을 벗삼아 살아오던 은 일족이었으나 인세를 초월한 그녀의 힘은 서서히 세상에도 알려지게 되었다.

그래서 그녀는 은 일족을 떠났다. 자신을 손에 넣으려는 무서운 세력을 피해, 그리고 그들로부터 은 일족의 안전을 지키기 위해.

오래전 명려군은 불러오는 자신의 배를 쓰다듬으며 이렇게 말했다.

"나는 이 아이가 평범한 삶을 살길 바라. 만약 이 아이가 천룡의 인을 타고난다면 나와는 비교도 되지 않는 힘을 얻게 될 거야. 하지만 나는 그것을 원치 않아."

단리백이 문득 시선을 돌려 탁자 위를 바라봤다. 그곳엔 본래 푸른색을 담고 있어야 할 보석이 산산이 깨진 채 목걸이 줄과 함께 올려져 있었다.

명려군이 임소하에게 선물했다던 목걸이. 거기에 달려 있던 보석은 평범한 것이 아니었다. 임소하의 능력을 봉인하기 위해 명려군 자신이 직접 제작한 것이 분명했다. 신령력을 억

제하기 위한 봉인석. 하지만 이마저 임소하의 힘을 감당하지 못하고 부서져 버렸다.

단리백은 나직이 한숨을 흘렸다. 그녀의 바람은 빗나간 것이다. 임소하는 모친의 핏속에 새겨진 천룡의 인을 고스란히 물려받았다. 그것도 명려군을 훨씬 뛰어넘는…….

처음 명려군이 자신을 살리고 혼절했을 때 그녀는 열흘 넘게 정신을 차리지 못했다. 하지만 임소하는 훨씬 더 위중한 부상을 치료하고도 하룻밤 만에 의식을 되찾았다.

물끄러미 임소하를 바라보던 단리백이 단호한 음성으로 입을 열었다.

"앞으로 두 번 다시 이와 같은 힘은 사용하지 마라."

단리백의 눈빛은 준엄한 꾸짖음을 담고 있었다.

임소하는 큰 잘못을 저지른 아이처럼 힘없는 얼굴로 고개를 끄덕였다.

"알고 있어요, 천리(天理)에 어긋나는 힘을 남발하면 어떤 결과를 가져올지. 하지만……."

임소하가 눈을 들어 단리백을 바라봤다. 그리곤 조그맣게 소곤거리듯 입을 열었다.

"…두려웠는 걸요."

그녀의 눈가에 희미한 물기가 배어 올랐다.

단리백은 그녀의 눈가에 고여 있는 진주같이 맑은 눈물을 보았다. 그 순간 그의 마음속에는 설명하기 힘든 감정이 파문처럼 번져 나갔다.

자신을 위해 칼날 앞에 몸을 던지던 그녀의 모습이 떠올랐다. 또한 그녀는 자신의 목숨을 구하기 위해 크나큰 위험을 기꺼이 감수하지 않았던가.

촉산에서 내려온 이후 이토록 자신에게 진심으로 대한 인물은 임소하가 유일했다.

단리백은 가만히 임소하의 눈을 들여다보았다. 그녀의 속눈썹 사이에 고인 채 떨어질 듯 말 듯 흔들리는 눈물 한 방울.

나직한 한숨과 함께 단리백이 고개를 저었다. 자신이 유일하게 좋아했던 두 사람의 아이. 어찌 그녀에게 마음을 허락하지 않을 수 있겠는가.

단리백은 그제야 확연히 깨달았다. 내심 부정하고 외면하려 했으나 이미 그녀는 굳게 닫아두었던 그의 마음속 깊숙한 곳에 들어와 있었던 것이다.

단리백은 조용히 손을 뻗어 임소하의 뺨을 쓰다듬었다.

뺨에 와 닿는 다정한 손길을 느끼자 결국 임소하는 말을 잇지 못하고 그의 품속에 얼굴을 묻었다.

자연 두 사람은 껴안는 형국이 되고 말았고, 단리백은 그녀에게 가슴을 내준 채 한참을 말없이 우두커니 앉아 있었다.

하지만 시간이 지나자 단리백은 점차 곤혹스러움을 느꼈다. 자신의 품에 안긴 그녀의 몸이 유난히 부드럽게 느껴졌던 것이다. 더불어 코끝을 간질이는 임소하의 체향이 어느 순간 묘한 충동이 되어 야릇한 기분에 휩싸이게 만들었다.

그렇다고 매정하게 그녀를 떼어놓을 수도 없는 노릇이었다. 혹 그녀가 무안함을 느낄지도 모르기 때문이다.

문득 좋은 방안을 떠올린 단리백이 조용히 입을 열었다.

"경하기(傾河氣)라는 내공 심법이 있다. 진기를 다스려 내상을 치료하는 심법 중에 이보다 훌륭한 것은 없지. 너는 이것을 익혀 내상을 치료해야 한다."

단리백이 속삭이자 임소하의 몸이 가늘게 떨렸다. 사내의 숨결이 예민한 귓불을 스치자 야릇한 느낌이 온몸을 사로잡았던 것이다.

말을 마친 단리백은 자연스럽게 임소하를 떼어놓았다. 하지만 그녀의 얼굴에 떠오른 엷은 홍조를 보는 순간 자신도 모르게 가슴이 진탕되는 것을 느꼈다.

단리백은 새삼 그녀가 아름답다는 것을 깨달았다.

"경하기요?"

임소하의 음성에 단리백은 어지러운 상념을 떨쳐 냈다. 어느새 그의 얼굴은 예의 무뚝뚝한 표정으로 돌아가 있었다. 내심 그 점이 아쉬운 임소하였으나 겉으로 내색하지는 않았다.

"하지만 전 무공을 익혀본 적이 없어요."

임소하의 말에 단리백이 고개를 끄덕였다.

"걱정 마라."

단리백은 임소하의 등 뒤로 돌아가 좌정했다. 그리고 한 손을 그녀의 명문혈에 갖다 댄 채 천천히 진기를 끌어올렸다.

뜨거운 기운이 허리 쪽에서 흘러들어 오자 임소하가 화들짝 놀랐다. 하지만 이어진 단리백의 음성에 그녀는 마음을 놓았다.

"내가 진기를 이끄는 대로 가만히 있거라. 그리고 진기가 움직이는 흐름을 기억해 잊지 말아라. 도중에 입을 열어서도, 움직여서도 안 된다."

그 말을 끝으로 단리백은 천천히 진기를 일주천하기 시작했다. 고개를 끄덕인 임소하는 눈을 감은 채 단리백에게 모든 것을 맡겼다.

요동치던 뜨거운 기운이 천천히 몸속을 휘돌자 임소하는 이루 말할 수 없는 청량함이 전신을 씻어내는 듯한 기분이 들었다. 하지만 이도 잠시, 일정한 방향과 흐름을 타고 움직이던 기운이 명치 어림에 이르자 갑자기 불에 달군 바늘로 찌르는 듯한 격통이 느껴졌다.

비명이 터져 나오려는 순간, 단리백의 음성이 들려왔다.

"무슨 일이 있어도 입을 열지 마."

'하지만……'

"나를 믿어라."

마치 자신의 마음을 읽기라도 한 듯 단리백이 말을 잇자 임소하는 입술을 질끈 깨물며 고통을 참았다.

그렇게 얼마나 시간이 지났을까. 임소하는 갑자기 뜨거운 무언가가 목울대를 타고 넘어오는 것을 느꼈다.

"왝!"

자신이 토해낸 검붉은 핏물을 보고 임소하는 몹시 놀랐다. 이때 또다시 단리백의 음성이 들려왔다.

"그것은 기혈을 막고 있던 죽은 피니 염려할 것 없다."

단리백의 말에 임소하는 마음을 놓았다. 그러고 보니 피를 토한 이후 명치에서 느껴지던 고통이 거짓말처럼 사라졌다.

이후에도 고통은 몇 번 더 찾아왔다. 하지만 임소하는 단리백이 지시하는 대로 입을 열지도, 움직이지도 않았다. 단리백을 의지한 채 그가 진기를 움직이는 대로 묵묵히 따를 뿐이었다. 그렇게 무사히 첫 일주천을 마치자 처음과는 비교할 수 없을 만큼 몸이 가벼워진 것을 느꼈다.

하나 단리백은 여기서 그치지 않고 쉬지 않고 네 번이나 진기를 이끌어 경하기의 흐름을 그녀가 완벽히 숙지하도록 도와줬다.

천천히 임소하의 허리에서 손을 뗀 단리백이 조용히 입을 열었다.

"이제 스스로 운기를 해봐라."

단리백의 음성은 처음과 달리 몹시 거칠어져 있었다.

뒷덜미에 느껴지는 사내의 거친 숨결에 임소하는 턱하고 숨이 막혀왔다. 하지만 이내 단리백의 지시에 따라 경하기를 운공하기 시작했다.

그제야 단리백은 침상에서 일어나 한쪽으로 비켜섰다.

비 오듯 흘린 땀으로 그의 옷은 어느새 비를 맞은 것처럼 흠뻑 젖어 있었다.

사실 그가 임소하에게 심법을 전수한 방법은 개정대법(開頂大法)의 일종으로, 소림의 벌모세수(伐毛洗髓)와도 유사한 상승의 묘리가 담겨 있었다.

시전자의 내공으로 상대의 기혈을 타통하고 기맥을 씻어 무공을 익히는 데 필요한 최상의 신체를 갖추게 하지만 자칫 시전자의 진원진기를 해칠 수 있기 때문에 무학의 태산북두라는 소림에서조차 섣불리 사용하지 않는 대법이었다.

게다가 여기에 쏟아 붓는 진기의 양은 실로 어마어마한 것이어서 최소한 스무 명의 절정고수가 힘을 모아야만 시전이 가능했다.

단리백은 이를 혼자서 해낸 것이다.

물론 십대고수 중 누군가가 자신의 목숨을 담보로 한다면 충분히 가능했겠지만 그들 중 누구도 이를 실천에 옮기진 못했으리라. 진원진기를 상하게 되면 자칫 무공의 전폐와도 이어지는 최악의 결과로 이어질 수 있음을 모르지 않기 때문이다.

오직 단리백이기에 가능한 일이었다.

호흡을 가다듬은 단리백이 운공 삼매경에 빠진 임소하를 물끄러미 바라봤다. 비록 오 할에 불과했지만 방금 전의 대법에 모든 내력을 쏟아낸 터라 상당한 피로가 느껴졌다.

단리백은 지그시 관자놀이 부근을 문지르며 벽에 기댔다.

차 한 잔 마실 정도의 시간이 지나 임소하가 운기조식을 마쳤다. 눈을 뜨고 가장 먼저 그녀가 한 일은 단리백의 존재를 찾는 것이었다.

단리백과 눈이 마주친 임소하가 배시시 웃으며 입을 열었다.

"의숙."

"왜?"

"그거 아세요?"

"뭘?"

"전 의숙이 좋아요."

"일없다."

말은 그렇게 해도 단리백의 얼굴에 보일 듯 말 듯한 미소가 희미하게 떠올라 있는 것을 임소하는 놓치지 않았다.

"의숙도 저를 좋아하시죠?"

단리백의 얼굴에 순간적으로 당황한 기색이 스쳤다 사라졌다. 하지만 이내 딱딱하게 굳은 얼굴로 밖으로 나가 버렸다.

이처럼 갑자기 단리백이 사라질 줄 몰랐기에 임소하는 크게 당황해 자신도 모르게 침상 아래로 내려서려 했다.

"윽!"

바닥에 발을 딛는 순간 그녀는 자신도 모르게 신음을 흘리고 말았다. 비록 내상은 어느 정도 호전되었다지만 단리백이 입었던 부상을 고스란히 자신의 몸에 옮긴 탓에 그녀의 전신은 만신창이와도 다름없었던 것이다.

이때 방문이 다시 열리며 단리백이 들어섰다.

다시 돌아온 그의 손에는 여러 가지 약들이 잔뜩 들려 있었다.

"옷을 벗어라."

"네?"

임소하가 황당한 표정으로 반문하자 단리백이 인상을 찡그렸다. 그리곤 성큼성큼 다가가 임소하의 상의를 어깨까지 끌어 내렸다.

"아, 안 돼요!"

당황하고 놀란 나머지 임소하는 어찌할 줄 모른 채 말까지 더듬고 있었다.

"뭐가 말이냐?"

단리백의 반문에 오히려 말문이 막힌 것은 임소하였다. 하지만 이어진 단리백의 말에 임소하는 얼굴이 발갛게 물들었다.

"제때 치료하지 않으면 흉터가 남을지도 모른다."

"제가 할게요."

황급히 약들을 빼앗아 드는 임소하의 모습에 단리백은 피식 웃음을 흘렸다.

"등에는 손이 닿질 않지 않느냐?"

“그건……”

말끝을 흐리던 임소하가 단리백을 힐끗거리더니 기어들어 가는 음성으로 입을 열었다.

“하지만 부끄럽단 말이에요.”

목덜미까지 붉힌 임소하의 모습에 단리백이 대수롭지 않은 얼굴로 감총전을 집어 들었다.

“부끄러울 것 없다, 어차피 볼 것도 없으니. 그런 소린 십 년이 지나서 해도 늦지 않는다.”

“너무해!”

임소하가 빽 소리를 질렀지만 더 이상 논할 가치도 없다는 듯이 단리백은 그녀의 어깨에 난 상처에 감총전을 부었다.

‘악!’

그녀는 감총전이 상처에 닿는 순간 펄쩍 뛸 정도로 아팠으 나 터져 나오려는 비명을 간신히 목구멍 속으로 집어삼켰다.

“참을 필요 없어.”

단리백이 무뚝뚝한 음성으로 말했으나 그녀는 땀을 뻘뻘 흘리면서도 억지로 웃었다.

“괜찮아요. 하나도 아프지 않은 걸요.”

단리백은 말없이 고통을 참고 있는 그녀의 얼굴을 내려다 보고 있었다.

단리백이 빤히 자신을 바라보자 임소하는 얼굴을 들 수 없 었다. 의숙이라곤 하나 누군가에게 속살을 보인다는 것이 이토록 부끄러울 수 없었다.

그러나 한편으론 단리백이 자신의 상처를 치료하는 과정을 가만히 보고 있자니 가슴 한구석에 달콤한 감정이 샘솟듯 올라왔다. 단리백 같은 사람은 이런 일을 절대 하지 않으리라고 생각하고 있었다.

그녀는 남과 싸울 때의 그가 얼마나 무서운지 몇 번이나 보아서 알고 있었다. 그가 사람을 해치는 것을 볼 때마다 소름이 오싹 끼쳤으나 평상시의 단리백은 자신에겐 무척이나 관대하고 따듯한 사람이었다.

그녀는 그것이 고마웠다.

자신에게만 특별히 마음을 열어준 것이 너무나 기뻤다.

"나머진 네가 할 수 있겠지?"

자신만의 생각에 빠져 있던 임소하는 문득 들려온 단리백의 음성에 퍼뜩 정신을 차렸다.

"예?"

"어깨와 등의 상처는 치료했다."

"아!"

뒤늦게 단리백의 말뜻을 이해한 임소하가 고개를 끄덕였다.

약들을 놓고 밖으로 나서며 단리백이 가볍게 한숨을 터뜨렸다.

"정말이지, 볼 게 없군."

그 말이 무슨 뜻인지 몰라 한참 동안 눈을 깜빡이던 임소하
는 단리백의 입매에 떠오른 미소를 발견하고는 얼굴이 확 달
아올랐다.

"색마!"

황급히 옷깃을 여미며 임소하가 소리쳤다. 그러나 단리백
은 이미 밖으로 사라진 뒤였다.

밖으로 나선 단리백은 안에서 들려온 뾰족한 음성에 빙그
레 웃음을 머금었다. 스스로 생각해도 그와 같은 농담을 한
게 믿겨지지 않았다. 하지만 이내 그의 얼굴은 언제 그랬냐는
듯 차갑게 변했다.

"무슨 일이지?"

단리백의 음성이 사라지기도 전, 눈보라를 헤치며 호계상
이 모습을 드러냈다.

"소하는 괜찮은가?"

다가서며 조심스레 질문하는 호계상의 얼굴에는 진심으로
염려하는 빛이 역력했다.

단리백이 천천히 고개를 끄덕이자 호계상의 얼굴에 언뜻
안도의 감정이 떠올랐다.

이윽고 호계상이 단리백을 바라봤다. 그리고 곧장 본론을
꺼냈다.

"미끼를 던져 놓았네. 모르긴 몰라도 지금쯤 뭐가 걸려도

걸렸을 게야.”

＊　　　＊　　　＊

치이익.

허벅지에서 피어오르는 새하얀 연기.

“크윽…….”

붉게 달아오른 인두에 타 들어가는 자신의 살 내음을 맡으며 송자필은 이를 악물었다. 하지만 이는 오히려 상대의 흥만 돋워준 꼴이 되고 말았다.

“제법 잘 견디는군. 하지만 이건 어때?”

잔인한 미소를 머금은 중년인이 인두를 쥔 손에 힘을 넣어 비틀었다. 끝을 갈아 뾰족하게 날을 세운 인두는 사정없이 송자필의 허벅지 살을 헤집었다.

“으아악!”

결국 송자필의 입에서 비명이 터져 나왔다. 그리곤 고통을 견디지 못해 정신을 잃고 말았다.

친우의 고통을 옆에서 지켜보던 마운영의 눈에서 자욱한 살광이 솟구쳤다.

“네놈은 대체 누구냐?”

“몰라서 묻는 건가?”

오히려 반문하는 풍소명을 마운영은 핏발 선 눈으로 노려보았다.

"너는 문주님이 아니다! 문주님을 어떻게 한 것이냐?"

풍소명의 입가에 비릿한 웃음이 떠올랐다.

"일개 녹림도 따위에게 죽은 위인은 내 알 바 아니지."

"문주님이… 녹림도에게? 말도 안 돼!"

마운영은 눈앞에서 풍소명의 얼굴을 하고 있는 자의 말을 믿을 수 없었다. 자신과 송자필이 합공을 펼친다 해도 백 합 안에 승부를 낼 수 없을 만큼 풍소명의 무위는 고강했다. 한낱 비적에 불과한 녹림도에게 죽임을 당할 만큼 호락호락한 인물이 아니었던 것이다. 하나 눈앞에서 이죽거리는 가짜 풍소명의 말에 눈빛이 급격히 흔들렸다.

"뭐, 그로서도 별수없었을 거야. 산공분(散功粉)에 당해 내공을 쓸 수 없는 상태였으니까."

"네놈이……!"

한차례 빠드득 이를 갈아붙인 마운영이 노성을 터뜨렸다.

"네놈이 무슨 짓을 했는지 알고 있느냐? 감히 기천문을 건드리고도 네놈이 무사할 줄 알았더냐? 의천맹은 결코 이를 좌시하지 않을 것이다!"

눈빛만으로 사람을 죽일 수 있다면 지금 마운영의 눈빛이 그러했다. 하지만 풍소명은 피식 웃음을 흘리더니 손가락으로 마운영의 이마를 툭툭 두드렸다.

"의천맹이라고? 어이, 이봐. 내가 누굴 위해 일한다고 생각해?"

자신만만한 풍소명의 모습에 마운영은 의아함을 금치 못했다. 당금 의천맹은 과거 구대문파의 성세를 능가하고도 남을 만큼 엄청난 위세를 드높이고 있었다. 하지만 눈앞의 사내는 정도무림의 하늘이라고까지 불리우는 의천맹을 적으로 돌리고도 전혀 거리낌이 없었다.

순간 짙은 의혹이 그의 뇌리를 사로잡았다.

"설마?"

"그래, 그 설마다. 나는 집법당(執法堂)의 집법사자(執法使者)다. 이런 촌구석에서도 한 번쯤은 들어본 적 있겠지?"

"……!"

마운영은 경악을 금치 못했다. 현 의천맹주인 남궁정을 보필하며 스스로 지닌바 능력만으로 혈연과 지연을 뛰어넘어 일인지상 만인지하의 독보적인 위치를 자리매김한 인물. 끝을 알 수 없는 신묘막측(神妙莫測)한 재주를 지녔다 하여 신기수사(神技修士)라 불리우는 종리청의 직속 단체인 집법당의 존재를 그가 모를 리 없었다.

비록 집법당이 의천맹에 속해 있는 단체이긴 하나 의천맹의 그 누구도 그들을 두려워하지 않는 이가 없었다. 의천맹내의 배신자를 색출하고 그에 따르는 형벌의 집행을 담당하는 곳이 집법당이었기 때문이다.

독립적인 명령 체계와 규율을 지닌 집법당은 오직 의천맹주인 남궁정과 총사인 종리청의 지시만을 따랐고, 그들에겐 막대한 권한이 주어졌다.

의천맹이 만들어질 당시 의천맹을 떠받치던 다섯 개의 기둥 중 하나였던 모용세가의 몰락에 집법당이 개입했다는 사실은 이미 공공연한 비밀이었다.

당시 모용세가의 가주 모용기는 의천맹주 못지않은 권력을 지니고 있었다. 처음 집법당이 창설될 당시 모용기는 종리청 개인을 위해 집법당의 힘이 남용될 것을 우려해 수차례 남궁정에게 집법당의 해체를 건의했다. 여기에 의천맹 내의 수많은 유력 인사들이 모용기의 의견에 동참했고, 이는 자칫 내분의 움직임으로까지 이어질 조짐을 보이기 시작했다.

하지만 모용기가 원인을 알 수 없는 죽음을 당하고 모용세가 내에 끊임없는 변고가 일어나면서 모용세가는 급격히 힘을 잃기 시작했다.

반면, 엄청난 기세로 힘을 키운 혁련세가가 모용세가의 빈자리를 채웠다. 모용세가와 달리 혁련세가는 집법당의 존재에 대해 전폭적인 지지를 아끼지 않았다. 심지어 혁련세가의 가주 혁련걸은 자신의 두 아들을 집법당에 가입시키기까지 했다. 우연인지는 몰라도 당금의 혁련가주 혁련걸은 다른 세 개의 기둥을 제치고 남궁정의 뒤를 이은 차기 의천맹주로까지 거론될 말큼 의천맹 내에서 확고한 입지를 굳히고 있었다.

이후 소문이 나돌기 시작했다. 모용세가가 기울어진 원인은 집법당의 은밀한 행사가 있었기 때문이라는 것이었다. 겉으로만 쉬쉬할 뿐 대부분이 이를 인정하는 분위기였다. 이후 집법당의 이름은 의천맹에 몸담은 이들에게 두려움의 대상이 되었다.

"대체 무엇 때문에 집법당이 우릴……?"

영문을 알 수 없는 일이었다. 비록 사파무림의 세력인 산서에 위치해 있다곤 하나 기천문은 엄연히 의천맹 휘하의 문파였다. 어째서 같은 의천맹 소속인 집법당이 기천문을 음모로 몰아넣는단 말인가?

"분수를 잊었기 때문이지."

의아해하는 마운영을 향해 풍소명으로 변장한 집법사자가 인두를 들어 그의 눈앞에서 흔들었다.

"풍 문주와 흑암보주 사이의 친분을 우리가 모를 거라 생각했나?"

"……!"

"본래 기천문은 산서의 흑도 무리들과 흑암보를 감시하는 역할. 기껏 우정 놀음이나 하라고 본 맹이 지원해 준 것이 아니야. 거기다 한술 더 떠 풍소명은 본 맹의 행사를 흑암보주 임채성에게 알리려고까지 했지."

"그럼……."

"거기까지. 나 또한 더 이상 언급하는 건 위험하니까. 뭐, 자세한 건 저승에서 네 주인을 만나 물어봐."

그제야 마운영은 모든 상황은 짐작할 수 있었다. 납득할 수 없었던 풍소명의 행동도 이해할 수 있었다. 평소와 달리 임소하의 추적과 납치를 명령했을 때부터 눈치 챘어야 하건만…….

"그렇군. 네놈은 처음부터 우리를 죽일 생각이었구나."

"이제야 눈치 챈 건가?"

마운영은 허탈한 웃음을 흘렸다. 풍소명의 명령에 따라 변방을 떠돌던 그때부터 이미 음모는 시작되고 있었던 것이다. 아니, 그 명령조차 풍소명이 내린 것이 아닐 수도 있었다.

"끊임없이 사지에 밀어 넣었는 데도 번번이 살아 돌아오니 처음엔 어이가 없었지. 하지만 그 운도 이젠 끝이야."

스르릉!

시원한 검명과 함께 푸르스름한 예기가 감도는 검신이 모습을 드러냈다.

"분근단맥(分筋斷脈)의 고통을 어찌 견디나 지켜볼까?"

천천히 검을 움직이는 집법사자의 눈에서 잔혹한 안광이 번뜩였다. 마운영을 가리킨 그의 검은 갈빗대 위의 어깨와 목 사이를 가로지르는 빗장뼈 부근에서 멈춰 섰다.

이에 마운영은 침음성을 삼켰다. 비파골이 부서지는 것은 시작에 불과하다. 말 그대로 전신의 근육을 자르고 기맥을 파괴해 폐인으로 만들지 않고서는 분근단맥의 형벌은 끝나지 않을 것이다.

"너희들의 죽음으로 나는 완벽한 풍소명이 되는 것이지."

싸늘하게 읊조린 집법사자가 검을 쥔 손에 힘을 넣었다.

"제길……!"

마운영은 머지않아 들이닥칠 고통을 각오하며 질끈 눈을 감았다.

그때였다.

카앙!

"……!"

차가운 금속성에 눈을 뜬 마운영의 눈이 더없이 크게 홉떠졌다. 눈앞에서 벼락 맞은 뱀처럼 휘청이는 검 때문이 아니었다. 비척거리며 물러서는 풍소명의 어깨 너머로 모습을 드러낸 한 인물 때문이었다.

"껄껄, 아슬아슬한 순간에 딱 맞춰 도착했군."

"호 노인!"

예상치 못한 호계상의 출현에 마운영은 놀라움을 금치 못했다. 이곳은 기천문 내에서도 극소수만이 알고 있는 비밀 뇌옥이었기 때문이다.

"대체 어떻게?"

마운영의 반문에 호계상이 여유로운 표정으로 자신의 수염을 매만졌다.

"애송이 녀석, 내가 누구라고 생각하는 거냐?"

용의주도한 성품의 호계상은 마운영과 송자필의 옷자락에

일찌감치 천리도향분을 묻혀놨던 것이다. 그리고 이를 추적하는 것은 그에게 별반 어려운 일이 아니었다.

호계상을 알아본 집법사자가 침음성을 흘렸다.

"천면호리……!"

"그렇네. 노부가 호계상일세."

고개를 끄덕인 호계상이 천천히 걸음을 옮겨 집법사자의 전면을 막아섰다. 그리곤 여전히 그에게서 시선을 거두지 않은 채 마운영을 향해 질문을 던졌다.

"내 말이 맞지?"

"그렇소. 그는 의천맹 휘하 집법당의 집법사자요. 지금까지 문주님 행세를 하며 우리를 속여왔소."

한순간 호계상의 얼굴에 실망감이 떠올랐다.

'집법사자라고? 음… 이미 이곳엔 없는 것인가?

호계상은 풍소명으로 변장한 눈앞의 사내가 혹 자신의 사제가 아닐까 생각하고 있었다. 하지만 기질이 확연히 달랐다. 게다가 용의주도하기로 따지자면 세상에 둘도 없을 그가 이처럼 쉽게 꼬리를 잡힐 리도 만무했다. 하지만 성과가 아예 없는 것은 아니었다. 적어도 자신의 사제는 어떤 식으로든 의천맹과 중요한 관련이 있을 것이 분명했다.

"역시 의천맹이었군. 뭐, 자세한 건 저놈을 잡아 족쳐 보면 알게 되겠지."

촤라랑!

한 손에 든 면도를 채찍처럼 늘어뜨리며 호계상이 집법사자를 향해 다가섰다.

이에 집법사자의 얼굴에 가소롭다는 감정이 떠올랐다.

"한낱 흑도 무리들 사이에서 이름이 조금 높다고 너무 기고만장하군."

"그거야 직접 확인해 보면 될 일 아닌가?"

호계상이 진기를 끌어올리자 비단처럼 바닥에서 흐느적거리던 혈영음도가 천천히 도첨을 들어올렸다.

이에 집법사자가 음침한 웃음을 터뜨리며 호계상을 노려봤다.

"크큭, 좋아. 천면호리 정도라면 능히 내 검을 받을 자격이 있지. 나는 초 씨 성을 쓰며 이름은 영이라 한다."

호계상의 눈에 잠시 이채가 떠올랐다.

"초영? 칠검불요(七劍不要)라는 애송이가 바로 너였느냐?"

자신을 초영이라 밝힌 집법사자가 고개를 끄덕였다.

호계상은 상대를 얕보던 마음을 버렸다. 초영의 유명세는 이곳 산서에도 널리 알려져 있었다. 그가 강호에 나선 것은 불과 이삼 년밖에 되지 않았다. 하지만 그가 지금껏 치른 서른여덟 번의 비무는 그의 이름을 백대고수 안에 들게 하기에 충분한 것이었다.

그는 총 열여섯 개의 초식으로 이루어진 용화검법(龍華劍

法)을 장기로 하는 자였는데, 지금까지 일곱 초식 이상을 사용해 본 적이 없다고 알려져 있었다. 그래서 명호도 칠검불요였다.

그의 검 아래 거꾸러진 자들 또한 강호에서 알아주는 고수였기에 호계상은 긴장을 늦출 수 없었다. 하지만 한순간 호계상의 눈빛이 반짝였다.

"너는 싸울 곳을 잘못 골랐다, 애송이."

채 말을 끝맺기도 전에 호계상은 벼락처럼 손을 휘둘렀다.

촤라락!

날카로운 음향과 함께 호계상의 손에 들린 혈영음도가 채찍처럼 초영을 향해 날아들었다.

"흥!"

이에 초영이 차가운 냉소를 터뜨렸다. 비단처럼 얇은 면도는 궤도를 예측하기 힘든 기병. 하나 그만큼 무게가 실리지 않아 위력이 현저히 떨어지는 단점이 있었다. 더구나 이처럼 진기가 실리지 않은 병기라면 말할 것도 없다.

카앙!

초영이 검을 휘둘러 자신의 미간을 향해 떨어지는 혈영음도를 쳐냈다. 그 순간 호계상은 기다렸다는 듯이 손목을 뒤틀었다.

째재재재쟁!

소란스러운 금속성이 뇌옥 안을 가득 메운 것도 동시였다.

"헛!"

초영의 입에서 헛바람이 새어 나왔다. 자신의 검에 막혀 튀어 오른 혈영음도의 검신이 좁은 뇌옥의 벽에 이리저리 부딪치며 종잡을 수 없는 궤도로 날아들고 있었기 때문이다.

이를 악문 초영이 정신없이 검을 휘둘러 눈앞으로 짓쳐드는 혈영음도를 쳐내기 시작했다. 하지만 혈영음도를 쳐내면 쳐낼수록 반탄력이 실린 혈영음도는 더욱 기세가 흉흉해졌다.

초영의 얼굴에 낭패의 기색이 떠올랐다. 제대로 실력을 보이기도 전에 꼼짝없이 수세에 처하고 만 것이다.

"하하하! 어떠냐, 애송이? 혼백이 쏙 달아나지?"

"이 여우 같은 늙은이가!"

호계상의 웃음에 초영은 분노를 터뜨렸다. 하지만 이미 빼앗긴 승기를 되찾아오기란 매우 어려운 일이었다.

뇌옥으로 쓰이는 이곳은 매우 좁은 공간이었다. 호계상의 면도는 무려 일 장에 가까운 장병(長兵). 당연히 운신의 폭이 좁아질 수밖에 없었다. 하나 초영이 생각지 못한 것이 있었으니, 그건 혈영음도의 재질이었다. 현철을 섞어 제련한 혈영음도의 도신은 매우 탄력이 뛰어났다. 공격을 펼치는 데 방해가 되리라 생각한 석실의 벽이 혈영음도의 탄력으로 인해 더할 나위 없는 공격 수단으로 탈바꿈한 것이다.

비록 백지장만큼의 차이라고는 하나 초영의 무공은 분명

호계상보다 우위에 있었다. 하지만 호계상에게는 수십 년간 도산검림(刀山劍林)을 헤쳐 온 노련한 경험이 있었다.

초영은 호계상을 얕보고 섣불리 싸움을 시작한 것을 후회했다. 하지만 후회는 아무리 빨라도 늦는 법.

찌익!

혈영음도에 스친 초영의 장포가 길게 찢어지며 곳곳에서 핏물이 배어 나오기 시작했다.

"큭!"

초영의 눈에서 불똥이 튀어 올랐다. 하나 이내 냉정을 되찾았다. 불리한 상황에서 무리하게 피해를 자초할 필요가 없었다. 넓은 곳에서 싸우면 호계상 정도는 칠 초 안에 목을 날려버릴 자신이 있었다. 다행히 아직 자신은 석실의 입구를 등지고 있는 상태였다.

있는 힘껏 두 발로 바닥을 박찬 초영이 입구를 향해 신형을 날렸다.

콰직!

어깨로 입구를 박살 낸 초영이 그대로 날 듯이 달려 석실 밖으로 빠져나왔다. 그리곤 석실 안을 향해 소리쳤다.

"나와라, 늙은 여우!"

"자신있으면 네가 들어오지 그래?"

석실 안에서 들려온 호계상의 능청스러운 음성에 초영의 얼굴이 있는 대로 일그러졌다. 하나 섣불리 석실 안으로 들어설 수 없었다.

이러지도 저러지도 못하고 전전긍긍하고 있을 때 초영은 무언가 따가운 시선을 느끼고는 고개를 번쩍 쳐들었다.

언제 나타났는지 사오 장 떨어진 암석 위에 하나의 인영이 걸터앉은 채로 유령처럼 있었다.

위협적인 기파를 뿌리는 냉혹한 눈빛의 사나이.

단리백이었다.

얼음보다 차가운 단리백의 눈빛에 초영은 일순 심신이 위축되는 것을 느꼈다. 하지만 애써 태연한 신색으로 입을 열었다.

"스스로 용담호혈(龍潭虎穴)에 뛰어들다니, 확실히 배짱 하난 인정해 줘야겠군. 하지만 너는 이곳에 들어선 것을 후회하게 될 것이다."

말을 마친 초영이 품속에서 호각을 꺼내 입에 물었다.

삐익!

호각을 분 초영이 여유로운 표정으로 단리백을 응시했다. 하지만 이내 그의 눈에 의아함이 떠올랐다. 호각 소리를 신호로 즉시 달려왔어야 할 동료들의 모습이 보이지 않았던 것이다.

초영이 당황하고 있을 때 단리백이 손을 들어 한곳을 가리켰다.

"……!"

고개를 돌린 초영의 얼굴이 경악으로 굳어졌다. 십 장쯤 떨어진 정원 한 켠. 얼어붙은 연못 위로 아무렇게나 방치되어 있는 십여 구의 주검이 눈에 들어왔다. 자신을 제외하고 기천문에 투입된 집법사자 전원이었다.

초영은 스멀스멀 피어오르는 불길함을 억누르며 애써 태연한 척 입을 열었다.

"너냐?"

"그럼 누구겠나?"

단리백이 그를 향해 한 걸음 내디뎠다.

순간, 그는 이미 초영의 눈앞에 서 있었다.

어떻게 움직였는지 보이지도 않는 극쾌의 신법이었다. 그리고 붉은 음영이 드리운 손을 뻗어 초영의 목을 움켜쥐려 했다.

초영은 본능적으로 검을 휘둘렀다.

츠츠츳!

눈앞에서 폭발적으로 피어오르는 눈부신 검세(劍勢)!

이를 확인한 초영의 입매에 희미한 미소가 떠올랐다. 단리백의 살기에 놀란 나머지 지금껏 펼친 적 없던 최후 초식인 일진광풍(一陣狂風)을 펼쳤는데, 그 안에 담긴 위력이 전작 본인도 놀랄 만큼 날카로웠기 때문이다.

반면, 단리백이 손을 내뻗은 동작은 공격 방향과 변화가 눈에 빤히 보이는 극히 단순한 수법이었다.

까앙!

차가운 금속성이 울려 퍼지며 초영의 검신 중간이 뚝 하고 부러져 나갔다.

'도검불침(刀劍不侵)!'

초영의 눈에 경악의 빛이 떠올랐다.

도저히 이해할 수 없는 일이었다. 평범한 검이 아닌 이기생형의 검기가 실려 있는 검을 맨손으로 부러뜨리다니!

하나 놀람도 잠시, 초영은 고수답게 검을 버리고 재빨리 금나수로 마주 웅수했다.

강호에서는 늘 서 푼의 힘을 숨기라는 말이 있다. 그리고 초영은 그런 사부의 가르침을 잊지 않았다. 그의 장기는 비단 검뿐만이 아니었던 것이다.

강호에 나선 이후 초영은 지금까지 칠 초 이상의 파풍검법을 시전해 본 적이 없었다. 자신과 비등한 상대와 겨루어보지 못했기 때문이다. 하지만 드러낼 기회를 찾지 못했을 뿐 그는 검보다 무서운 무기를 숨기고 있었다. 바로 자신의 손가락이었다.

이미 대력응조공(大力鷹爪功)을 십이성까지 대성한 그의 손가락은 한 치 두께의 강철판도 종잇장처럼 찢어발길 만큼 무시무시한 위력이 담겨 있었다. 거기에 아홉 개의 동작으로 이루어진 절수구식(截手九式)이란 이름의 절정의 금나수가 더해졌다.

감히 단언하건대, 의천맹 내에서 자신과 금나수로 겨룰 수 있는 사람은 세 손가락 안에 꼽을 것이다.

아니나 다를까.

파파파팡!

두 사람의 손이 불과 서너 번 격렬하게 얽히나 싶더니 단리백의 손목이 초영의 갈고리 같은 손에 붙들렸다.

씨익.

득의의 웃음을 머금은 초영은 자신의 손에 잡힌 단리백의 손목을 안쪽으로 비틀었다. 완맥을 잡힌 상태에서는 그가 아무리 용을 쓴다 해도 빠져나갈 수 없을 것이다. 하지만,

꽈앙!

사정없이 바닥에 패대기쳐진 것은 오히려 초영이었다.

영문을 몰라 의아해하던 초영은 이내 들려온 섬뜩한 음향에 정신이 번쩍 들었다.

뚜둑!

"으아아악!"

비명을 지르던 초영이 고개를 들었을 때 붉은 핏물이 뚝뚝 떨어질 것만 같은 단리백의 짙은 안광이 눈에 들어왔다.

초영은 입을 딱 벌렸지만 비명도 지를 수가 없었다. 단리백의 살기를 정면에서 마주한 순간 숨이 턱 막혀왔기 때문이다.

우드득!

왼손에 이어 오른손의 손가락 역시 수수깡처럼 맥없이 부러져 나갔다. 하지만 그것이 끝이 아니었다. 단리백은 비명을 지를 여유도 주지 않고 초영의 손목과 팔꿈치, 그리고 어깨뼈까지 산산이 박살 내버린 것이다.

"……!"

초영이 눈을 부릅떴다. 이처럼 처참히 으스러져 형태를 잃어버린 손으로는 두 번 다시 대력응조공을 펼칠 수 없으리라. 하지만 그보다 더욱 공포스러운 것은 단리백의 손속에 전혀 망설임이 없다는 것이었다.

그리고 눈빛.

마치 눈앞의 벌레를 짓밟듯이 그 어떤 감흥도 느껴지지 않는 단리백의 눈빛은 그 자체만으로도 마음 깊은 곳에 있는 근원적인 두려움을 끄집어내고 있었다.

턱.

이때 단리백이 손을 뻗어 초영의 목을 움켜쥐었다.

초영의 얼굴이 흙빛이 되어버렸다.

초영은 비로소 자신이 지금까지 느끼고 있던 감정을 깨달았다.

공포!

지금까지 까맣게 잊고 있던 낯선 감정이 그의 정신을 송두리째 뒤흔들고 있었다.

"자, 잠깐!"

발작적으로 외친 초영이 다급하게 말을 이어갔다.

"나에게 물어볼 것이 있지 않소? 나를 죽이면 당신이 알고자 하는 것은 영원히 어둠에 묻힐 것이오."

"뭘 알고 있지?"

이대로 죽는 것이 아닌가 해서 두려움에 떨던 초영의 얼굴에 한줄기 희망의 빛이 떠올랐다.

"일단 약속해 주시오, 내 목숨을 거두지 않겠다고."

단리백의 입매에 슬쩍 웃음이 걸렸다. 그리고 이어진 단리백의 음성에 초영은 자신도 모르게 부르르 진저리를 쳤다.

"가당치도 않군. 네게 주어진 선택은 두 가지다, 편한 죽음과 고통스러운 죽음."

웃는 얼굴로 다가선 호계상이 포승줄을 풀어주자 마운영이 튕겨 오르듯 벌떡 신형을 일으켰다. 하지만 일어나기가 무섭게 억 하는 소리와 함께 바닥에 주저앉고 말았다. 꼬박 하룻 동안 쉬지 않고 이어진 매질에 온몸이 성한 곳이 없었기 때문이다.

"미련한 놈. 제놈이 무슨 동피철골(銅皮鐵骨)인 줄 아나?"

혀를 찬 호계상이 혼절해 있는 송자필을 향해 걸음을 옮겼다. 그리곤 송자필의 미심혈(眉心穴)을 향해 가볍게 손끝을 튕겼다.

"끄응……."

신음을 흘리며 의식을 회복한 송자필은 흐릿한 눈으로 주위를 살피다 호계상을 발견하곤 쓴웃음을 머금었다.

"왜 이리 늦게 온 것이오?"

"사정이 있어 그리되었다. 움직일 수 있겠느냐?"

호계상의 질문에 송자필은 설레설레 고개를 흔들었다.

"쯧쯧, 한심한 놈들."

호계상이 손을 뻗어 마운영과 송자필을 부축해 일으켰다.

"크윽!"

"윽!"

"엄살 부리지 마라. 이 정도로는 안 죽어."

호계상의 한마디에 송자필과 마운영은 무안함에 얼굴을 붉혔다.

이때 마운영이 호계상을 향해 황급히 입을 열었다.

"지금 이러고 있을 때가 아니오! 이번 일에 얽힌 진실한 내막을 알아내기 위해선 달아난 그자를 잡아야 하오!"

"걱정할 것 없다. 그놈이 빠져나갈 구멍은 없어."

"무슨 말이오?"

"나가 보면 안다."

자신만만한 호계상의 대답에 마운영은 더 이상 질문을 하지 않았다.

아니나 다를까.

호계상의 어깨에 의지해 석실 밖으로 나선 마운영은 차가운 바닥에 나무토막처럼 뻣뻣하게 쓰러져 있는 초영의 모습을 발견할 수 있었다.

어디서 그런 힘이 나왔는지 돌연 송자필이 호계상의 손을 뿌리치더니 초영을 향해 달려들었다.

퍽!

송자필의 발이 초영의 명치 어림에 깊숙이 꽂혔다. 그러고도 분이 풀리지 않는지 송자필은 초영을 향해 쉬지 않고 발길질을 해댔다.

마혈은 물론 아혈까지 제압당한 상태여서 초영은 반항은커녕 비명조차 지를 수 없었다. 그저 새우처럼 몸을 웅크린 채 송자필의 원한 서린 매질을 고스란히 감내할 뿐이었다.

인정사정없는 가혹한 발길질에 초영은 이내 초주검이 되었다.

"그만 하지. 그에게 알아내야 할 게 있지 않은가?"

호계상의 만류에 송자필은 그제야 매질을 멈췄다. 부러진 이빨과 한데 섞인 핏물을 꾸역꾸역 토해내는 초영을 잡아먹을 듯이 노려보던 송자필은 그의 얼굴에 침을 뱉고 돌아섰다.

멀찍이 서 있던 단리백이 호계상을 향해 다가선 것도 그때였다.

"이자인가, 현문의 배신자가?"

"아닐세. 이자는 초영이란 놈이야."

단리백의 질문에 호계상이 피투성이가 된 초영의 턱을 움

커쥐었다. 그러자 우드득 소리를 내며 초영의 얼굴이 뒤틀리
더니 풍소명의 모습은 온데간데없이 사라지고 삼십대 중반의
날카로운 얼굴로 변했다.

호계상의 얼굴에 착잡한 빛이 떠올랐다.

"역근환용(易筋換容)이라는 본 문의 비전 역용술일세. 자신
뿐만 아니라 타인에게도 시전할 수 있지. 누명을 쓰고 쫓겨나
는 바람에 나는 익히지 못했지만 말이야. 확실히 이번 일에는
나의 사제가 개입한 것 같군."

씁쓸한 표정을 짓고 있던 호계상이 문득 이채 어린 눈으로
단리백을 바라봤다.

"그건 어디에 쓰려고?"

단리백의 손에는 사람 손목만 한 두께의 나무토막이 들려
있었다. 그리고 그의 발치에는 날카로운 말뚝 십여 개가 놓여
져 있었다.

호계상의 질문에도 아랑곳 않고 단리백은 수도로 나무토
막을 깎아 두 개의 말뚝을 더 만들었다. 그리곤 쓰러져 있는
초영을 향해 지풍을 날렸다.

퍽!

"왁!"

왈칵 한 모금의 피를 토한 초영이 두려움에 질린 눈으로 단
리백을 바라봤다.

초영을 향해 단리백이 입을 열었다.

“두 번 묻지 않겠다.”

그리고 질문이 이어졌다.

“누구냐?”

“……!”

짧은 순간에 초영의 눈빛이 여러 번 뒤바뀌었다. 하지만 이
내 그는 신음을 흘리듯 입을 열었다.

“모, 모르오. 흑암보의 작전은 본 맹의 최고 기밀. 나는 단
지…….”

“그만.”

단리백이 초영의 말을 잘랐다. 그리고 더없이 음산한 살기
를 피워 올리며 초영을 노려봤다.

“네가 선택한 것이다.”

순간 초영은 더없이 음유한 기운이 전신을 옭아매는 것을
느꼈다. 그리곤 자신의 몸이 허공에 떠오르는 것이 아닌가?

“자, 잠깐!”

초영이 재빨리 입을 열었으나 단리백은 들을 가치도 없다
는 듯 손을 휘둘렀다.

콰앙!

오 장 정도를 날아간 초영의 신형이 기천문의 대문에 거칠
게 내동댕이쳐졌다.

“컥!”

한 사발이 넘는 피를 토한 초영은 뒤늦게 자신의 상태를 깨

닫고 사색이 되었다. 알 수 없는 힘에 사지가 결박되어 대문을 등 진 채 허공에 떠 있었다. 그리고 맞은편에선 단리백이 한 걸음씩 다가서고 있었다.

스윽.

단리백이 오른손을 들어올리자 바닥에 떨어져 있던 열두 개의 말뚝이 천천히 허공으로 떠오르기 시작했다.

그 순간 초영의 얼굴에서 핏기가 사라졌다.

초영은 영리한 사람이었다. 말뚝의 용도를 깨닫는 순간 자신의 계획이 완전히 틀어졌음을 깨달았다.

"혁련세가요! 흑암보의 작전에는 혁련세가의 정예가 참여했소!"

이때를 놓치지 않고 호계상이 끼어들었다.

"삼공(三公)도 그 자리에 있었느냐?"

"그들 전부가 참가했는지는 모르오. 하지만 장공(掌公) 조해원은 틀림없이 그곳에 있었소!"

"역시……."

호계상이 고개를 끄덕였다. 그날 흑암보의 담을 넘은 무리 중 몇몇은 자신과 비교도 되지 않는 무위를 지니고 있었다.

조해원은 삼공이라 불리우며 혁련세가의 최고수인 세 장로들 중 한 명. 비록 십대고수에는 미치지 못한다 하나 그가 지닌 무공만으로도 당금 강호를 쩌렁하게 울리는 위인이었다.

"이제 나를 내려주시오! 이대로 초야에 묻혀 두 번 다시 강
호에 나서지 않겠소!"

초영의 애원에 호계상이 힐끔 단리백을 바라보았다. 하지
만 단리백의 눈빛은 여전히 싸늘했다.

"내 말을 귀담아듣지 않았군."

"그런……!"

그 말을 끝으로 단리백은 귀찮다는 듯이 가볍게 손을 털었
다. 하나 그 결과는 가볍지 않았다.

피잉!

허공을 찢는 음향이 장내에 울려 퍼지나 싶더니,

땅땅땅땅땅……!

정확히 열두 번의 충격음이 이어졌다. 그리고 그때마다 초
영의 신형은 마치 벼락을 맞는 것처럼 경련을 일으켰다.

찬물을 끼얹은 것처럼 주위에 차디찬 적막이 내려앉았다.
무공만큼이나 잔인하고 지독한 단리백의 손속에 할 말을 잃
은 것이다.

열두 개의 말뚝은 초영의 양 손바닥을 시작으로 손목과 팔
꿈치, 어깨, 그리고 발등과 무릎을 정확히 관통하고 있었다.

줄을 잃은 꼭두각시처럼 푸들거리며 사지를 떠는 초영의
모습은 참담 그 자체였다. 하지만 그 상태에서도 숨이 끊어지
지 않아 한참 동안 고통에 시달려야만 했다.

저벅저벅.

단리백이 초영을 향해 걸음을 옮기기 시작했다.

"끄으으… 제발……."

다가서는 단리백을 향해 초영이 숨넘어갈 듯한 음성으로 애원했다. 하지만 단리백은 무심한 표정으로 그를 스쳐 지나갔다.

"차라리 나를 죽여줘!"

초영의 처절한 음성에 단리백이 걸음을 멈췄다. 그리고 초영을 돌아보며 입을 열었다.

"난 내가 한 말을 번복한 적이 없어."

초영의 얼굴에 절망의 그늘이 드리워졌다.

"휴……."

절레절레 고개를 흔들던 호계상이 송자필과 마운영을 향해 입을 열었다.

호계상이 고개를 돌려 송자필과 마운영을 바라봤다.

"진실을 알았으니 이젠 되었겠지? 이걸로 우리 사이의 거래는 끝났다."

송자필과 마운영은 잠시 동안 서로의 얼굴을 바라봤다.

호계상의 말대로였다. 호계상은 자신들에게 풍소명이 가짜임을 증명하겠다 약조했고 그 약속을 지켰다.

"이제 네 녀석들 갈 길을 가려무나."

말을 마친 호계상이 걸음을 옮기기 시작했다. 멀어지는 호계상의 뒷모습을 응시하던 송자필과 마운영은 누가 먼저랄

것도 없이 호계상의 뒤를 따르기 시작했다.

"제 갈 길 가랬더니 왜 따라와?"

호계상이 돌아보자 송자필이 한숨을 내쉬며 입을 열었다.

"이미 본 문은 의천맹에게 배신자로 낙인찍혔소. 그들의 눈을 피해 우리가 달아날 곳은 그 어디에도 없소."

"그래서?"

"당분간 흑암보에 신세를 지고 싶소."

호계상이 껄껄 웃음을 터뜨렸다.

"이런 뻔뻔스러운 녀석들을 봤나. 기껏 살려줬더니 이젠 재워주고 먹여달라고 하다니. 아서라, 이놈들아. 흑암보가 무슨 오가는 길손 받아주는 객잔인 줄 아느냐?"

호계상의 말에 마운영이 재빨리 앞으로 나섰다.

"무슨 일을 해서라도 밥값은 하겠소. 똥지게를 지라면 질 것이고, 죽으라면 죽는 시늉이라도 하겠소. 그러니 우릴 거두어주시오."

호계상이 눈을 가늘게 뜨고 두 사람을 노려보았다.

"자네들, 무슨 속셈인가? 자네들 같은 백도 사람들이 우리 같은 흑도의 까마귀들 틈바구니에 섞여 무슨 득을 보겠다고?"

그제야 마운영이 솔직히 자신의 심정을 털어놓았다.

"복수를 원하오."

"복수?"

호계상의 반문에 마운영이 고개를 끄덕였다.

"의천맹의 간계에 휩쓸려 돌아가신 문주님의 원한을 갚고 싶소. 하지만 우리에겐 그들과 맞설 힘이 없소."

마운영은 어느새 멀찌감치 앞서 가는 단리백의 뒷모습을 바라보며 말을 이어갔다.

"우리는 그에게 우리의 운명을 걸어보고 싶소."

잠시 동안 턱을 매만지며 골똘히 생각을 정리하던 호계상이 천천히 고개를 끄덕였다.

"좋다. 따라와라."

호계상의 수락이 떨어지자 송자필과 마운영의 얼굴이 밝아졌다.

그들은 이내 불편한 서로를 부축하여 호계상의 뒤를 따르기 시작했다.

어느 정도 단리백과의 거리가 좁혀지자 호계상이 단리백을 향해 질문을 던졌다.

"꼭 그럴 필요가 있었나?"

"장공이라는 자의 얼굴을 봤다는 건 그자도 그날 흑암보에 있었다는 말이야."

뒤도 돌아보지 않고 단리백이 말을 이었다.

"흑암보의 멸문과 관련된 인물은 그 누구도 용서하지 않는다."

순간 단리백의 눈에서 짙은 혈광이 폭사되어 나왔다.

단리백의 뒤에 있어 비록 그의 눈빛을 보지는 못했으나 호계상을 비롯한 마운영과 송자필은 단리백의 전신에서 뿜어져 나오는 질식할 것만 같은 살기 앞에 자신도 모르게 숨을 죽였다.

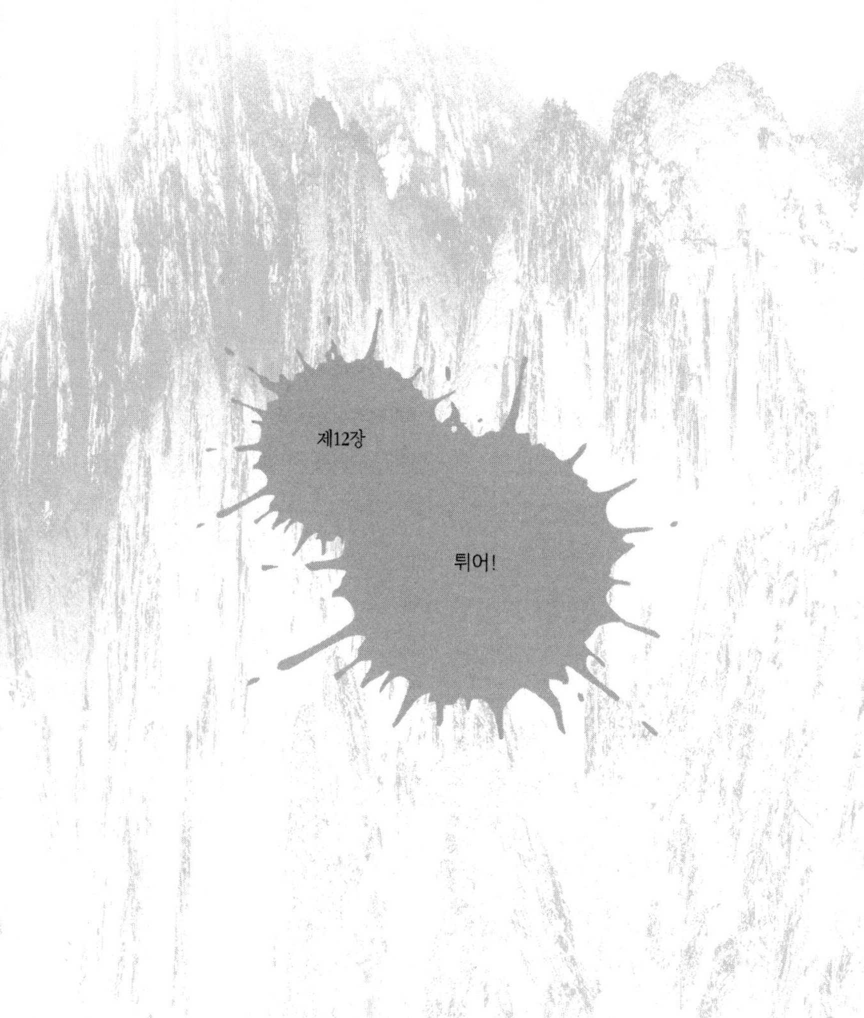

제12장
튀어!

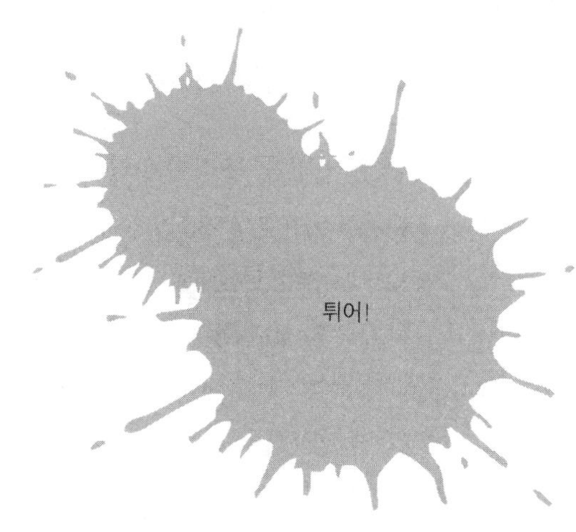

영락방주의 죽음.

처음 소문의 시작은 그다지 대단한 일이 아니었다. 이름도 널리 알려지지 않은 흑도 방파 수장의 죽음은 하루하루를 도산검림 속에서 살아가는 무림인들에게 가벼운 안줏거리에 불과했다. 하지만 이는 거대한 혈풍의 시작이었다.

며칠이 채 지나지 않아 산서에서 시작된 소문에 온 강호가 술렁이기 시작했다.

흑점의 봉문!

백도무림이 강호를 평천하한 작금의 상황에서 산서에 한정된 흑도무림의 유일한 지배자인 흑점이 봉문한 소식은 적지 않은 파장을 불러일으켰다.

몇몇 나서기 좋아하는 이들이 호기심을 참지 못하고 소문의 진위를 확인하기 시작했다. 그리고 사실이 속속 밝혀지며 무림인들은 충격을 금치 못했다.

놀랍게도 흑점이 봉문한 이유는 단 한 명의 사내를 적으로 돌린 때문이었다. 무림인들을 경악케 한 것은 그뿐만이 아니었다.

곽자문이 죽었다!

한때 십대고수를 차지했던 청성의 신룡이 흑점의 본타에서 싸늘한 주검으로 발견된 것이다.

강호인들은 비로소 산서에 이목을 집중하기 시작했다. 그리고 이어지는 믿기 힘든 사실들.

기천문의 멸문이 그것이었다.

"들었나? 기천문을 보호하기 위해 의천맹에서 투입된 정예고수들이 전멸했다더군. 그것도 단 한 사람에 의해서 말이야."

"어떤 미친놈이 감히 의천맹에게 이빨을 드러낸단 말인가?"

"놀라지 말게. 그는 바로 곽자문을 죽인 사람이라네. 게다가 기천문에 투입된 의천맹의 무인들은 하나같이 집법당의 인물들이었다고 하네."

"그게 사실인가?"

"그자는 보란 듯이 그들의 우두머리를 기천문의 대문에 팔뚝만 한 말뚝으로 못 박아버렸다더군."

"대단한 배포로군, 의천맹을 상대로 그런 식으로 선전포고를 하다니!"

하루에도 수백 번씩 이와 같은 대화가 무림인들 사이에서 오고 갔다.

마른 짚에 불이 옮겨 붙듯 소문은 삽시간에 무림 전체로 번져 갔다.

어떤 이는 무서운 신진고수의 출현에 관심을 보였고, 앞으로 이어질 의천맹의 행사와 정도의 하늘을 적으로 돌린 간 큰 이의 행보를 기대하는 이도 있었다. 하지만 하나같이 그들의 관심을 끄는 것은 바로 정체불명의 고수에 관한 진정한 내력이었다.

거기에 더해진 마지막 소문.

그는 다름 아닌 당대의 축산혈성이다!

소문의 진위는 알 수 없었다. 심지어 누구를 통해 알려졌는지, 어디에서 시작되었는지도 알 수 없었다. 그러나 무림인들은 동요하기 시작했다.

하나의 전설과도 같은 존재를 현실에서 맞닥뜨린 그들은 하루에도 수백 명씩 산서로 발걸음을 돌렸다. 폭풍의 중심에 서 있는 그자를 자신의 눈으로 직접 확인하고 싶었던 것이다.

그리고,

쾅!

넓은 대청에 울려 퍼지는 소리에 모든 이의 시선이 탁자를 내려친 노인에게 모아졌다.

"총사! 대체 이게 무슨 일이오? 소문의 진위에 대해 우리에게 설명해 주셔야겠소!"

이목구비가 제법 수려하고 푸른 청삼을 걸친 육십대 초반의 노인이었다. 키는 노인답지 않게 훤칠하고 몸의 자세도 아주 곧았다. 하나 붉게 달아오른 그의 얼굴은 그가 하북 사람답게 몹시 급한 성격을 지니고 있음을 말해주고 있었다.

이때 그의 좌측에 앉아 있던 노인이 그를 슬며시 제지하며 입을 열었다.

"이보게, 감영. 이곳엔 우리뿐만 아니라 다른 분들도 모여 계시네. 목소리를 낮추시게."

그는 고개를 돌려 여전히 뒷모습을 보인 채 창밖을 응시하고 있는 노인을 향해 입을 열었다.

"듣자 하니 이번 일에는 집법당도 관련되어 있다던데, 사실이오?"

부드러운 음성과는 달리 노인은 번뜩이는 외눈으로 전면을 쏘아보았다.

뒷모습을 보인 채 창밖을 응시하던 인영이 그제야 천천히 돌아섰다.

시원한 눈매가 인상적인 신선풍의 노인. 그는 다름 아닌 의천맹의 총사인 종리청이었다.

종리청은 눈앞의 노인을 유심히 바라봤다.

삐쩍 마르고 음산하게 생긴 흑의노인. 그의 얼굴에는 크고 작은 검상이 얼기설기 나 있었는데, 그 사이로 번뜩이는 냉혹한 외눈과 어울려 전체적으로 무척 싸늘한 인상을 풍기고 있었다.

마치 책임을 따져 묻는 듯한 그의 어조에 종리청은 잠시 눈썹을 찌푸렸으나 이내 빙그레 웃으며 입을 열었다.

"팽가에서 관심을 가질 만한 일이 아닐 텐데요."

종리청의 말에 장내의 분위기가 급격히 얼어붙었다.

처음 입을 열었던 팽감영은 호목을 부릅뜬 채 종리청을 노려보았고, 그 옆의 팽문호 역시 하나밖에 남지 않은 눈에서 강렬한 안광을 쏟아내고 있었다.

이때 그들 사이로 청량한 음성이 울려 퍼졌다.

"맹주님께서는 어디 계시오?"

종리청은 고개를 돌려 당가의 가주인 당령을 바라봤다. 고아한 인품이 느껴지는 유백색 장포가 몹시 잘 어울리는 평온한 신색이었으나 눈빛만큼은 서늘하기 그지없어 절정고수의 풍모가 느껴졌다.

"맹주님께서는 현재 폐관 수련 중이십니다."

"지난달에도 같은 대답을 들은 것 같소만……."

"그랬지요."

한차례 고개를 끄덕인 종리청이 웃으며 말을 이었다.

"현재 맹주님께서는 대력금황기(大力金黃氣)의 완성을 눈앞에 두고 계십니다. 나흘 전에 잠시 폐관동에서 나오셨다가 어젯밤 다시 그 안에 드셨지요. 맹주님께 하실 말씀이 있으시다면 제게 해주십시오. 그대로 전해 드리겠습니다."

"그놈의 수련은 대체 언제 끝난단 말인가? 맹주께서는 본맹의 일에 아예 손을 떼실 참인가?"

"말이 심하시오, 언 장로!"

진주언가의 삼대장로 중 한 명인 언고연의 쓴소리에 맞은편에 앉아 있던 남궁세가의 가주인 남궁기가 대로하여 소리쳤다.

현 의천맹의 맹주인 남궁정이 그의 부친인 이상 자연 좋은 소리가 나올 리 만무했다.

"언가의 행동은 날이 갈수록 무례해지는구려."

"예의라고 하셨소? 그렇다면 우릴 모아놓고 정작 맹주께선 모습을 보이지 않으니, 이는 예의라 할 수 있소?"

"뭐요?"

분개한 남궁기가 벌떡 일어나 언고연을 노려봤다.

언고연 역시 지지 않고 차가운 눈빛으로 남궁기의 시선을 마주했다.

"화무십일홍(花無十日紅)이라 했소. 언제까지 등에 업은 후광 덕을 볼 수 있으리라 생각하시오?"

"말 다하셨소?"

"흥, 그렇게 노려보면 노부가 겁먹을 것 같소? 노부가 사척 장검으로 강호를 주유할 당시 남궁 문주 당신은 아직 세상에 태어나지도 않았었소!"

두 사람의 언쟁을 지켜보던 장내의 인물들은 하나같이 인상을 찌푸렸다. 사이가 안 좋기로 유명한 남궁세가와 진주언가였지만 이 자리에 모인 인물들은 하나같이 오대세가의 핵심 인물. 두 사람이 함부로 다툼을 벌일 만큼 가벼운 자리가 아니었기 때문이다.

이들을 만류한 것은 말없이 차를 홀짝이던 중년인이었다.

"그만들 하시오."

낮게 깔린 음성이었다. 하지만 그 안에는 사람의 마음을 흔드는 기백이 담겨 있어 남궁기와 언고연은 잠시 서로를 노려보다 차가운 코웃음과 함께 서로를 외면해 버렸다.

탁.

들고 있던 찻잔을 내려놓으며 중년인이 일어섰다.

무척 우람한 체구의 사내였다.

전신에 붉은빛이 감도는 고동색 장포를 걸쳤는데, 작은 동산만 한 체구에 매우 잘 어울려 보였다.

우뚝 솟은 코에 두툼한 입술, 부리부리한 호목에 턱밑으로는 구레나룻이 무성했다. 거칠고 투박해 보이는 전체적인 인상과 달리 의외로 이목구비는 단정한 편이었다.

등 뒤에는 자그만치 오 척에 달하는 거대한 도를 메고 있었는데, 손잡이에 매달린 붉은 수실이 흩날릴 때마다 보는 이로 하여금 묘한 분위기를 느끼게 하고 있었다.

그가 팽가 쪽 사람을 돌아보며 입을 열었다.

"그 일에 대해 따로 수하들을 풀어 조사해 보았소."

턱까지 이어진 구레나룻을 매만지며 중년인이 말을 이었다.

"확실히 기천문의 행사에는 집법당이 관여했소. 집법당의 역할은 본 맹 안의 변절자를 징죄하는 것. 기천문주 풍소명은 산서를 기반으로 본 맹의 지원을 얻는 대신 산서에 묶인 흑도 무림의 동향을 감시하고 분석해 본 맹에 보고하기로 약조했소. 하나 그는 흑암보주 임채성과 내통해 본 맹의 정보를 누설하였소. 이는 명백한 배신. 이로 인해 집법당이 나선 것이라 들었소. 내 말이 사실과 다른 점이 있소?"

중년인이 종리청을 바라보자 다른 이들의 시선도 자연 그에게 모아졌다.

종리청이 한숨을 흘리며 고개를 끄덕였다.

"사실과 다르지 않습니다."

고개를 끄덕인 종리청이 중인들을 돌아보며 입을 열었다.

"혁련 가주님께서 말씀하신 대로입니다. 제가 따로 보고를 하지 않은 것은 이에 관한 사안은 집법당 내부에 국한되었기 때문입니다. 다른 이유가 있어 이곳에 모인 분들의 이목을 가리려 한 것은 아닙니다."

"집법당의 행사는 독단적인 면이 없지 않소. 하나 그들의 존재가 본 맹을 위한 것임을 의심하는 분은 이곳에 계시지 않을 것이오."

구레나룻의 중년인이 종리청의 말을 받았다.

장내의 그 누구도 중년인의 말에 토를 달 수 없었다. 비록 중년인의 모습을 하고 있으나 실제 그의 나이는 여든일곱. 이 자리에 모인 이들 중 가장 연장자일뿐더러 의천맹주인 남궁정을 제외하곤 맹 내에서 가장 발언권이 높은 혁련세가의 주인이었기 때문이다.

이때 한 사람이 조용히 입을 열었다. 말없이 두 사람의 말을 듣고 있던 당령이었다.

"소생 역시 수하를 통해 전해 들은 이야기가 있습니다. 그 중 두 분께서 언급하지 않은 내용이 포함되어 있습니다만."

혁련광이 고개를 끄덕였다.

"말씀해 보시오, 당 가주."

"흑암보의 멸문에 본 맹이 개입했다는 소문이 그것입니다. 사실인지요?"

혁련광이 직접 대답을 하지 않고 고개를 돌려 종리청을 바라보았다.

이에 종리청은 나직한 한숨을 흘리며 고개를 끄덕였다.

"유능한 수하를 두셨군요. 사실입니다. 흑암보의 멸문은 본 맹이 손을 썼기 때문입니다."

종리청의 대답에 장내의 인물들이 술렁였다. 당령의 눈빛이 차가운 빛을 뿌린 것도 동시였다.

"총사, 정파와 사파 사이에 체결된 상호불가침의 조약을 잊은 것은 아니겠지요? 만약 그들이 이를 물고 늘어진다면 본 맹은 적지 않은 어려움에 처할 것이 틀림없소. 총사 독단으로 처리할 만큼 가벼운 사안이 아닌 것 같소만."

질책이 담긴 당령의 말에 장내의 모든 이들이 종리청의 대답을 기다렸다. 그 대답 여하에 따라 자신들의 행보가 결정될 터.

잘하면 자신들을 견제하던 종리청과 그의 세력을 축출할 기회를 잡을 수도 있었다.

잠시 생각을 정리하던 종리청이 차분한 음성으로 입을 열었다.

"그 일에 대해서는 먼저 사과를 드립니다. 하지만 그럴 수밖에 없었음을 양해해 주시기 바랍니다. 최근 산서는 흑암보를 구심점으로 무섭게 세를 확장하고 있었습니다. 그리고 그 힘은 인근의 하남과 섬서에까지 영향을 미칠 정도였습니다. 또한 공교롭게도 변방으로 쫓겨난 마도의 무리들이 시기를 맞춰 심상치 않은 움직임을 보이고 있습니다. 미리 조사한 여러 가지 정황과 물증으로 미루어 흑암보와 마교가 상당히 연

관되어 있음이 자명한바, 따라서 기천문주인 풍소명이 흑암
보에 흘린 정보가 상당수 마교 쪽으로 유출되었음을 의심할
여지가 없었습니다. 하나 공개적으로 그들을 공격할 시 자칫
흑도무림과의 갈등으로 이어질 수도 있기에 만전을 기해야
했습니다.”

“그래서 우리들의 동의도 구하지 않은 채 기천문주를 암살
하고 흑암보를 멸문시킨 것이오?”

당령의 일침에 혁련광과 남궁기를 제외한 나머지 인물들
은 저마다 고개를 끄덕여 그의 말에 수긍했다.

겉으론 드러내지 않았으나 내심 가려운 곳을 긁어주는 당
령의 말이 그토록 시원할 수가 없었다. 하지만 이어진 종리청
의 말에 그들의 안색이 대번 구겨졌다.

“어쩔 수 없었습니다. 기천문을 통해 정보가 누설된 것은
이미 수습했기에 상관없지만 이곳에서 정보가 샌다면 본 맹
에 매우 치명적인 결과를 가져올 테니까요.”

“그 말은 우리 원로회 내에 간자가 있다는 말이오?”

불쾌함이 역력히 드러난 언고연의 말투에 종리청이 고개
를 끄덕였다.

“과거 내분을 꾀하다 축출된 모용세가가 이번 일에 개입하
여 은밀히 움직이고 있습니다.”

언고연이 놀란 표정을 지었다. 종리청의 말에 날카로운 가
시가 숨어 있음을 모를 그가 아니었던 것이다.

아니나 다를까, 의심 섞인 눈빛을 던지는 팽가 쪽 사람들을 향해 언고연이 고함을 터뜨렸다.

"본 가와 모용세가는 오래전에 돌아섰소! 이제 우리는 그들과 한 하늘을 지고 살 수 없는 사이란 말이오!"

"누가 뭐라 했소? 왜 혼자 역정을 내시오?"

"찔리는 게 있는 게지."

팽문호와 팽감영이 번갈아 입을 열자 언고연이 대로하여 소리쳤다.

"너희들은 본 가와 무슨 원한이 있길래 있지도 않은 사실로 모함을 하는 것이냐!"

"모함? 모함이라 하셨소?"

벌떡 자리를 박차고 일어선 팽문호가 언고연을 향해 마주 고함을 질렀다.

"이 중에 그 모용가 놈들과 가장 친분이 두터웠던 곳이 진주언가 아닌가?"

"모용세가의 계략에 놀아나 자금을 빌려주고, 그것도 모자라 팽 가주 직속의 천룡대 무인들까지 보태준 그대들에게 그와 같은 말은 듣소 싶지 않소. 게다가……."

"그만!"

쩌렁한 일갈이 두 사람의 말을 잘랐다.

"그만 하시오. 오늘 이렇게 모인 것은 서로를 헐뜯기 위함이 아니지 않소?"

혁련광의 중재에 언고연과 팽감영은 씩씩대며 서로를 노려볼 뿐 더 이상 언쟁은 하지 않았다. 상대를 향한 좋지 않은 감정이 앙금처럼 남았을 뿐이다.

당령은 입맛이 몹시 썼다. 모처럼 서로의 의견을 모아 종리청을 압박할 기회를 놓치고 말았기 때문이다. 하지만 벼르고 벼른 이번 기회를 쉽게 포기할 순 없었다.

"총사께 질문하겠소."

"말씀하십시오."

"듣자 하니 기천문에 투입된 집법사자 전원이 한 사람에게 전멸했다는 말이 있던데, 사실이오?"

"알고 계시는 대로입니다."

"그렇다면 노부는 집법당의 저력에 대해 의심할 수밖에 없소. 집법당은 명백히 본 맹의 최고 무력 단체. 어찌 단 한 사람을 감당하지 못한단 말이오?"

끈질기게 물고 늘어지는 당령의 말에 종리청은 빙그레 미소를 머금었다. 이 또한 충분히 예상한 일이었기 때문이다.

"사실은 소문과 다릅니다. 그에겐 몇 명의 조력자가 있었습니다. 강호사사 중 한 명인 천면호리 호계상과 흑암보의 숙수로 위장하고 있던 고수가 그를 도왔기에 가능한 일이었습니다."

"숙수?"

"실제로 그는 호계상보다 더욱 높은 무위를 지니고 있었습니다. 그가 다루는 도강을 제가 분명히 목격했으니까요.”

“으음…….”

종리청이 미소를 짓는 순간부터 당령은 자신의 계획이 틀어졌음을 직감했다.

일찍이 호계상이라는 이름은 그 역시 들어본 적이 있었다. 스승을 시해하고 달아난 현문의 역적. 거기에 도강을 다룰 정도의 고수가 합세했다면 충분히 집법사자들을 상대할 수 있었을 것이다.

여기서 더 말해봐야 오히려 자신의 약점이 잡힐 뿐이라는 것을 깨달은 당령은 고개를 흔들며 자리에 앉았다. 지금은 무리할 때가 아니었다.

이때 하북팽가의 팽문호가 차가운 외눈을 번뜩이며 입을 열었다.

“그자가 당대의 촉산혈성이라는 말이 있던데?”

종리청이 내심 실소를 머금었다.

은근히 말끝을 흐리며 의뭉을 떠는 모양새가 밉살스러웠다. 하나 겉으론 조용히 웃으며 입을 열었다.

“그에게 곽자문이 죽었다는 소문은 사실입니다. 하나 곽자문은 십대고수에서 밀려나는 순간 이미 날개 꺾인 매와 다름없었습니다. 광룡도제에게 입은 부상으로 인해 더 이상 검을 들 수 없었으니까요. 제가 직접 확인한 그의 무위는 전설로 듣던 촉산혈성의 그것과는 거리가 멀었습니다. 실제로 그는 곽자문과의 싸움에서 양패구상할 뻔했습니다. 이 자리에 곽자문을 두려워하는 분이 계십니까?"

종리청의 질문에 장내의 인물들은 한결같이 조소를 머금었다. 지닌 무위에 비해 강호에 떠도는 곽자문의 명성은 너무 높았다. 그것도 그가 과거 십대고수 중 한 명이었기에 가능한 일이었다.

물론 광룡도제와 싸우기 전의 그였다면 이 안의 어느 누구도 그를 얕볼 수 없었을 것이다. 하지만 종리청의 말대로 그는 이미 날개 꺾인 매. 검을 잃은 그를 두려워할 인물은 이 안에 아무도 없었다.

"총사의 생각을 듣고 싶소."

지금까지 말없이 상황을 지켜보던 남궁기가 입을 열자 나머지 인물들도 종리청을 바라보았다.

"그자는 본 맹에 확실한 적의를 드러냈습니다. 이에 따라 본 맹은 그자를 본 맹의 위엄에 도전한 적으로 간주, 이후 그자는 물론 그와 관련된 모든 인물들의 신병을 확보해 그 이면에 도사리고 있는 음모를 파헤칠 것입니다."

말을 마친 종리청은 동의를 구하듯 장내의 인물들을 바라보았다.

먼저 찬성하고 나선 것은 혁련세가의 가주인 혁련광이었다.

"그럼 총사께 맡기겠소."

혁련광이 그리 말하자 진주언가와 하북팽가도 고개를 끄덕여 수긍했다.

이때 당령이 난처한 얼굴로 중인들을 향해 입을 열었다.

"하지만 이는 자칫 사파인들의 공분을 살 수도 있습니다. 이처럼 중대한 사항은 맹주님의 동의를 얻어야 하지 않을는지요?"

"맹주님께서는 폐관 수련에 임하시는 동안 맹 내의 모든 결정권을 제게 일임하셨습니다."

종리청이 고개를 돌려 남궁기를 바라봤다.

이에 남궁기가 고개를 끄덕이며 입을 열었다.

"확실히 그렇게 말씀하셨습니다. 아버님과 총사께서 대화를 나누실 때 본인이 그 자리에 있었습니다."

"으음……."

종리청의 말을 남궁기가 보증하자 당령으로서도 더 이상할 말이 없었다. 결국 그도 고개를 끄덕여 종리청의 의견에 수긍했다.

"그럼 금일 원로회의는 이것으로 마치겠습니다."

종리청의 폐회 선언에 장내의 인물들은 속속 대청을 떠나기 시작했다.

일일이 그들을 배웅한 종리청은 대청으로 돌아와 식어버린 찻물을 쏟아버리고 다시금 뜨거운 찻물을 채워 탁자 위에 올렸다. 하지만 대청 안에 그 홀로 있음에도 불구하고 이상하게도 찻잔은 두 개였다.

종리청은 말없이 차를 음미하기 시작했다.

그렇게 얼마나 시간이 흘렀을까.

익숙한 인기척에 고개를 든 종리청은 맞은편에 앉아 있는 사내를 향해 빙그레 미소를 지어 보였다.

"수고하셨습니다."

"자네야말로 수고했네. 당가의 늙은이가 고집스럽게 물고 늘어지는 바람에 내가 다 속이 탔다네."

종리청의 맞은편에 나타난 인물은 뜻밖에도 이미 돌아간 줄 알았던 혁련광이었다.

잠시 기감을 펼쳐 주위의 기척을 살핀 혁련광은 아무도 없음을 확인하곤 곧장 본론을 꺼냈다.

"맹주는 죽었나?"

"아직입니다."

"언제까지 그리 미적거리고 있을 텐가?"

다분히 질책이 묻어나는 혁련광의 어조에 종리청이 고개를 흔들었다.

"그들이 의심이 많은 인물임을 모르신단 말입니까? 아직은 시간을 더 끌어야 합니다. 일단은 그를 주화입마에 들게 했으니 조만간 남궁기를 이용해 사실을 알리고, 원로들의 동의를 얻어 맹주의 직위를 박탈해야 합니다. 혁련 가주께서 마음이 급하신 건 알지만 이런 일은 신중에 신중을 기해야 합니다.

그에 앞서 맹주의 재신임 여부부터 결정해야 할 테지요. 혁련 가주의 맹주 등극은 가장 나중의 일입니다.”

굳어 있던 혁련광의 얼굴이 그제야 느긋하게 풀어졌다.

“내가 맹주가 되면 자네의 노력을 잊지 않음세.”

“제가 개인의 욕심 때문에 움직인 것이 아님을 잘 아시지 않습니까? 이 모든 일은 어디까지나 본 맹을 위한 것. 그간 본 맹을 위해 힘쓰신 혁련 가주님의 노력이 있었기에 가능한 일이었지요.”

혁련광은 흡족한 표정으로 고개를 끄덕였다.

“내가 도와줄 일은 없는가?”

종리청의 눈이 번쩍 빛났다.

“무슨 말씀이십니까?”

혁련광은 아무것도 아니라는 듯 대수롭지 않게 말했다.

“이미 산서 쪽으로 사람을 보냈네. 머지않아 자네는 좋은 소식을 들을 수 있을 걸세.”

“사람을 보내셨다구요?”

종리청의 표정이 딱딱하게 굳어지자 혁련광이 느긋하게 웃었다.

“무얼 그리 놀라나? 자네는 엄연히 본 가의 훌륭한 조력자인데 그런 사소한 일 정도는 내가 해결해 줘야 하지 않겠나?”

종리청은 얼굴이 창백하게 변한 채 속으로 소리쳤다.

‘그게 아니다, 이 늙은 괴물아! 넌 큰 착각을 하고 있어!

이를 알 리 없는 혁련광이 계속해서 말을 이어갔다.

"삼공과 혈랑칠도수(血狼七刀手)를 보냈네. 그리고 그들과 함께 무서운 고수를 대동시켰네."

"그가 누굽니까?"

"눌언쾌검(訥言快劍)일세."

"무심객!"

종리청의 말에 혁련광이 흡족한 웃음을 머금었다.

"바로 그자일세."

종리청은 잠시 생각을 정리했다. 어눌한 말과 달리 지독한 쾌검을 구사한다는 절정의 검객. 모든 것이 베일에 싸여 있는 그는 강호에 모습을 드러낸 지 넉 달이 채 되지 않아 명성 자자한 수십 명의 고수를 꺾으며 일약 강호에 새롭게 떠오른 신진고수였다.

"하지만 그는 아직 애송이가 아닙니까? 듣자 하니 서른도 채 되지 않았다던데……."

우려를 표하는 종리청과 달리 혁련광은 자신있는 표정을 지어 보였다.

"걱정 말게. 그는 강호에 알려진 것보다 더욱 무서운 자일세. 자네에게만 하는 말이지만 그는 삼공 중 한 명인 검공과의 비무에서 이십 초 만에 그를 꺾었다네."

종리청의 안색이 변했다.

"이십 초 만에 검공을 꺾었다고 하셨습니까?"

“그렇네. 사실 그의 무위는 나보다 약간 아래일 뿐 큰 차이는 없네. 그를 포섭하기 위해 본 세가는 막대한 자금을 쏟아부었어.”

종리청은 찻잔을 만지작거리며 생각에 잠겼다.

검공 우문일.

십대고수와 이미 은거에 들어간 구대문파의 몇몇 늙은 괴물들을 제외하면 당금 강호에서 검으로 능히 열 손가락 안에 드는 인물이다. 아홉 개로 이루어진 구초단양검(九招斷陽劍)은 능히 빛살도 가른다 하지 않던가. 그런 그를 이십 초 만에 패배시키다니.

그런 그의 모습에 오히려 혁련광이 조바심이 난 듯 이런저런 이유를 갖다 붙이기 시작했다.

“나에게는 장성한 자식들이 있는데 그중 막내인 걸이가 그에게 죽임을 당했네. 아무리 내놓은 자식이라 하나 그 아이는 엄연한 본 가의 핏줄. 복수를 위해 아비가 나서는 건 당연하지 않겠나? 이를 가지고 따지는 이들은 없을 게야. 게다가 이와 같은 일을 처리해 본 가가 명성을 얻는다면 차후에 내가 맹주로 등극하는 것이 조금은 수월해지지 않겠는가?”

혁련광은 이미 결정한 사항을 번복할 의사가 없어 보였다.

고심을 거듭하던 종리청이 이윽고 고개를 끄덕였다.

“알겠습니다. 그렇다면 저는 혁련 가주님의 의견에 따르지요.”

"고맙네."

그 말을 끝으로 혁련광은 찻잔을 들어 단숨에 벌컥벌컥 차를 들이키더니 슬쩍 한번 웃고는 자리를 떠났다.

홀로 남은 종리청은 멀어지는 혁련광의 뒷모습을 보며 나직이 중얼거렸다.

"맹주님께서 저리 되시니 우려한 대로 역시 늙은 늑대가 이빨을 드러내는군. 하지만 혁련광 너는 모를 것이다, 네가 스스로 파멸을 자초하고 있음을."

사실 혁련걸의 죽음은 종리청이 의도한 것이었다. 이를 명분으로 혁련광이 나서기를 바란 것도 사실이었다. 하나 이 모든 것은 축산혈성이 모습을 드러내기 전에 계획한 것이었다.

흑암보의 뒤에 무서운 고수가 버티고 있음을 어느 정도 감안은 하고 있었지만 축산혈성의 등장은 그조차 예상하지 못한 변수였다. 돔을 잡기 위해 던진 낚시에 상어가 딸려 올라온 격이었다.

종리청이 고심을 거듭하는 이유도 이 때문이었다.

하지만 이내 종리청은 결심했다. 어차피 넘어야 할 산이라면 주저할 이유가 없었다.

"어느 쪽이든 유리하게 상황을 이끌어가면 되는 것이다."

나직이 읊조린 그의 음성에 탁자에 놓인 찻잔 위로 작은 파문이 번져 갔다.

　　　　　　*　　　　*　　　　*

　연일 몰아친 한파로 사람의 발길이 끊긴 주루는 한적하기 이를 데 없었다.

　창문이란 창문은 모조리 닫아놓았지만 보이지 않는 틈새로 스며드는 한기는 더욱 주루의 분위기를 냉랭하게 만들었고, 가끔 건물을 훑으며 지나는 바람 소리는 장내의 을씨년스러움을 더했다.

　사염천과 백무쌍, 위송령은 죽엽청 두 병과 구운 오리 세 마리를 시켜놓고 바람이 그치기만을 기다리고 있었다. 하루빨리 산서로 향하고 싶은 마음은 굴뚝같았으나 십 장 앞도 구분하기 힘든 눈보라를 헤치고 가기란 그들로서도 썩 내키는 일이 아니었던 것이다.

　손 안의 주사위를 달그락거리던 위송령이 무료함을 참지 못하고 맞은편의 백무쌍을 향해 입을 열었다.

　"어이, 해골."

　자신이 가장 듣기 싫어하는 말을 들은 사람의 표정이 어떠할까? 움푹 들어간 눈에서 자욱한 안광을 일렁이며 소름 끼치는 살기를 뿜어내는 백무쌍의 얼굴이 딱 그러했다.

　"그렇게 쳐다보면 누가 겁먹을 줄 아나 보지?"

　피식 웃은 위송령이 백무쌍을 향해 주사위를 집어 던졌다.

데구루루.

"한번 굴려봐."

"나와 내기를 하자는 건가?"

"뭐, 마땅히 할 일도 없잖아?"

"좋아."

백무쌍의 대답에 위송령이 의아한 표정을 지었다. 하지만 이어진 그의 말에 대번 인상을 구기며 벌떡 일어났다.

"네놈의 손가락을 걸어라. 오늘부터 너는 구지광도(九指狂賭)가 아닌 팔지광도(八指狂賭)라 불리우게 될 것이다."

"이 빌어먹을 뼈다귀가!"

와장창!

탁자가 부서지는 소리와 함께 위송령과 백무쌍 사이에 살기가 몰아쳤다.

까드득.

검게 변한 백무쌍의 고목 같은 손가락에서 섬뜩한 음향이 터져 나왔다.

백무쌍이 고루천강수를 극성으로 끌어올린 모습에 위송령 역시 독문심법인 오운패황력(五雲覇皇力)을 운기하며 호신강기를 일으켰다.

"흐흐, 아서라, 뼈다귀야. 네놈이 이 어르신의 상대가 될 것 같으냐?"

"너야말로 조심하는 게 좋을 거다. 그 두부 같은 손가락을

완전히 박살 내 두 번 다시 주사위 따위는 만지지 못하게 해
주마."

　사염천은 그런 두 사람을 심드렁한 표정으로 바라보며 오
리뼈를 우물거렸다.

　하나 이도 잠시, 돌연 사염천이 눈빛을 빛내며 객점의 입구
쪽을 향해 시선을 던졌다.

　"누군가 오고 있다."

　사염천의 말에 백무쌍과 위송령의 시선도 자연 문 쪽을 향
했다.

　"고수네?"

　"이 정도 거리에서 이만한 기파를 내뿜는 사람은 흔치 않
지."

　위송령의 말에 백무쌍이 고개를 끄덕여 동의했다.

　"살기를 거둬."

　사염천의 말이 떨어지기가 무섭게 위송령은 부서진 탁자
를 걷어차 객점 구석에 몰아 넣었다. 그리고 백무쌍은 재빨리
다른 탁자를 끌어왔고, 언제 그랬냐는 듯 탁자를 사이에 두고
담소를 나누는 척했다.

　덜컹.

　이윽고 문이 열리며 일단의 무리가 객점 안으로 들어섰다.

　그들은 모두 네 명이었는데 한결같이 피풍의(皮風衣)를 두
르고 있었다.

선두의 인물은 비쩍 마르고 병색이 완연한 칠십대 후반의 중늙은이였다. 그의 주름진 얼굴에는 누런 기운이 가득했고, 안색은 초췌했다. 하나 눈빛만은 시리도록 차가워서 결코 병에 걸린 것은 아니라는 사실을 느끼게 해주었다. 특이한 것은 장포의 소맷자락 사이로 드러난 그자의 손목에 한 쌍의 금빛 팔찌가 채워져 있다는 것이었다.

그의 좌측에 선 인물은 붉은 장포를 걸친 훤칠한 키의 중년인이었다. 팔이 유난히 길고 손이 매우 컸으며 몸의 자세도 창처럼 곧아서 보기만 해도 추상같은 기운이 흘러나오는 것 같았다.

우측에는 묵빛 장포를 걸친 깡마른 노인이 서 있었다. 흡사 한 마리 독사를 연상시키는 싸늘한 용모의 인물이었는데, 허리춤에는 자신의 옷 색깔과 같은 검은색 장검이 매달려 있었다.

그리고 마지막으로 들어선 인물은 호리호리한 체격에 헐렁한 장포를 걸치고 창백한 얼굴을 지닌 사십대 중년인이었다. 먼저 들어선 세 사람과 달리 그는 이렇다 할 특징이 느껴지지 않을 만큼 평범한 외모에 특색없는 복장을 하고 있었다. 다만 그는 어깨에 면포로 감싼 길쭉한 물건을 메고 있었는데, 검을 무기로 쓰는 무인인 듯싶었다.

그들은 사염천 일행을 힐끗 바라보더니 이내 화롯불 근처의 탁자에 자리를 잡았다. 그러나 한참이 지나도 점소이가 주

문을 받으러 오지 않자 홍포를 걸친 중년인이 탁자를 탕탕 내
려치며 입을 열었다.

"여기 주문 안 받나!"

쩌렁한 그의 음성이 객잔 안을 울렸다. 하지만 아무도 모습
을 드러내지 않았다.

"아무리 불러도 소용없을 게요."

홍포중년인이 말을 건넨 사염천을 향해 고개를 돌렸다.

이에 사염천이 씨익 웃으며 말을 이었다.

"객점 주인의 모친이 병환이 나셨다더군. 그래서 점소이를
데리고 의원을 모시러 갔소. 주문 받은 것은 우리가 마지막이
었지."

"음……."

홍포중년인이 나직이 침음성을 흘렸다. 먼 길을 오느라 몹
시 시장했던 것이다.

이때 그의 눈에 사염천 일행의 탁자에 놓여 있는 구운 오리
가 눈에 띄었다. 아직 두 마리의 구운 오리가 손도 타지 않고
고스란히 접시에 올려져 있었다.

홍포중년인이 예의를 갖춰 사염천에게 입을 열었다.

"혹시 남는다면 우리에게 조금 나눠주시지 않겠소? 사례는
후하게 하리다."

사염천이 웃으며 고개를 흔들었다.

"안타깝지만 그럴 수 없소. 나는 사실 대단한 먹성의 소유

자로 나머지 두 마리를 모조리 먹어치운다 해도 간에 기별도 안 간다오."

'그 출렁이는 뱃살만 봐도 알겠다.'

내심과 달리 홍포중년인은 다시금 점잖은 음성으로 사염천을 향해 부탁했다.

"한 마리에 다섯 냥을 드리겠소."

"돈은 우리도 많소."

위송령이 사염천을 대신해 대답했다. 그리곤 품속에서 호두알만 한 크기의 묘안석을 꺼내 탁자 위에 턱하니 올려놨다.

홍포중년인 일행의 눈에 놀라움이 떠올랐다. 허름한 차림으로 미루어 근처를 지나는 장사치라 생각했건만 수백 냥을 호가하는 보석을 지니고 있을 줄은 예상치 못했던 것이다.

이때 묵빛 검을 지닌 노인이 홍포중년인을 향해 입을 열었다.

"됐네. 바람만 피해갈 수 있는 것으로 만족하세."

고개를 끄덕인 홍포중년인은 마뜩찮은 눈빛으로 사염천 일행을 훑어보다 이내 고개를 돌려 버렸다.

사염천이 나머지 두 사람에게 전음을 날렸다.

"저들이 누군지 알겠느냐?"

"누구긴 누구야, 혁련가의 개잡종 놈들이지."

백무쌍의 전음에 위송령이 눈을 크게 떴다.

"저들이 혹시 삼공인가?"

“왜 아니겠어. 저기 병색 짙은 노인네가 병공 하운정이고, 그 옆의 삐쩍 마른 늙은이는 검공 우문일이겠지. 그리고 솥뚜껑만 한 손바닥을 지닌 자가 장공 조해원이다.”

“삼공이라면서 왜 네 명이야? 나머지 한 명은?”

“그걸 내가 어떻게 알아. 제자나 시종쯤 되겠지.”

“호오……”

위송령이 호기심 어린 표정으로 삼공 일행을 유심히 바라봤다.

자신들을 빤히 응시하는 위송령의 눈빛이 거북했던지 조해원이 싸늘한 표정으로 헛기침을 터뜨렸다.

톡톡.

이때 삼공 사이에 자리를 잡고 있던 창백한 안색의 중년인이 손가락으로 탁자를 두들겼다.

일행의 시선이 자신에게 모아지자 그는 손을 들어 자신의 코를 가리킨 다음 다시 한곳을 가리켰다.

지금까지 침묵을 지키고 있던 하운정이 입을 연 것도 거의 동시였다.

“피 냄새다.”

“음… 그러고 보니……”

자리에서 일어난 조해원이 주방 쪽으로 걸음을 옮기기 시작했다.

우뚝.

걸음을 멈춘 조해원이 주방 구석에 쓰러져 있는 두 구의 시신을 바라봤다. 희끗한 반백의 머리칼을 지닌 중년인과 약관 정도 되어 보이는 청년의 시체였다.

청년의 손에는 마른 수건이 들려 있었고, 주위엔 찻잔을 비롯한 다기가 아무렇게나 뒹굴고 있었다. 한눈에 봐도 점소이가 분명했다.

조해원이 칼날 같은 시선으로 사염천 일행을 노려보았다.

"점소이는 의원을 모시러 갔다 하지 않았는가?"

"엇? 저놈이 왜 저기 누워 있을까?"

턱살을 출렁이며 능청을 떠는 사염천을 향해 조해원이 낮게 깔린 음성으로 입을 열었다.

"네놈들 짓이냐?"

"그럼 달리 누가 있겠나?"

사염천이 탁자 위의 술병을 집어 조해원을 향해 던졌다.

얼떨결에 술병을 받아 든 조해원을 향해 사염천이 씩 웃어 보였다.

"한번 마셔봐. 칠보단장산(七步斷腸散)이 들어 있어서 아주 맛이 좋을 거야."

칠보단장산. 말 그대로 일곱 걸음을 옮기기 전에 내장이 토막 나는 고통을 느끼며 절명하고 만다는 극독이었다.

얼굴을 붉으락푸르락하는 조해원을 향해 사염천이 말을 이어갔다.

“동정할 가치가 없는 놈들이야. 음식에 독을 풀어 손님을 죽이고 물건을 강탈하는 자들일세.”

“네놈 말을 곧이곧대로 믿으란 말이냐?”

“믿기 싫으면 말고. 이 어르신이 아니었다면 거기 계신 영감님들은 지금쯤 황천 어림을 헤매고 계셨을걸?”

그들의 대화를 듣고 있던 우문일이 조용히 신형을 일으켰다.

“흑도무림에 네 마리 고약한 짐승이 있다는 이야길 들은 적이 있지. 그들은 모두 네 명으로 강호사사라 불리우는데, 자네는 혹시 그들에 대해 들어본 적이 있는가?”

비꼬는 기색이 역력함에도 불구하고 사염천은 너털웃음을 터뜨리며 고개를 끄덕였다.

“눈썰미가 제법이오, 노인장. 그렇소. 내가 사염천이오.”

“저기 손가락 하나가 없는 자가 구지광도고, 그 옆의 비쩍 마른 자가 고루마군이겠군.”

서로 눈치를 살피던 위송령과 백무쌍이 사염천과 어깨를 나란히 했다.

“내가 위송령이다.”

“백무쌍이오.”

잠시 주위에 적막이 내려앉았다. 하나 우문일이 허리에 매고 있던 검으로 손을 가져가자 장내의 분위기가 급변했다.

“흐흐, 왜? 한번 붙어보자고?”

위송령이 손목을 흔들며 우문일을 마주 노려봤다.

그런데 이때 탁자에 앉아 있던 하운정이 질문을 던졌다.

"그런데 어째서 한 명이 보이지 않나?"

사염천을 비롯한 백무쌍과 위송령의 얼굴이 동시에 일그러졌다. 십이 년 전, 자신들을 배신하고 혼자 단리백의 손을 벗어난 호계상을 떠올리자 새삼 이가 갈려왔다.

기괴한 인상의 세 사람이 동시에 살기를 피워 올리자 하운정은 이를 자신들을 향한 적의로 받아들였다. 그리고 그제야 모든 걸 알겠다는 듯이 고개를 끄덕였다.

"역시 우리를 기다리고 있었군."

"엥? 무슨 소리야?"

사염천이 의아한 얼굴로 반문하자 하운정이 희미한 웃음을 머금고 그를 바라봤다.

"이제 와 잡아뗄 게 뭐가 있나?"

순간 사염천은 돌연 매서운 경기가 자신을 향해 짓쳐드는 것을 깨달았다.

꽈앙!

건물 전체를 뒤흔드는 굉음과 함께 사염천의 신형이 이 장이나 주르륵 밀려났다.

사염천의 전면에는 어느새 거리를 좁힌 하운정이 차가운 눈빛을 뿜어내고 있었다.

사염천은 어이없는 표정으로 욱신거리는 손목을 문질렀다.

아무리 흑도무림에 대해 좋지 않게 생각하기로서니 마땅
한 명분도 없이 이처럼 갑자기 하운정이 자신을 공격할 줄 몰
랐다.

제때 손을 들어 방비했기에 망정이지 조금만 늦었어도 손
목이 부러져 나갔을 것이다.

의아한 것은 사염천뿐만이 아니었다. 우문일과 조해원 역
시 당황한 눈빛으로 우문일을 바라보고 있었다.

일행을 향해 우문일이 입을 열었다.

"흑암보주의 딸을 데리고 달아난 자를 기억하느냐? 그 정
도 신법을 지닌 자는 강호에 흔치 않을 터. 그는 틀림없이 천
면호리일 것이다."

"……!"

우문일과 조해원의 얼굴이 딱딱하게 굳어졌다. 강호사사
는 십이 년 넘게 세상에 모습을 드러내지 않았기에 천면호리
를 용의선상에서 일찌감치 제외시켰던 것이다. 한데 공교롭
게도 강호사사 중 나머지 세 명이 이곳에서 자신들과 마주쳤
다. 그렇다면 나머지 한 명인 호계상 역시 모습을 드러냈을
터. 우연이 아니라면 필연. 그들이 이곳에서 자신들을 기다리
고 있었음이 틀림없었다.

스르릉.

차가운 검명과 함께 우문일이 검을 뽑아 들었다. 그와 동
시에 조해원 역시 내력을 잔뜩 끌어올려 양손에 모으기 시작

했다.

　한편 하운정이 호계상을 언급하는 순간 사염천 일행의 눈에서 새파란 불꽃이 튀어 올랐다. 그리고 들끓어 오르는 살심은 눈앞에서 살기를 피워 올리는 삼공에게 향해졌다.

　“저 병든 늙은이는 내가 맡지.”

　사염천이 출렁이는 턱살을 흔들며 하운정을 향해 다가서자 백무쌍은 조해원을, 위송령은 우문일을 맡아 각각 마주 섰다.

　우문일은 어이가 없었다.

　강호사사의 명성이 꽤 높은 것은 사실이었으나 자신들과 비교하기엔 상당히 모자랐다. 그도 그럴 것이, 자신들은 백대고수에서도 최상위에 속하는 고수들. 같은 백대고수라 하나 중위권에 속하는 강호사사의 무위와 자신들의 무위 차이는 목숨으로도 메울 수 없을 만큼 극명했던 것이다.

　내심 실소를 금할 수 없었던 건 조해원 역시 마찬가지였다. 그들이 무엇을 믿고 덤비는지는 알 수 없었으나 오십 초 안에 목을 부러뜨릴 자신이 있었다.

　그런 그들을 향해 하운정이 전음을 날렸다.

　“전력을 다해라. 만만히 볼 자들이 아니다.”

　“하지만 강호사사 따위……..”

　“방금 전 금환정(金環釘)은 십성의 내력을 실어 던진 것이었다.”

"……!"

조해원과 우문일의 얼굴이 딱딱하게 굳어졌다. 사실 삼공 중 하운정의 무공이 가장 고강했고, 그 뒤를 검공과 우문일이 잇고 있었다.

우문일이 손목에 차고 있는 금색 팔찌는 내공을 실으면 길쭉한 병기로 변하는데, 못과 화살의 중간 모양인 금환정은 한번 쏘아지면 반드시 피를 보고야 마는 마병 중 하나였다.

십성의 내력을 실었다면 그들도 막아낼 순 있었으나 사염천처럼 무방비 상태에서 막아낼 수 있을지는 장담할 수 없었다.

이때 돌연 위송령이 우문일을 향해 성큼 다가섰다.

"왜, 겁나나 보지? 그럼 내가 먼저 가지."

위송령이 한줄기 바람처럼 신형을 날려 우문일을 덮쳐 갔다. 그 속도가 워낙 쾌속해 우문일은 이렇다 할 반격도 하지 못한 채 재빨리 뒤로 신형을 날렸다.

"어딜!"

순간 위송령이 자세를 바짝 낮춘 채 두 발로 바닥을 박찼다.

"흥!"

우문일이 차가운 웃음을 터뜨렸다. 바닥에 거의 엎드리시다시피 하여 달려드는 위송령의 움직임은 비록 빠르긴 했으나 등을 고스란히 노출하고 있었던 것이다.

츄릿!

날카로운 음향과 함께 위송령의 검이 벼락처럼 우문일의 등을 향해 내리꽂혔다. 하나 이때 믿을 수 없는 일이 벌어졌다.

퍽!

둔탁한 소음과 함께 우문일의 검이 위송령의 옷에 가로막힌 것이다. 위송령은 일부러 허점을 드러내고 옷 안에 잔뜩 내력을 집어넣어 미리 방비하고 있었다. 그리고 우문일이 당황한 틈을 놓칠 위송령이 아니었다.

"이익!"

우문일이 재빨리 제이검을 내리그었다.

쾌애애액!

전력이 담긴 그의 검끝으로 새파란 서기가 일렁였다. 제아무리 내력으로 방비한다 한들 검기를 막을 순 없으리라.

콰직!

"크윽!"

뼈가 부러지는 소리와 함께 위송령이 신음을 흘렸다. 하지만 입가에는 만족스러운 웃음이 떠올라 있었다.

반면, 우문일의 얼굴은 창백하게 질려 있었다. 자신이 두 번째 검을 휘둘렀을 때 위송령은 이미 자신의 검격(劍隔) 안으로 완벽히 파고든 상태였다.

워낙 거리가 가까웠던 탓에 검날이 아닌 손잡이로 위송령의 등을 가격했고, 이로써는 의도했던 치명상을 입히는 것이 불가능했다. 게다가 위송령이 두 팔로 자신의 허벅지를 감싸며 부딪쳐 오는 바람에 자세가 흔들려 검에 충분한 힘을 실을 수도 없었다.

"어헉!"

이때 위송령의 입에서 헛바람이 터져 나왔다.

우문일의 양 무릎 뒤쪽을 힘껏 잡아당기더니 어깨로 자신의 가슴을 밀치며 상체를 일으키자 순식간에 균형을 잃고 바닥에 나동그라졌기 때문이다.

위송령이 재빨리 우문일의 몸에 올라타 앉았다.

"제법 이팠다고, 늙은이."

자신을 내려다보며 섬뜩한 미소를 짓고 있는 위송령의 얼굴을 마주한 순간 우문일은 찬물을 뒤집어쓴 것처럼 모골이 송연해지는 것을 느꼈다.

우문일이 다시 입을 열었다.

"우리 검공 나으리께서는 검을 들고 고상하게만 싸우신다지? 이런 근접 박투(搏鬪)는 해본 적이 없으실 거야. 그렇지?"

"이노옴!"

노성을 터뜨린 우문일이 위송령의 목을 노리며 검을 휘둘렀다. 하지만 그 순간 위송령이 우문일의 몸 위로 납작 엎드리자 검은 애꿎은 허공만 가르고 말았다.

턱.

그 상태에서 위송령은 두 팔을 뻗어 검을 들고 있는 우문일의 팔을 얽어맸다.

뚜둑!

위송령이 팔에 힘을 주어 누르자 섬뜩한 소리와 함께 우문일의 팔이 어깨에서부터 탈골되고 말았다.

"큭!"

고통을 삼키는 우문일을 향해 위송령이 그의 팔을 탈골시킨 초식을 설명했다.

"기락(肌落)이라 하는 거야. 말 그대로 몸을 해체하는 기술이지. 몸을 손으로 눌러 붙잡는다는 뜻으로 기무라(肌撫拏)라고도 불러."

우문일은 위송령으로부터 빠져나가기 위해 있는 힘을 다해 발버둥쳤다. 하나 교묘하게 균형을 잡으며 위송령은 여전히 그를 올라타고 있었다.

위송령이 주먹을 높이 들어올렸다.

"이것은 마운타(수隕打) 자세라는 것인데, 생각보다 꽤 아플 거야."

그 말이 끝나기가 무섭게 위송령은 쉬지 않고 주먹을 내려치기 시작했다.

퍼버버벅!

“크아악!”

체면이고 뭐고 할 것 없이 우문일의 입에서 처절한 비명이 터져 나왔다. 하지만 위송령은 손속에 추호의 여유도 두지 않았다.

망치가 떨어지듯 연속해서 내리꽂히는 그의 주먹 아래 우문일은 코가 깨지고 이빨이 부러졌다.

위태하게 상체를 낮춘 자세로 상대의 균형을 무너뜨리는 태굴(殆屈)과 거기에 이어진 기락, 그리고 마운타 자세에서 쏟아지는 망치 같은 주먹의 연환 공격.

우문일의 얼굴은 순식간에 피떡이 되었다. 하나 그보다 더욱 우문일을 괴롭게 하는 것은 하나같이 뒷골목의 파락호가 싸울 때 쓰는 저급한 초식에 이처럼 무력하게 당해야 한다는 것이었다. 하지만 어쩌겠는가. 검격을 놓치고 근접 거리를 허용한 순간 그에게 이미 승산은 없었다.

어렸을 때부터 도박판을 떠돌며 익힌 박투술을 상승무공으로 승화시킨 위송령의 저력이 유감없이 드러나는 순간이었다.

“저 무식한 놈.”

위송령을 힐끗거리던 백무쌍이 자신도 모르게 인상을 찌푸렸다. 하나 그 역시 위송령의 신위에 가슴 한 켠이 서늘해져 오는 것도 사실이었다. 한편으론 파락호 같은 그의 주먹질에 검공 같은 절정고수가 힘 한 번 제대로 써보지 못하고 박살이 나는 모습이 그토록 통쾌할 수가 없었다.

"검공!"

보다 못한 조해원이 그를 도우려 하자 백무쌍이 슬쩍 옆으로 움직여 조해원을 막아섰다.

"쯧쯧, 한눈을 팔면 쓰나. 우리도 슬슬 시작해야지?"

조해원이 백무쌍을 잡아먹을 듯이 노려봤다. 이미 장내의 상황은 어지럽게 돌아가고 있었다. 백무쌍과 자신만이 팽팽한 신경전을 벌이고 있을 뿐 한쪽에선 하운정과 사염천이 목숨을 건 싸움을 벌이고 있었던 것이다.

하운정이 양손을 휘두를 때마다 휘황찬란한 금광이 실내를 가득 메우며 날카로운 경기가 몰아쳤고, 사염천이 이를 막아낼 때마다 귀청이 떨어질 듯한 충격음이 밀려왔다. 하지만 어느 정도 여유가 있는 사염천의 표정과 달리 하운정의 얼굴은 땀으로 흠뻑 젖어 있었다. 한눈에 보아도 하운정이 밀리는 형국이어서 조해원으로서는 속이 바짝 타 들어갔다.

'대체 이자들은 어디서 튀어나온 괴물들이란 말인가!'

조해원은 아득한 두려움을 느꼈다.

사염천과 위송령의 무위는 자신들이 예상한 것을 훨씬 상회하고 있었다. 이로 미루어 자신과 마주하고 있는 백무쌍 역시 만만치 않은 무공을 지니고 있을 것이 틀림없었다.

이 순간 조해원은 십대고수를 비롯한 구대문파의 수좌, 그리고 각 세가의 가주 급 인물들을 제외한 모든 인물들을 자신들의 밑으로 보아왔던 생각이 얼마나 어리석은 것이었는지를 뼈저리게 절감했다.

"우리는 이대로 구경만 할 텐가?"

백무쌍의 도발에 조해원이 이를 악물었다.

우드득.

조해원이 모든 내력을 끌어올려 양손으로 모으자 무시무시한 소리와 함께 그의 손이 더욱 커졌다. 그가 주먹을 움켜쥐자 마치 손목 아래 거대한 추가 매달린 것처럼 보일 정도였다.

지금의 조해원을 있게 한 거령산수(巨靈山手)가 모습을 드러낸 것이다.

"죽어라, 악적!"

마음이 급했던 조해원은 이 한 수에 승부를 결정짓기로 마음먹었다. 그래서 처음부터 자신의 모든 힘을 쏟아 부어 거령산수 중 가장 위력적인 거령패마장(巨靈敗魔掌)을 시전했다.

꽈르릉!

마치 천둥이 치는 듯한 음향과 함께 어마어마한 장력이 노도처럼 백무쌍을 집어삼켰다.

조해원이 뿌린 장력의 범위는 무려 이 장에 달했다. 게다가 강맹하기 그지없는 위력만큼이나 무시무시한 속도로 달려들어 백무상으로서는 피할 곳도, 숨을 곳도 없었다.

"칫!"

쉿소리를 낸 백무쌍은 고루천강수를 두른 팔을 교차하여 정면으로 이를 받아냈다.

쾅!

백무쌍의 신형이 격렬하게 휘청이더니 그대로 오 장 정도를 주르륵 밀려갔다. 하나 그것이 끝이 아니었다. 거령패마장의 압력이 곧장 그를 집어삼켰다.

짜자자작!

백무쌍이 입은 옷이 찢겨지더니 이내 장력에 휩쓸려 먼지로 화했다. 하나 그 순간 폭풍 같은 장력 안에서 날카로운 기운이 솟구쳐 올랐다.

찌이익!

"……!"

조해원은 벌린 입을 다물지 못했다. 전력을 다한 십이성의 거령패마장은 집채만 한 거목도 한 줌 목피로 으스러뜨릴 만큼 강력한 것이었다. 그런데 백무쌍이 허공을 할퀴듯 양손을 휘두르자 강대한 기운이 비단 폭처럼 찢어지며 와해되어 버린 것이다.

그리고 그 사이로 모습을 드러내는 백무쌍의 모습!

머리끈이 날아가 머리카락이 미친 듯이 휘날리는 그의 모습은 움푹 들어간 눈에서 뿜어지는 안광만큼이나 귀기(鬼氣)스러웠다. 하지만 그보다 두려운 것은 정면으로 거령패마장을 받아내고도 이렇다 할 부상의 기미를 찾아볼 수 없다는 점이었다.

"이젠 내 차례지?"

쾅!

백무쌍의 두 발이 바닥을 박찼다. 백무쌍의 신법은 매우 독특했는데, 두 발을 한데 모아 동시에 움직이는 모습이 흡사 강시가 뛰어다니는 모습을 보는 것처럼 우스꽝스러웠다. 하나 그 속도는 전혀 우스꽝스럽지 않았다.

길[路]을 연다[開]는 뜻의 이 보법은 저승신인 개로신(開路神)이 시체들을 저승으로 인도할 때 쓰는 개로보(開路步)로, 고루천강수와 더불어 백무쌍의 이대절기로 손꼽히는 것이었다.

동작이 자유롭지 못하고 변화가 부족한 대신 일직선으로 움직일 때는 가장 쾌속한 속도를 낼 수 있는 신법이 개로보였다. 강호 전체를 뒤져도 공격과 후퇴에 있어 이만큼 독보적인 신법은 찾아보기 힘들었다.

억 하는 순간에 백무쌍이 자신의 코앞으로 짓쳐들자 조해원은 질끈 눈을 감았다. 전력을 쏟아낸 이후였기에 잠시 동안은 내력을 끌어올릴 수 없었고, 거의 무방비에 가까운 상태로 백무쌍을 상대할 방법이 전무했던 것이다.

쐐애애액!

허공을 찢는 무시무시한 소리에 조해원은 심하게 가슴이 두근거렸다.

절체절명(絶體絶命)의 순간!

이때 조해원은 무언가 강력한 힘이 자신의 목덜미를 잡아채는 것을 느꼈다.

쫘악!

동시에 가슴 어림이 화끈해지며 차갑고 섬뜩한 무언가가 피부를 찢고 지나가는 것을 느꼈다.

눈을 뜬 조해원은 어느새 자신을 막아서고 있는 한 사람의 모습을 발견했다. 자신의 어깨까지밖에 오지 않는 호리호리한 체구의 사내.

그가 자신의 목덜미를 잡아당기는 바람에 간신히 백무쌍의 일격을 피한 것이다.

"넌 뭐야?"

백무쌍이 짜증 어린 표정으로 냉막한 얼굴의 사내를 노려봤다. 하지만 이내 손끝에 묻은 피를 혀로 핥으며 음산하게 입을 열었다.

"뭐, 좋아. 어차피 네놈도 살려둘 생각이 아니었으니."

그 순간 냉막한 얼굴의 사내가 가볍게 어깨를 흔들었다. 그러자 그의 등에 메어져 있던 검이 면포를 찢고 허공으로 솟구쳤다. 그리곤 사내가 조용히 손을 뻗자 그의 손을 향해 빨려들 듯 움직였다.

검이 그린 현란한 궤적과 사내가 보인 신기에 가까운 격공섭물의 묘기에 백무쌍은 일순 주춤했다.

그 순간 사내의 신형이 눈앞에서 흐릿하게 변했다.

"어?"

일순 시야에서 그를 놓친 백무쌍의 입에서 당혹성이 터져 나왔다.

퍼억!

"컥!"

쿠당탕!

비명과 함께 요란하게 나뒹구는 위송령의 모습을 확인한 백무쌍은 쓰러져 있는 우문일을 일으키는 사내를 발견하곤 두 눈을 부릅떴다. 하지만 이내 벼락같은 일갈을 토하며 사내를 향해 갈퀴처럼 구부린 손을 휘둘렀다.

"이놈!"

하나 이번에도 백무쌍은 시야에서 사내를 놓치고 말았다.

사내를 찾아 백무쌍이 두리번거리는 순간,

퍼억!

"윽!"

또 한 번의 격타음과 함께 비틀거리며 물러서는 사염천의 모습이 보였다.

그제야 그가 자신들과는 비교도 할 수 없는 고수임을 깨달은 백무쌍이 황급히 뒤로 물러섰다. 이때를 같이해 위송령과 사염천 역시 일단 후퇴하여 어깨를 나란히 했다.

"네놈은 누구냐?"

사염천의 질문에 사내는 창백한 얼굴로 말없이 그들을 바라볼 뿐이었다.

감정을 읽을 수 없는 차가운 그의 눈빛을 마주한 순간 사염천 일행은 알 수 없는 두려움이 심혼을 얽매는 듯한 기분을 떨쳐 낼 수 없었다.

이때 그들을 향해 한줄기 전음이 들려왔다.

"마령단은 어디에서 얻은 거야?"

'계집?'

사염천과 위송령, 백무쌍이 당황한 얼굴로 서로를 바라봤다.

그제야 사염천은 깨닫는 바가 있었다. 저렇게 호리호리한 체구는 여인이 남장을 했기 때문이고, 표정없는 냉막한 얼굴은 인피면구를 착용했기 때문이다. 헐렁한 장포 역시 여인 특유의 굴곡을 지닌 몸매를 감추기 위함일 것이다. 하지만 마령단이라니? 처음 들어보는 이름에 그들이 의아해하고 있을 때 다시 한 번 청아한 음성이 들려왔다.

"당신들이 흘리는 독특한 마기는 마령단을 통해 얻지 않고선 불가능해. 솔직히 말하는 게 좋을 거야. 내 검은 그다지 자비롭지 못하거든."

백무쌍이 얼떨떨한 표정으로 사염천을 바라봤다.

"어떻게 된 거냐, 사가야? 우리가 복용한 붉은 환단이 해약이 아니었단 말이냐?"

위송령도 전음으로 사염천을 다그쳤다.

"마령단이 뭐야?"

"내가 어떻게 알아."

"이 돌팔이 같으니! 이상한 약을 해약이라고 속이고 우리에게 먹이다니!"

"어쨌든 득이 되었으니 잘된 것 아니냐. 그 환단 덕에 우리는 금제가 사라졌다. 게다가 지닌바 무공 역시 급격히 발전했지. 그렇지 않고서야 어찌 우리가 삼공을 상대할 수 있었겠느냐? 그 환약이 아니었다면 지금쯤 바닥을 기고 있는 건 저들이 아닌 우리였을 것이다."

"하긴……."

위송령이 머리를 긁적이며 고개를 끄덕였다.

붉은 환단을 복용한 후 처음엔 하루에 일 할씩 회복되던 내공이 시간이 지날수록 점차 속도가 붙기 시작해, 사흘째는 이 할씩의 내공이 회복되었다. 결국 일주일이 채 되지 않아 이들은 본래의 내공을 회복할 수 있었다.

그런데 그러고도 내공의 증진은 멈추지 않았다. 더욱 어마어마한 기세로 늘어난 내공의 양은 그들이 감당하기 힘들 정도에 이르러서야 겨우 멈추었고, 사염천 일행은 십이 년 전과 비교해 족히 두 배에 이르는 내공을 지니게 되었던 것이다.

이때 백무쌍이 전음을 날렸다.

"우리가 합공을 하면 저년을 족칠 수 있을까?"

"가능할 것 같냐?"

사염천의 반문에 백무쌍은 고개를 저었다.

"대체 저년은 누구야? 당금 강호에 저와 같은 여고수가 있다는 말은 들어본 적이 없다."

위송령의 전음에 사염천은 문득 깨닫는 바가 있었다.

사내로 변장한 여인을 유심히 살피던 사염천의 시선이 문득 그녀의 손에 들린 검에 고정되었다. 검신과 손잡이가 하나로 이어진 투박한 형태의 검. 수실은커녕 검파도 없었고, 그저 손잡이 부근에 교룡어피(蛟龍魚皮)가 감겨져 있을 뿐이었다. 하지만 검신에 조그맣게 새겨진 현사(顯邪)라는 글씨를 보는 순간 사염천은 벼락을 맞은 듯 신형을 부르르 떨었다.

"제길!"

"왜?"

"저 검을 봐라. 저년은……."

"헉!"

위송령과 백무쌍의 낯빛 역시 시커멓게 변해 버렸다. 뒤늦게 그녀의 정체를 알아챈 것이다.

이때 또다시 여인의 전음이 들려왔다.

"말하고 싶지 않다면……."

순식간에 사염천 일행과 거리를 좁힌 그녀가 몸을 회전시켰다. 그와 동시에 늘어뜨리고 있던 검이 비스듬히 대각선으로 묘한 곡선을 그렸다.

전혀 빨라 보이지 않는, 신묘한 구석이라곤 찾아볼 수 없는 간단한 동작이었다.

산책 나온 여염집의 규수가 미풍에 흘러내린 머리칼을 쓸어 올리는 모양과 같다고나 할 그런 움직임이었다.

그러나 결과는 놀라웠다.

그녀의 검이 가는 곳마다 공간이 쩍 입을 벌렸다.

"튀어!"

누구의 입에서 나온 것인지는 알 수 없었으나 다급한 음성이 터져 나오는 순간 이미 강호사사는 신형을 날리고 있었다.

우지끈!

객잔을 떠받치고 있던 나무 기둥이 부러지는가 싶더니 이층 객잔이 송두리째 무너져 내렸다. 그 와중에도 사염천을 비롯한 두 사람은 재빨리 머리를 굴려 달아날 방도를 모색한 것이다.

아니나 다를까.

그녀는 마지못해 검을 휘둘러 쏟아지는 건물의 잔해를 걷어내기 시작했다. 혼자였다면 충분히 이를 피하고 강호사사를 잡을 수 있었겠지만 부상을 입거나 지쳐 있는 삼공은 그럴 여력이 없었던 것이다.

삽시간에 폐허로 변한 장내에서 그녀가 사염천 일행을 찾았을 때는 이미 그들이 모습을 감춘 뒤였다.

제13장

핏자국은 사라졌나?

유난히 흐린 날이었다.

눈보라도 그치고 조금씩 추위가 물러가기 시작하는 겨울 끝자락의 공기는 신선했지만 하늘이 낮은 구름으로 뒤덮여 있어서 왠지 어둡고 답답한 느낌을 주는 그런 날씨였다.

대문 밖에서 비질을 하던 장 노인은 문득 고개를 들어 단아한 필체로 매한장(梅寒莊)이라 적힌 현판을 바라봤다.

잠시 현판을 응시하던 그가 한숨을 흘리며 고개를 저었다.

사고 치고 달아난 아들 덕에 떠안은 빚만 이십 냥이었다. 하루 벌어 하루 입에 풀칠하는 그에게 이십 냥은 도저히 감당할 수 있는 금액이 아니었다. 그래도 꼭 죽으란 법은 없는지 친인을 통해 운 좋게 일자리를 구할 수 있었다. 그러나 하루도 못 가 그는 후회를 금치 못했다. 자신이 일할 곳이 이곳 매한장임을 알았기 때문이다.

처음엔 낙향한 관리가 거하는 곳으로 알고 있었다. 그런데 저잣거리에서 오가는 소문은 이와 거리가 멀었다. 산서에서 악명 높은 흑점의 본타가 이곳이라는 것이다.

아니나 다를까.

그가 맡은 일은 장원 곳곳에 방치된 시신들을 수습하고, 시신을 찾아오는 사람에게 그들을 넘겨주는 것이었다. 아무리 돈 때문에 하는 일이라지만 이런 일은 결코 하고 싶지 않았다. 하지만 물릴 수도 없었다. 대부분의 돈을 이미 선금으로 받아 빚을 갚는 데 써버렸기 때문이다.

"휴……."

한숨과 함께 허공에서 부서지는 뿌연 입김을 바라보며 장 노인은 처음 장원에 들어섰을 때의 모골 송연한 광경을 떠올렸다.

인기척라곤 전혀 느껴지지 않은 장원 곳곳에는 처참한 시신들이 즐비했다. 얼굴 형체를 알아보기 힘들 만큼 훼손된 시신도 있었으며, 전신이 난도질당한 듯 끔찍한 자상을 가득 안고 죽은 이도 있었다. 아무렇게나 바닥을 뒹구는 피 묻은 병장기는 보는 것만으로도 섬뜩했다. 하지만 어디에서도 산 사람은 보이지 않았다.

장 노인은 다시금 비를 들어 이번엔 정원에 쌓인 눈을 쓸어 내기 시작했다. 그러다 문득 가지런히 놓인 관을 향해 자신도 모르게 입을 열었다.

"당신들도 어지간히 박복하구려. 열흘이 지나도록 찾아오 는 사람 하나 없으니. 대체 어떻게 살았길래 지전(紙錢) 한 장 살라줄 사람도 없나 그래."

대답이 돌아올 리 만무했다.

장 노인은 피식 웃으며 고개를 저었다.

"쯧쯧. 노망났군, 노망났어. 아무리 사람 음성이 그립다고 하더라도 어찌 죽은 이한테 말을 건단 말인가."

대충 눈을 쓸어낸 장 노인은 얼마 되지 않는 자신의 짐을 챙기기 시작했다.

열흘 동안 매한장을 지키고 있었지만 시신을 찾아가는 사 람은 아무도 없었다. 그리고 자신이 약속한 기한은 오늘까지 였다.

바지에 묻은 눈을 손으로 툭툭 털어낸 장 노인이 걸음을 옮 기기 시작했다. 하지만 얼마 가지 않아 자신도 모르게 뒤를 돌아보았다. 죽은 이들이 자꾸만 자신의 발목을 붙드는 것만 같았던 것이다. 하지만 이십 냥이 아닌 백 냥을 얹어준다 해 도 귀기마저 감도는 을씨년스러운 이곳에는 더 이상 머물고 싶지 않았다.

장원을 나서기 위해 고개를 돌린 장 노인의 표정에 이채가 떠올랐다. 간간이 흩날리는 눈송이를 맞으며 장원 안으로 들어서는 두 인영 때문이다.

그들은 푸른빛이 감도는 같은 모양의 도포를 입고 있었다. 선두의 인물은 여유로움이 절로 느껴지는 인자한 풍모를 지닌 노인으로, 한 자루 고색창연한 검을 등에 메고 있었다. 그 뒤를 따르는 사람은 관옥처럼 준수한 외모를 지닌 청년이었다.

만약 장 노인이 무림에 대해 아는 것이 있었다면 그들이 청성파 사람임을 어렵지 않게 짐작했을 것이다. 하지만 장 노인은 그들의 소매에 수놓아진 푸른 구름이 그저 멋들어진 모양이라고 생삭할 뿐이었다.

"이곳인 매한장이오?"

부드러운 노인의 음성에 장 노인이 잔뜩 긴장한 얼굴로 고개를 끄덕였다.

"연락을 받고 왔소."

"아!"

그제야 장 노인이 안도의 탄성을 터뜨렸다. 그들이 메고 있는 검을 보고 지레 겁먹은 자신이 한심하게 느껴졌다.

"운이 좋으셨소. 나는 막 이곳을 떠나려던 참이라오. 그래, 누구를 찾아오셨소? 나는 그들의 이름을 알지 못하니 외모나 특징을 설명해 주시오."

"붉은 섭선을 지닌 사람을 찾고 있소. 키는 육 척 정도이며 호리호리하고 날렵한 체형을 하고 있소."

고개를 끄덕인 장 노인이 그들을 한쪽으로 이끌었다.

가장 오른쪽에 놓인 관 앞에 이른 장 노인이 관 뚜껑을 열며 입을 열었다.

"살다 살다 이렇게 참혹한 시신은 처음이라오. 대체 무슨 원한이 있길래 사람을 이 지경으로 만들었는지 원."

장 노인이 한쪽으로 비켜서자 노인과 청년이 관으로 다가갔다.

열흘이 지났음에도 불구하고 차가운 날씨 덕에 시신은 전혀 부패하지 않았다.

노인은 석상이 된 듯 우두커니 서서 한참 동안 시신을 바라보았다. 아무 말 없이 서 있는 노인의 모습에 청년이 조심스레 입을 열었다.

"사부님, 이분이……?"

노인이 천천히 고개를 끄덕였다.

"그래, 곽자문. 네 사형 되는 사람이다."

청년의 눈빛이 미미하게 흔들렸다. 비록 한 번도 본 적이 없었지만 늘 사문 어른들에게 귀에 딱지가 내려앉도록 들어왔던 사람. 그토록 보고 싶어했던 사형이건만 차디찬 시신으로 누워 있는 그의 모습은 너무도 낯설고 어색했다.

이때 노인의 입에서 더없이 무거운 탄식이 터져 나왔다.

"자문아, 자문아, 어찌 눈을 떠 이 사부를 바라보지 않는 게냐? 그리도 미웠더냐? 그리도 원망스러웠더냐?"

청년이 근심스러운 눈빛으로 노인을 바라봤다.

연청운. 인자한 외모와 달리 철심고학(鐵心孤鶴)이라 불리우며 청성을 통틀어 다섯 손가락 안에 드는 절정검객이 바로 그였다. 하지만 검법보다 더욱 그를 유명하게 한 것은 그 어떤 상황에서도 굳은 심지와 냉정을 잃지 않는 점이었다.

십 년 전, 자신의 유일한 제자였던 곽자문을 파문시킬 때조차 눈 하나 깜짝하지 않았다던 그다.

하지만 지금의 사부는 평소 자신이 알던 철심고학이 아니었다. 금방이라도 눈물을 쏟을 것처럼 붉게 충혈된 눈이 그러했고, 감출 수 없는 고통과 괴로운 심정이 역력한 일그러진 표정이 그러했다.

이처럼 격동한 사부의 모습은 팔 년 넘게 함께한 자신도 처음 보는 것이어서 사연강은 놀라움을 금치 못했다.

"사부님, 고정하소서."

연청운이 고개를 돌려 자신의 제자를 바라봤다.

지금 자신의 심정을 그가 어찌 알겠는가?

길을 잃고 방황하는 제자를 위해, 그리고 그를 향해 쏟아지는 무수한 비난을 잠재우기 위해 스스로 수족을 자르는 심정으로 부득불 택한 파문이었다. 하나 그의 마음 깊은 곳에는 언젠가 본래의 모습을 되찾은 곽자문이 다시금 청성으로 돌아오리란 믿음이 자리하고 있었다. 하지만 싸늘한 주검이 되어 눈앞에 누워 있는 곽자문의 모습은 그 기대를 산산이 부숴 놓고 있었다.

그 어떤 사부가 자식과 같은 제자의 죽음에 비통해하지 않을 수 있겠는가. 생살을 도려내고 뼈를 깎는다 한들 이보다 고통스럽지 않을 것이다.

연청운이 사연강을 향해 입을 열었다.

"연강아."

"네, 사부님."

"네 사형을 데리고 먼저 돌아가거라."

"저 혼자 말입니까?"

제자의 반문에 연청운이 천천히 고개를 끄덕였다.

"나는 따로 볼일이 있다."

순간 연청운의 눈에서 섬전 같은 안광이 스쳤다 사라졌다. 그것은 나타날 때보다 더욱 빨리 사라졌지만 이를 보는 순간 사연강은 심하게 가슴이 두근거리기 시작했다.

"사부님, 아니 됩니다!"

단호한 제자의 음성을 무시한 채 연청운이 돌아섰다.

돌아서기 직전, 고집스럽게 다문 입매에서 느껴지는 사부의 결심에 사연강은 그의 마음을 돌릴 수 없음을 깨달았다. 이와 같은 표정을 짓고 있는 사부는 절대로 자신의 생각을 꺾지 않는다는 것을 누구보다 잘 아는 그였던 것이다.

“사부님, 차라리 제자가…….”

“연강아, 너마저 이 사부를 거역할 셈이냐?”

“사부님…….”

“돌아가라. 일을 마무리 짓는 대로 돌아갈 것이다.”

연청운은 그렇게 말하며 장원을 떠났지만 사연강은 그 자리에 못 박힌 듯 서 있었다.

사부는 돌아온다 했지만 소문이 사실이라면 이것이 사부의 마지막 모습이 될지도 모를 일이었다.

천조각(天祚閣)은 청성이 생겨났을 당시 처음에 세워진 문설주였다. 비록 낡고 오래되어 볼품은 없었으나 이는 수백 년간 청성의 상징적인 건물로 인식되어 왔다. 대부분의 청성 문하들은 천조각에 대해 그렇게만 알고 있었다.

그 천조각에 피로 새겨진 문구가 있다는 것을 아는 사람은 장로들을 포함한 극소수뿐이었다. 하나 사연강은 이에 대한 정확한 내력을 알고 있었다.

자신은 언젠가 청성의 장문인 자리를 이어받을 장령제자. 어느날 장문이 그를 따로 불러 모두가 쉬쉬하던 천조각에 관련된 일을 설명해 주었고, 그날 받은 충격으로 인해 사연강은 며칠 동안 잠을 설쳐야만 했다.

촉산혈성.

그 연원의 중심에 존재하는 불길한 명호였다.

사백여 년 전 단신으로 청성산을 올라 당시의 십대고수 중

일인이자 청성의 장문인이었던 조화검객(造化劍客) 장천을 십
초 만에 목을 날리고 청성의 내로라하는 고수 팔십여 명을 죽
음으로 인도한 사람. 그로 인해 청성은 봉문에 가까운 타격을
입었고, 그 피해를 복구하는 데만 해도 무려 오십 년이 걸리
지 않았다던가.

 그는 청성을 내려가기 전 천조각에 피로 새겨진 글귀를 남
겼다.

 오늘 나 단리양은 피로써 청성에 책임을 묻나니, 또다시 이와
같은 일이 있을 때 여기 새겨진 맹약에 따라 청성을 피로 씻으리
라!

 어째서 그가 청성을 공격했는지 그 이면에 감춰진 이야기
는 장문인조차 쉬쉬해 사연강은 알 도리가 없었다. 하지만 분
명한 건 사백 년이 지났어도 그가 남긴 피의 약속은 지금까지
유효하다는 사실이었다.

 '사부님은 아마도 사형을 죽였다는 당대의 촉산혈성을 만
나러 가셨을 것이다.'

 소문의 진위 여부는 중요하지 않았다. 만약 사부가 찾는 사
람이 정말 단리양의 후예라면 자신은 사부라 부를 수 있는 유
일한 존재를 잃게 될 것이다.

 "어르신, 부탁을 드려도 되는지요?"

사연강의 질문에 장 노인이 고개를 끄덕였다.

"말해보구려."

"죄송하지만 하루만 더 이곳을 지켜주시면 안 되겠습니까? 사례는 하겠습니다."

그 말과 함께 사연강은 품속에서 전낭을 꺼내 장 노인의 손에 들려주었다.

"그렇게… 하시구려."

내심 원치 않는 일이었으나 청년의 간곡한 눈빛에 마음이 흔들린 장 노인은 마지못해 고개를 끄덕였다.

"흑암보가 어디에 있습니까?"

"이곳에서 동쪽으로 사 리쯤 가면 대로가 나오는데 그곳에서 가장 크고 웅장한 장원이 흑암보요. 지붕 전체가 검은색을 띠고 있으니 찾긴 어렵지 않을게요."

"고맙습니다."

그 말과 함께 사연강의 신형이 장 노인의 눈앞에서 사라졌다.

장 노인은 자신이 꿈을 꾼 것은 아닌가 하여 멍하니 서서 눈을 비볐다. 하나 손에 들려 있는 전낭을 보니 꿈은 아니었다.

주위를 살피니 아무도 없었다. 그의 눈에 들어온 것은 멀리 눈보라를 일으키며 사라지는 하나의 까만 점뿐이었다.

*　　　*　　　*

호계상은 오늘따라 손에 들린 두터운 장부의 무게감이 유난히 기분 좋게 느껴졌다. 그래서였을까. 한 장 한 장 침을 묻혀가며 장부를 넘기는 얼굴에 절로 웃음이 떠올랐다.

"어디 보자…… 옳지. 오늘은 대륭상단(大隆商團)하고 집영장(集英莊)을 들를 차례로군. 도합 육백서른 냥인가?"

수금할 돈이 꽤나 짭짤하다. 이미 적룡방에서 자신이 떨친 무위가 산서 지역에 파다하게 퍼진 뒤라 돈이 없다고 잡아뗄 녀석들은 없을 것이다. 하지만 모처럼 흥에 겨운 기분을 깨는 밉살스런 음성이 있었으니…….

"호랑이가 없는 곳에선 여우가 왕이라더니……."

고개를 돌리니 오 장쯤 떨어진 곳에 도끼를 걸쳐 멘 채 수북한 장작 더미 위에 앉아 있는 가종령의 모습이 보였다.

그가 말한 여우가 자신을 가리키는 것이란 걸 모를 만큼 호계상은 어리석은 위인이 아니었다.

딱히 틀린 말도 아니었다. 가장 두려워할 대상인 단리백이 아군인 이상 자신이 두려워할 인물은 적어도 산서 안에선 찾아보기 힘들었다. 게다가 자신의 별호도 천면호리 아닌가? 하지만 괜히 기분이 나빠지는 건 어쩔 수 없었다. 그 말을 한 사람이 다름 아닌 가종령이었기 때문이다.

"거 좀 적당히 하쇼."

가종령의 말에 호계상이 눈을 치켜떴다.

“내가 뭘?”

“수금 말이오. 듣자 하니 원성이 자자하더이다.”

“원성? 무슨 원성? 누가 돈 갚지 말랬나? 그동안 원금 안 갚고 버팅기며 이자 불려준 제놈들 탓이지 누굴 원망해? 대체 어느 놈이 그딴 불만을 토로하든?”

“포목점 원씨.”

호계상이 영문을 모르겠단 표정으로 가종령을 바라봤다.

“엥? 포목점 원씨?”

“푸줏간을 하는 도가 놈도 그렇고, 요 아래 만향객잔 유 노인도 그럽디다.”

“그 사람들이 왜? 그 사람은 흑암보와 상관없는 사람이잖아. 질못 들은 거 이냐?”

나직이 한숨을 내쉰 가종령이 호계상이 들고 있는 장부를 가리켰다.

“그자들 돈이 어디서 나온다고 생각하오? 결국 그놈들도 서민들 등쳐 먹고 사는 놈이오. 총관이 그자들 돈을 한꺼번에 긁어오면 그놈들은 텅텅 빈 창고 보며 좋아라 하겠소? 자연 그놈들도 악에 받쳐 서민들 돈을 긁어내는 악순환을 밟는단 말이오.”

“……”

잠시 꿀 먹은 벙어리가 되어 가종령을 바라보던 호계상이 못마땅한 얼굴로 입을 열었다.

"그래서?"

"적당히 하란 말이오."

"내가 왜 그 사람들까지 신경 써야 하는데?"

"나참, 말귀를 못 알아들으시네."

"뭐야?!"

발끈해 소리치는 호계상이었으나 가종령이 도끼를 던지고 성큼성큼 다가서자 주춤하며 한 걸음 물러섰다.

"한번 해보자는 거냐?!"

긴장한 표정으로 호계상이 외치자 가종령은 피식 웃으며 앞치마 속에서 무언가를 꺼내 내밀었다.

호계상의 얼굴이 묘하게 일그러졌다. 그도 그럴 것이, 가종령이 내민 것은 한 움큼의 쌀이었기 때문이다.

"쌀?"

"그렇소. 쌀이오."

"나더러 생쌀이나 씹으라고?"

호계상의 반문에 가종령이 고개를 저었다.

"이걸 논에 파종하는 종자라 칩시다. 이걸 키워 나중에 수확하면 족히 이십 배는 넘게 쌀을 수확할 수 있소. 하지만 지금 당장 입 안에 털어 넣으면 한 끼 식사도 되지 않지."

"그러니까 네 말은 농사지을 종자는 남겨놓으란 말이냐?"

"이제야 좀 대화가 되는군."

호계상은 자신도 모르게 고개를 끄덕였다. 충분히 일리있

는 말이었다. 하지만 선선히 수긍하자니 자존심이 상하는 것
도 사실이었다.

"네가 총관 할래?"

호계상이 넌지시 가종령을 떠봤다. 아니나 다를까, 가종령
은 마뜩찮은 표정으로 고개를 저었다.

"싫소. 그 귀찮은 걸 내가 왜 합니까?"

"나보다 머리도 좋은 것 같고, 앞을 내다보는 선견지명이
탁월한 것 같아서."

"그럼 총관은 직장을 잃는 것 아니오?"

"나야 뭐, 어디 가서 입에 풀칠 못하겠나."

"됐소. 노인네 밥줄 끊어봐야 꿈자리만 사납지. 관심없
소."

"이 자식이 말을 해도 꼭!"

눈을 부라리던 호계상이 마지못해 고개를 끄덕였다.

"사실 나도 그렇게 생각하고 있었어. 나 대신 총관 할 거
아니면 이래라저래라 하지 마."

탁.

호계상이 손을 뻗어 가종령이 쥐고 있던 한 움큼의 쌀을 뺏
어왔다. 그리고 이를 입 안에 털어 넣고는 오독오독 씹으며
걸음을 옮기기 시작했다.

하지만 채 십 장도 가기 전에 걸음을 멈춰야만 했다. 흑암
보 안으로 들어서는 한 사람의 모습이 시야에 들어왔기 때문

이다.

'청성파?'

한눈에 들어오는 푸른 도포.

소매 끝에는 푸른 구름이 역동적인 자태로 새겨져 있었는데, 호계상은 이것이 청성파를 상징하는 문양임을 단박에 알아볼 수 있었다.

"이곳이 흑암보가 맞는지요?"

"어찌 오셨소?"

호계상은 말을 내뱉고 나서 아차 싶어 재빨리 말끝을 슬며시 높였다. 사파에 몸담은 그에게 구대문파의 하나인 청성이 달가울 리 없었고, 이 때문에 자신도 모르게 퉁명스럽게 말이 나와 버렸던 것이다.

다행히 이를 눈치 채지 못한 듯 노인은 호계상을 향해 재차 질문을 던졌다.

"이곳에 촉산혈성이 머물고 있소?"

"……!"

호계상의 표정이 굳어졌다.

구대문파의 일익인 청성의 문도가, 그것도 꽤나 높은 자리를 차지하고 있을 법한 신선풍의 노인이 단리백을 찾고 있다는 것은 확실히 석연치 않은 점이 있었다.

그러나 호계상은 천면호리라는 명호에 걸맞게 태연한 얼굴로 의뭉스럽게 반문했다.

"촉산혈성? 그가 누구요?"

노인의 얼굴에 잠시 의아한 빛이 서렸다.

노인은 잠시 호계상의 표정을 살폈으나 그 어디에서도 자신을 속이려는 기색은 찾을 수 없었다.

그때였다.

스륵.

'아뿔싸!'

호계상이 내심 당혹성을 터뜨렸을 때 노인의 눈빛이 번뜩였다.

"커흠!"

호계상은 재빨리 헛기침을 토했다. 노인의 기세에 긴장한 탓인지 등 뒤에서 슬쩍 풀어 내리려던 혈영음도가 차가운 금속성을 흘려 버린 것이다. 하지만 차가운 한광을 뿜어내는 노인의 눈빛을 마주한 순간 호계상은 자신의 의도가 들통났음을 깨달았다.

과연 그는 고수답게 소리만 듣고도 병기의 종류를 깨달았다.

"종잇장처럼 얇은 면도……. 천면호리?"

'제길!'

재빨리 이 장을 뒤로 물러선 호계상이 혈영음도를 늘어뜨리며 노인을 노려봤다.

"어떻게 알았지?"

비단처럼 늘어진 채 차가운 빛을 뿌리는 은빛 도신을 발견한 노인이 고개를 끄덕였다.

"역시 천면호리였군. 그처럼 긴 면도를 성명병기로 쓰는 사람은 강호에 흔치 않지. 게다가 나의 눈을 속일 정도의 고수라면 당신밖에 달리 누가 있겠나."

호계상이 노인을 노려보며 입을 열었다.

"고고한 학처럼 청성에서 노니는 분이 이런 곳엔 무엇 때문에 찾아오셨소?"

"노부를 아는가? 이상하군. 우린 만난 적이 없는데."

"무슨 뚱딴지같은 소리요? 내가 당신을 만났을 리가……."

'없잖아' 라고 소리치려던 말이 혀끝에서 맴돌았다. 고고한 학을 언급하는 순간 떠올린 노인의 반응. 자연스럽게 한 사람의 명호가 떠올랐다.

"철심고학!"

"바로 보았네. 내가 연청운일세."

호계상의 얼굴이 바위처럼 굳어졌다.

철심고학 연청운! 과거 십대고수였던 곽자문의 스승이자 네 명뿐인 청성의 장로 중 한 명.

지금은 비록 숨죽이고 있는 구대문파였으나 그들이 지닌 이름의 무게는 어마어마한 의미를 지니고 있었다.

지금도 그랬다. 청성을 뒤에 업은 철심고학이란 명호가 엄청난 무게감이 되어 호계상의 어깨를 짓누르고 있었다.

이때 연청운이 얼어붙은 호계상을 향해 다시금 입을 열었다.

“질문을 바꾸지. 자문을 죽인 자가 이곳에 머물고 있나?”

정곡을 찔린 호계상은 아무런 말도 할 수 없었다. 아니, 정확히 말하자면 숨도 쉴 수 없었다. 검을 뽑지도 않았건만 연청운의 전신에서 쏟아지는 서릿발 같은 기세에 심신이 위축되고 만 것이다.

곽자문이 십대고수를 차지하고 있을 때 떠돌던 소문이 있었다. 그를 키워낸 사부는 더욱 무서운 인물일지도 모른다는 내용이 그것이었다. 하나 호계상은 이를 뜬소문이라 일축했다. 청출어람이란 말이 있듯 제자가 사부를 뛰어넘는 일은 흔하진 않아도 찾아보기 힘들 정도는 아니었기 때문이다.

그런데 막상 연청운을 정면에서 대하자 자신의 생각이 크게 틀렸음을 깨달았다. 한눈에 봐도 연청운은 자신과는 비교할 수 없는 고수였다. 모르긴 몰라도 그가 일단 검을 뽑으면 결코 평범한 검이 아닐 것이다. 검강? 아니, 어쩌면 그보다 더욱 높은 경지에 올라있을지도 모르는 일이다.

연청운이 메고 있던 검을 풀어 들며 호계상을 응시했다.

“그를 데려오게.”

호계상이 주위를 두리번거렸다. 조금 전까지 자신과 대화를 나누던 가종령의 모습이 보이지 않았다.

‘망할 놈!’

상대는 검강을 다루는 고수. 비슷한 경지의 도강을 다룰 수 있는 가종령이라면 모를까 자신은 죽었다 깨어나도 연청운의 상대가 될 수 없었다. 하지만 물러설 수 없었다.

마음 같아서는 뒤도 돌아보지 않고 내빼고 싶었지만 무인의 오기와 자존심이 이를 허락지 않았다. 게다가 자신은 오래전 이곳 흑암보에 뼈를 묻겠다 다짐하지 않았던가.

"나를 찾아온 게요?"

호계상의 말에 연청운이 가볍게 눈살을 찌푸렸다.

"거짓말을 하고 있군. 너는 결코 자문의 상대가 되지 못한다."

"과연 그럴까?"

호계상의 얼굴에서 웃음이 사라졌다.

파라라락!

동시에 한줄기 은빛 광채가 허공을 찢었다.

불시에 이루어진 공격은 그야말로 전광석화 같았다. 대화를 나누면서도 호계상은 연청운 모르게 내력을 극성으로 끌어올리며 이 한 수를 준비해 두고 있었던 것이다.

카앙!

손끝에 전해지는 묵직한 충격을 느끼며 호계상이 비틀거리며 물러났다.

"으음……."

호계상의 입에서 침음성이 흘러나왔다. 놀랍게도 연청운은 가볍게 검집을 들어올린 것만으로 미간을 노리며 날아든 칼끝을 막아낸 것이다.

"이따위 잔재주로는 나는커녕 자문의 머리털 하나 건드릴 수 없다!"

싸늘한 일갈과 함께 연청운이 신형을 날렸다.

'흥, 그따위 느려 터진 신법으로……'

내심 연청운을 비웃으며 호계상이 유령환허보를 시전했다. 얼음 위를 미끄러지듯 순식간에 십여 장이나 물러선 호계상은 비웃음을 담아 연청운 쪽을 바라봤다.

순간 호계상의 얼굴이 굳어졌다. 의당 있어야 할 자리에 연청운의 모습이 보이지 않았다.

"나를 찾는가?"

등 뒤에서 들려온 차디찬 음성!

호계상의 일굴이 헬쑥하게 변했디.

뒤도 돌아보지 않고 호계상이 본능적으로 혈영음도를 휘둘렀다.

파라라락!

눈부신 은빛 광채가 호계상의 후방을 향해 폭사되었다. 그러나 한참을 휘둘렀음에도 불구하고 검끝에 걸리는 느낌이 없었다.

혹시나 하는 심정에 뒤를 돌아본 호계상의 신형이 그대로 굳어졌다. 자신과 불과 한 자 정도 거리를 유지한 채 연청운이 서 있었다.

'그 무수한 칼질을 신법으로 피했단 말인가? 그것도 이처

럼 가까운 거리에서? 말도 안 돼!'

"강호사사라 하길래 얼마나 대단한가 했더니 형편없군. 겨우 이 정도 무공을 가지고 자문을 모욕한 것이냐?"

퍼억!

"……!"

호계상이 눈을 부릅떴다. 뒤늦게 자신의 가슴에 와 닿은 푸른빛이 감도는 연청운의 손을 발견한 호계상이 핏물을 왈칵 토하며 무너지듯 바닥에 주저앉았다.

"죽… 엽… 수……."

힘겹게 입을 열던 호계상이 피 기침을 토하기 시작했다. 콜록일 때마다 수백 자루의 칼이 허파를 난도질하는 듯한 극렬한 통증이 밀려왔다.

그때였다.

"무슨 일이죠?"

화들짝 놀란 호계상이 재빨리 뒤를 돌아보았다. 십 장쯤 떨어진 정원 한 켠. 언제부터인지 그곳엔 임소하가 서 있었다.

열흘가량 정양을 한 탓에 임소하의 안색은 상당히 좋아져 있었다. 어미 닭이 병아리를 보살피듯 단리백이 늘 그녀 곁을 맴돌며 그녀의 부상을 치료해 주고 있었고, 그래서 지금처럼 산책을 나올 만큼 건강이 호전된 것이다.

그제야 호계상은 자신이 얼마나 긴장을 하고 있었는지 깨

달았다. 연청운에게 신경을 쏟느라 그녀가 다가서는 것조차
느끼지 못하고 있었다. 그리고 그녀 옆에 묵묵히 서 있는 단
리백을 발견한 순간 호계상은 안도의 한숨을 내쉴 수 있었다.

피를 토하는 호계상과 그 앞에서 오연한 눈빛을 뿌리는 연
청운을 의아한 눈으로 바라보던 임소하는 연청운의 손에 들
린 검을 발견하고는 인상을 찌푸렸다.

"본 보엔 무슨 일로 찾아오셨는지요?"

"계집애가 낄 자리가 아니다."

차가운 연청운의 말에 단리백의 눈에서 살벌한 안광이 피
어올랐다. 하나 이는 나타날 때보다 더욱 빨리 사라져 아무도
발견한 이가 없었다.

임소하가 등을 곧게 펴고 그의 눈빛을 마주 직시했다.

"제가 현재 흑암보를 맡고 있는 이상 그럴 수는 없군요. 무
슨 일로 방문하셨는지 밝혀주세요."

연청운의 얼굴에 잠시 의외란 빛이 떠올랐다. 기껏해야 열
대여섯이나 되었을까. 이처럼 거대한 장원을 책임지기엔 어
린 나이였다. 하지만 이내 그는 천천히 고개를 끄덕였다.

참으로 흔치 않은 일이었다.

자신의 날카로운 눈빛을 받아내는 인물은 청성 내에서도
몇 되지 않았다. 한데 열대여섯 정도 되어 보이는, 그것도 무
공도 익히지 않은 여자가 자신의 눈빛을 피하지 않고 정면에
서 마주하고 있었다.

‘좋은 눈빛이군.’

사파에 있기엔 재질이 아까운 아이여서 연청운은 내심 혀를 찼다. 하지만 자신이 흑암보를 찾은 목적은 분명했다.

연청운은 고개를 돌려 임소하의 곁에 서 있는 단리백을 응시했다. 한눈에 봐도 범상치 않은 예기를 흘리는 사내였다.

“나는 청성의 연청운이라 하네.”

“그래서?”

“자네가 자문을 죽였나?”

“그와는 어떤 사이지?”

“내 제자였던 아이일세.”

일순 살기를 피워 올리는 단리백의 모습에 연청운은 그가 자신이 찾는 사람임을 확신했다.

“문설주에 새겨진 핏자국은 사라졌나?”

“……!”

단리백의 한마디에 연청운의 얼굴이 딱딱하게 굳어졌다. 천조각에 얽힌 비사를 아는 사람은 청성 내에서도 극소수. 이를 언급하는 순간 연청운은 눈앞의 사내가 당대의 촉산혈성임을 깨달았다.

“이것은 내 개인적인 일. 본 파와는 관계없는 일일세.”

“개인적인 일이라…….”

평온한 단리백의 음성에 호계상은 어리둥절한 표정을 지었다. 하지만 이내 단리백의 잔인한 성정을 떠올리고는 조심스레 그의 표정을 살폈다.

의외로 단리백은 별로 화가 난 기색이 아니었다. 오히려 입가에 떠오른 미소는 더욱 짙어져서 금방이라도 대소를 터뜨릴 것만 같았다. 하지만 호계상은 단리백의 이런 모습이 가슴속에 살심이 들끓고 있을 때의 모습이라는 것을 알고 가슴 한켠이 서늘해졌다.

아니나 다를까, 단리백이 얼굴 가득 미소를 지으며 연청훈을 향해 한 걸음씩 다가서고 있었다.

"다 좋은데, 당신이 한 가지 간과한 것이 있어."

단리백의 시선이 바닥에 주저앉아 피를 토하는 호계상을 향했다.

"어딜 가더라도 손님이 주인집 개를 패는 것은 예의가 아니지. 어느 주인이 그런 손님을 반기겠나?"

"그가 자초한 것일세."

"그 말 그대로 돌려주지. 당신의 제자 역시 죽음을 자초한 것이었어. 알고 있을지 모르겠지만……."

단리백이 묘하게 말끝을 흐렸다. 하지만 이어진 단리백의 말에 연청운은 끓어오르는 분노를 참을 수 없었다.

"나는 나를 향해 이빨을 드러낸 개를 결코 용서하지 않아."

졸지에 연청운은 개를 키워낸 사람이 되고 말았다. 아무리 원수일지언정 사자(死者)는 모욕하지 않는 것이 무림의 관례.

"용서하지 않겠다!"

연청운의 일갈에 단리백이 피식 웃으며 대꾸했다.

"용서? 누가 감히 나 단리백을 용서한단 말인가?"

그 말과 동시에 단리백이 기파를 개방했다.

스스스.

한순간 단리백 주위의 공기가 싸늘하게 식으며 그의 전신에서 불길한 기운이 스멀스멀 피어오르기 시작했다.

연청운은 일순 숨이 턱 막혀왔다.

그는 평생 두려움을 모르던 사람이었으나 눈앞의 사내를 가까이서 대하자 왠지 모를 섬뜩함이 느껴졌다.

단리백은 말없이 걸음을 옮겨 연청운과의 거리를 좁혀왔다. 단지 그뿐이었는데도 연청운은 안색이 조금씩 변해갔다.

단리백이 계속 다가옴에 따라 그의 몸에서 가공할 기세가 구름처럼 피어오르는 것을 느꼈던 것이다.

스릉.

연청운이 검을 뽑아 단리백을 가리켰다. 하지만 전신을 옥죄는 중압감은 여전했다. 어깨를 찍어누르는 듯한 상대의 기파는 오랜 세월 도산검림을 헤쳐 온 그로서도 처음 접하는 무시무시한 것이었다.

싸움은 연청운의 선공으로 시작되었다.

지금까지 단 한 번도 상대를 먼저 공격해 본 적이 없는 연청운이었다. 하지만 서로의 거리가 좁혀질수록 단리백의 기세는 점점 더 강해지고 있었고, 이대로 있다가는 제대로 실력을 펼치기도 전에 당하고 말 것이 분명했던 것이다.

파파팟!

연청운의 검끝에서 열 가닥의 검기가 폭죽처럼 피어오르며 단리백의 전신을 완전히 에워쌌다.

"엇!"

상황을 지켜보던 호계상이 자신의 부상마저 잊은 채 경호성을 터뜨렸다. 너무도 갑작스럽고 동시 다발적인 연청운의 공격은 그로선 처음 접하는 무시무시한 것이어서 이를 단리백이 피해낼 수 있을지 그로선 감히 장담할 수 없었기 때문이다.

호계상의 우려대로 단리백은 금방이라도 전신을 난도질할 것처럼 짓쳐드는 검기를 우두커니 서서 바라볼 뿐이었다. 그리고 이어진 단리백의 행동에 호계상은 기겁하지 않을 수 없었다. 단리백이 오른손을 들어올리나 싶더니 전면에서 요동치는 검기 속으로 불쑥 집어넣는 게 아닌가?

'어리석은!'

안색이 흙빛으로 변한 호계상과 달리 연청운의 입매에는 차가운 조소가 맺혔다.

그가 방금 뿌린 검기는 청성의 절기인 청운적하검(靑雲赤霞劍) 중 가장 변화가 뛰어난 적하양운(赤霞瀁雲)이라는 절초였다. 거기에 칠십이파검(七十二波劍)의 연환식을 섞어 변형했기에 그 안에 담긴 진정한 위력은 자신을 제외한 그 누구도 알 수 없었다.

얼핏 보기엔 전혀 상관없을 것 같은 열 가닥의 검기는 실제로는 톱니바퀴처럼 정교하게 맞물려 있어 섣불리 건드렸다간 오히려 검기의 위력을 배가시킬 뿐이었다. 운 좋게 이를 피해 낸다 하더라도 연속적인 변화를 일으키는 검기의 그물 안에 갇힌 것과 다름없어 꼼짝없이 발이 묶이고 마는 것이다.

비록 자존심을 꺾고 선공을 택했지만 그만한 가치가 충분했다.

하지만 이때 믿을 수 없는 일이 벌어졌다.

요동치는 검기에 잘려 나가리라 믿어 의심치 않던 단리백의 손이 기이한 각도로 꺾이나 싶더니 돌연 그를 에워싼 검기의 궤적이 크게 엇나가기 시작했다.

짜자자작!

수십 필의 비단을 동시에 찢어발기는 듯한 음향이 장내를 가득 메우며 검기에 긁힌 흙바닥이 자욱한 먼지를 피워 올렸다.

"꽤나 재미있는 검을 구사하는군."

먼지를 헤치며 그 사이로 모습을 드러내는 단리백의 모습에 연청운 놀라움을 감추지 못했다.

도대체 무슨 수로 단리백이 폭풍 같은 검기의 그물을 와해시킨 것인지 알 길이 없는 호계상은 단리백과 연청운을 번갈아 바라볼 뿐이었다.

반면, 연청운의 얼굴은 딱딱하게 굳어져 있었다. 검기가 지척에 이르는 순간 단리백이 손을 뻗어 한줄기 검기를 잡아챘

고, 이를 자연스럽게 이끌어 다른 검기에 부딪치게 하여 연속
적으로 파탄을 일으키는 모습을 똑똑히 보았던 것이다. 하나
눈으로 보고도 믿을 수 없는 일이었다.

"이화접목(移花接木)?"

스스로 반문하던 연청운이 이내 고개를 흔들었다.

화산의 능라수(綾羅手), 무당의 무영신나수(無影神拿手)나
곤륜의 종학금룡수(縱鶴擒龍手)가 그러하듯 청성파 역시 금나
수에 이화접목의 원리를 반영시켜 만든 절영수(絶影手)가 있
었다. 하지만 각기 다른 이름과 형태를 지니고 있다 해도 근간
을 이루는 무리 자체는 사량발천근의 원리에서 크게 벗어나지
않고 있었다. 구대문파, 아니, 전 중원을 통틀어도 맨손으로
연환검기를 와해시킬 수 있는 금나수는 존재하지 않았다.

"이젠 내 차례인가?"

우우웅.

낮은 울림과 함께 단리백의 주위에 흐르던 기류가 급변했다.

동시에 그의 전신에서 아지랑이처럼 일렁이는 핏빛 서기
가 천천히 들어올린 단리백의 손을 따라 허공의 한 점에 모아
지기 시작했다.

"혈라강기!"

이를 알아본 연청운이 극성으로 내공을 끌어올려 검에 실
었다.

그 순간 단리백이 내뻗은 손을 따라 허공에서 꿈틀대던 붉

은 기운이 더욱 짙은 빛을 뿌리나 싶더니 빛살처럼 전면을 향해 격사되었다.

쩌엉!

귀청이 떨어질 것 같은 소음과 함께 연청운의 신형이 주르륵 뒤로 밀려났다. 그리고 그와 거의 동시에 그의 오른쪽에 위치해 있던 반 장 높이의 정원석이 폭발하듯 터져 나갔다.

콰앙!

"……."

후두둑.

쏟아지는 돌조각을 맞으면서도 연청운의 시선은 단리백에게 고정되어 있었다. 정원석이 폭발하는 여파로 장포가 미친 듯이 펄럭이는 것을 제외하면 이렇다 할 부상은 찾아볼 수 없었다.

믿기 힘든 공방을 주고받는 두 사람의 모습에 호계상은 벌린 입을 다물지 못했다. 아스라이 허공에 흩어지는 홍광의 궤적을 좇아 고개를 돌리자 박살 난 정원석 근처에 붉은 모래처럼 흩어지는 붉은 기운과 연청운의 검에 맺혀 청광을 뿌리는 한 자 길이의 검강을 목도할 수 있었다.

자신은 죽었다 깨어나도 그들의 일 초를 견뎌낼 자신이 없었다. 무슨 재간이 있어 검강을 막을 것이며, 한순간 번쩍이는 홍광을 막아낸단 말인가?

호계상은 걱정 어린 눈으로 단리백을 바라봤다. 이 싸움에

끝에서 누가 두 발로 서 있을지 그로서도 장담하기 힘들었던 것이다.

하지만 호계상의 생각과 달리 연청운은 내심 침음성을 삼키고 있었다. 눈앞에서 붉은 빛이 번뜩이나 싶더니 정신을 차렸을 때는 섬뜩한 기운이 이미 자신의 지척에 이르러 있었다. 이를 떠올리자 연청운은 자신도 모르게 식은땀이 났다.

워낙 창졸간이라 피하고 자시고 할 여유도 없었다. 본능적으로 검을 휘두른 것이 날아드는 강기의 궤적과 운 좋게 맞아떨어졌을 뿐이다.

연청운은 검파를 쥔 손가락을 열심히 움직였다. 비록 쳐냈다고는 하나 손가락이 마비된 듯 감각이 느껴지지 않았다. 게다가 손목의 시큰한 충격이 팔을 타고 올라와 어깨까지 저릿하게 만들고 있었다.

"팔성의 혈리탄(血利彈)을 걷어내다니, 그저 입만 산 늙은이는 아니었어."

태연히 입을 여는 단리백의 모습에 연청운은 눈앞의 상대가 지금까지 자신이 만난 상대 중 가장 위험한 자임을 새삼 깨달았다.

지이이잉.

낮게 울려 퍼지는 검명과 함께 연청운이 천천히 검을 놓았다. 그러자 놀랍게도 검이 허공에 멈춘 채 맹렬히 회전하기 시작했다.

"헉!"

이를 본 호계상이 경악성을 터뜨렸다. 혹시나 하는 생각은 하고 있었지만 막상 이기어검을 눈앞에서 보게 되자 말문이 막히고 말았다.

단리백 역시 적지 않게 놀란 눈치였다. 하지만 이내 단리백의 얼굴에 짙은 미소가 번져 갔다.

"뭐야? 제법 하잖아?"

딱딱하게 굳은 연청운의 얼굴에는 여전히 아무런 표정도 떠오르지 않았다. 단리백이 팔성의 혈리탄을 사용했다고 언급하는 순간 그가 어느 정도 여력을 남겨두고 있음을 충분히 짐작했기 때문이다.

호계상은 경악한 눈으로 단리백을 바라봤다. 그러고 보니 아직까지 단리백이 전력을 다해 싸우는 것을 한 번도 본 적이 없었다.

쾌액!

그 순간 한줄기 푸른 빛살이 허공을 갈랐다.

콰아앙!

지축을 뒤흔드는 폭음과 함께 자욱한 먼지구름이 피어올랐다. 바람이 먼지를 흩어내자 주위의 경관이 모습을 드러냈고, 호계상은 숨 쉬는 걸 잊을 정도로 충격을 받았다.

이기어검의 가공할 위력은 눈으로 보고도 믿을 수 없을 정도였다. 마치 수백 개의 벽력탄을 한곳에 집중해 폭발시키면

이러할까.

조금 전 단리백이 서 있던 자리에 한 자루 검이 꽂혀 있었다. 그리고 그 주위로는 분화구를 연상케 하는 십 장 반경의 거대한 구덩이가 패어 있었다. 하지만 그 어디에서도 단리백의 모습은 찾아볼 수 없었다.

'설마?'

연청운은 황급히 주위를 두리번거렸다.

이때 허공에서 단리백의 음성이 들려왔다.

"방심하면 안 되지."

고개를 들어올린 연청운은 눈앞으로 떨어져 내리는 주먹을 발견하곤 대경실색하여 전력을 다해 죽엽수를 펼쳤다.

순간적으로 모든 공력을 검에 쏟아 부은 탓에 연청운의 내공은 찰나지간 공백 상태에 이르렀고, 그로 인해 죽엽수의 위력은 현저히 줄어들어 있었다.

파파파파팡!

그럼에도 불구하고 순식간에 피어오른 스물네 개의 장영이 물결처럼 그의 전면을 뒤덮었다. 죽엽수의 최고 경지인 천변만화(千變萬化)가 시전된 것이다.

환실일체(幻實一體). 비록 스물네 개의 장영은 실체는 하나였지만 환영 하나하나조차 바위마저 능히 가루로 만들 위력이 실려 있었다.

딱!

무언가가 부러지는 듯한 음향이 들리며 연청운의 얼굴이 시퍼렇게 변한 채 뒤로 비틀거리며 물러났다.

단리백의 주먹이 스물네 개의 장영 중에서 정확하게 진짜를 찾아내어 손등을 가격했던 것이다.

단리백의 주먹에 격중당한 손등뼈가 부러져 손이 금세 퉁퉁 부어올랐다.

하나 고통을 느끼고 있을 사이도 없이 단리백의 몸은 그의 가슴 앞으로 바짝 다가들며 팔꿈치를 수평으로 쓸어오고 있었다.

연청운은 모골이 송연해져서 뒤로 다섯 걸음이나 정신없이 물러섰다. 하지만 그는 자신의 승리를 믿어 의심치 않았다. 급히 천지일기공(天地一氣功)을 끌어올리자 소진되었던 내공이 빠르게 단전을 채우고 있었던 것이다.

쾌애애액!

섬뜩한 소리에 단리백이 뒤를 돌아봤다.

자신의 등을 향해 날아드는 푸른 빛줄기를 발견한 단리백이 연청운을 향해 슬쩍 웃어 보였다. 하나 그 순간 연청운에겐 그 미소가 더없이 섬뜩하게 느껴졌다.

단리백은 연청운을 몰아붙이던 기세를 줄이지 않고 그의 가슴을 향해 일권을 내질렀다.

'양패구상!'

단리백의 의도를 짐작한 연청운의 얼굴에서 핏기가 사라

졌다. 이대로라면 단리백은 결코 이기어검을 피하지 못한다. 하지만 자신 역시 단리백의 주먹에 치명타를 면치 못하리라.

연청운은 거의 무의식적으로 단리백을 향해 죽엽수의 구명초식(求命招式)인 청죽무한(青竹無限)을 펼쳤다.

그는 무슨 일이 있더라도 단리백과 정면으로 맞부딪치는 일은 피했어야 했다.

연청운이 그것을 깨달은 것은 단리백의 주먹과 자신의 손바닥이 맞부딪친 바로 그 순간이었다.

그가 익힌 호신강기는 도가의 공력 중 독보적인 천지일기공(天地一璣功)이었다.

천지일기공은 도가의 정종 심법 중에서도 상위에 속하는 절정의 공력으로, 이것을 익히면 진기가 끊임없이 솟아 나와 단전이 파괴되지 않는 한 숨이 끊어지지 않는다고 한다.

하지만 단리백과 부딪치는 순간 연청운은 자신의 호신강기가 산산이 흩어지며 무언가 거대한 쇠망치 같은 것에 가슴이 으스러지는 충격을 느꼈다.

그제야 연청운은 단리백이 단순히 주먹을 날린 것이 아닌 가공할 위력을 지닌 초상승의 절정 수법임을 깨달았다.

그 깨달음이 너무 늦은 것이다.

"왁!"

쿠웅!

피분수를 뿜으며 날아간 연청운의 신형이 그대로 벽과 충돌했다.

칙!

이때 들려온 한줄기 소성에 고개를 든 연청운은 단리백의 손에 붙들린 자신의 검을 발견했다.

뚝뚝.

손바닥이 찢어져 핏방울을 떨구곤 있었으나 그 외에 이렇다 할 부상은 찾아볼 수 없었다.

연청운이 쓴웃음을 머금었다. 제아무리 이기어검이라 할지라도 정작 자신이 막대한 타격을 입은 탓에 검을 움직이던 진기가 흩어져 버렸다. 제어할 힘을 잃은 이기어검은 단순히 허공을 날으는 검에 불과할 뿐. 그렇다 해도 상당한 여력이 실려 있을 검을 맨손으로 잡아낸 것은 놀라운 일이었다. 하지만 그보다 더욱 궁금한 것이 있었다.

"그건 무슨 수법이었느냐?"

단리백이 짤막하게 대답했다.

"염왕수."

천천히 고개를 끄덕인 연청운이 단리백을 향해 허탈한 웃음을 던졌다. 처음 마주한 공포라는 낯선 감정에 휘둘린 것이 화근이었다. 양패구상을 하더라도 이기어검에 모든 걸 쏟아부었어야만 했다. 그랬더라면 최소한 지금보다는 상황이 나았으리라.

"죽여라."

단리백이 싱긋 웃으며 고개를 끄덕였다.

"그럴 참이었어."

츠츠츳!

단리백의 전면에서 맺히는 홍광을 발견한 연청운은 길게 한숨을 내쉬더니 눈을 감았다. 그리고는 죽음을 기다렸다. 하지만 그는 죽을 수 없었다.

"무슨 짓이지?"

문득 들려온 단리백의 음성에 천천히 눈을 뜬 연청운은 자신 앞을 막아선 사내의 모습을 발견했다.

"비켜주시게."

연청운의 말에도 사내는 여전히 그 자리에 못 박힌 듯 꿈쩍도 하지 않았다.

단리백의 눈에서 짙은 살광이 폭사되어 나왔다.

"무슨 짓이냐 물었다."

그제야 연청운을 막아선 사내 가종령이 단리백을 향해 입을 열었다.

"부탁이오. 그를 살려주시오."

"이놈 종령, 대체 무슨 생각이냐?"

호계상의 호통에도 아랑곳하지 않고 가종령은 천천히 고개를 돌려 연청운을 바라봤다.

"저를 기억하시겠습니까?"

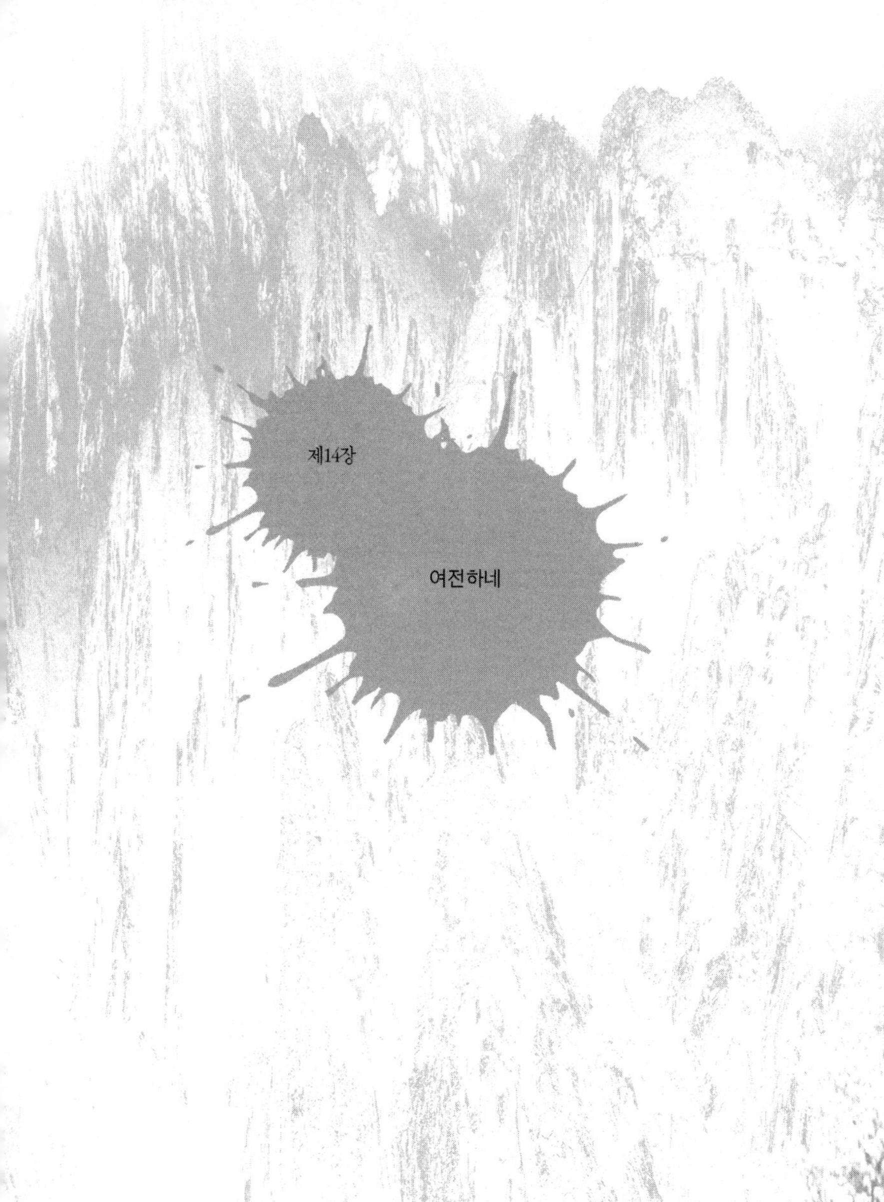
제14장

여전하네

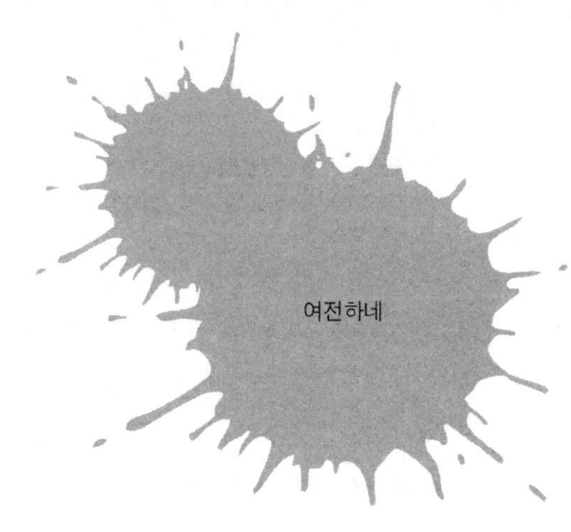

　의아한 눈으로 가종령을 살피던 연청운의 얼굴에 놀라움이 떠올랐다.
　"너는……!"
　하지만 이내 연청운이 노여움으로 얼굴을 붉히며 가종령을 향해 소리쳤다.
　"꺼져라! 누가 네놈 따위에게 목숨을 구걸했더냐? 만약 내가 이리 되지만 않았어도 당장 네놈의 목을 날렸을 것이다, 이 금수만도 못한 놈!"
　쉬지 않고 퍼부어진 연청운의 독설에 가종령의 입매에 쓰디쓴 웃음이 맺혔다.

“아는 사람인가요?”

“예, 보주.”

임소하의 질문에 가종령이 고개를 끄덕였다. 그리곤 나직한 한숨을 흘리며 입을 열었다.

“제 사부님의 절친한 친우셨습니다. 그러니 사정을 봐주십시오.”

“사부님이요?”

이때 연청운이 싸늘한 웃음을 터뜨렸다.

“사부? 홍! 그 입으로 잘도 주워담는구나. 네가 그를 사부라 부를 자격이 있느냐?”

“무슨 뜻이죠?”

임소하의 반문에 연청운이 붉게 충혈된 눈으로 가종령을 잡아먹을 듯 노려봤다.

“저놈은 천하에 두 번 다시 찾기 힘들 만큼 배은망덕한 놈이다! 전란통에 다 죽어가는 놈을 거둬 공들여 키웠더니 오히려 제 스승의 목숨을 빼앗고 달아났지!”

“사실인가요?”

임소하가 놀란 눈으로 가종령을 바라봤다.

이에 가종령은 천천히 고개를 끄덕였다.

“그런…….”

할 말을 잃은 임소하가 망연히 서 있을 때 쓰러져 있던 연청운이 돌연 가종령을 향해 신형을 날렸다.

"앗!"

임소하가 경악성을 터뜨렸으나 푸르게 물든 연청운의 손이 이미 가종령의 옆구리에 틀어박힌 뒤였다.

콰직!

"컥!"

무방비 상태에서 죽엽수에 정통으로 가격당한 가종령이 입에서 왈칵 피를 뿜으며 앞으로 고꾸라졌다.

하지만 심각한 내상을 입은 상태에서 무리하게 진기를 끌어올린 탓에 연청운 역시 힘을 잃고 바닥에 쓰러졌다.

"가 아저씨!"

가종령이 손을 들어 다가서는 임소하를 제지했다. 그리곤 힘겹게 신형을 일으켰다.

몸을 움직이기가 무섭게 바늘로 찌르는 것처럼 옆구리가 시큰거렸다.

발톱이 빠져도 역시 호랑이는 호랑이. 구대문파의 성세가 과거에 비해 다소 기울어 있는 것은 사실이었지만 그래도 일파의 장로가 단호하게 휘두르는 손속은 어디가 달라도 달랐다. 죽어가는 노인네의 일장에 단번에 세 대의 늑골이 나가버린 것이다.

"왜 피하지 않았지?"

단리백의 가종령을 향해 질문을 던졌다.

단리백은 가종령이 지닌 무위를 어느 정도 짐작하고 있었다. 아무리 연청운이 급습을 펼쳤다 하나 평소의 가종령이라면 충분히 이를 피하고도 남았을 것이다. 한데 가종령은 마치 기다렸다는 듯이 일장을 허용했다.

가종령은 가쁜 숨을 쌕쌕 몰아쉬며 단리백을 응시했다.

"그를 살려주시오."

"그런 꼴을 당하고도 그를 살리고 싶다?"

"그를… 살려… 주시오……."

목울대를 타고 넘어오는 핏물을 삼키면서도 가종령은 힘겹게 같은 대답을 반복했다.

이에 임소하는 고개를 돌려 단리백을 바라봤다. 연청운의 생살여탈권을 쥐고 있는 사람은 자신이 아니었다. 모든 건 단리백의 기분에 달려 있음을 그녀라 해서 모를 리 없었다.

"좋아."

의외로 단리백은 선선히 고개를 끄덕였다. 하지만 이어진 그의 말에 가종령의 얼굴에는 더없이 착잡한 빛이 떠올랐다.

"대신 스승을 벤 이유가 듣고 싶군."

"의숙! 그건 너무……!"

임소하가 당황하여 단리백을 만류하려는 순간, 가종령이 고개를 끄덕였다.

"나는……."

소매를 들어 입가에 묻은 피를 훔쳐 낸 가종령이 지금껏 가슴에만 묻고 있던 비사를 꺼내기 시작했다.

꽝!

요란한 굉음이 울려 퍼지나 싶더니 갑자기 바깥이 소란스러워지기 시작했다.

머리를 싸맨 채 누워 있던 양홍지는 갑자기 확 짜증이 치밀어 올라 자리에서 벌떡 일어났다.

"무슨 일이냐?!"

소란의 주범을 찾아 단단히 족치리라 마음먹고 양홍지가 벌컥 문을 열어젖혔다. 하지만 눈앞에 펼쳐진 광경에 그대로 굳어버리고 말았다.

오십에 달하는 수하들이 한 명도 빠짐없이 대 자로 쓰러진 채 정원을 가득 메우고 있었다. 그리고 그 가운데 두 노인이 흉흉한 안광을 뿌리며 서 있었다.

한 명은 짙은 남색 장포를 걸치고 강시처럼 비쩍 마른 노인이었고, 그 옆의 노인은 반대로 흘러넘치는 살을 주체 못해 바람을 잔뜩 집어넣은 가죽 포대를 보는 것만 같았다.

'고루마군… 그리고 독심광의까지……!'

세상에 아무리 수많은 사람들이 있다 한들 이들의 외모는 한 번 보면 도저히 잊을 수 없는 것이어서 양홍지는 대번에 이들을 기억해 냈다.

"네놈이 이곳 주인이냐?"

"예, 그렇습니다. 소인이 적룡방의 방주인 양 모입니다."

사염천의 질문에 양홍지가 대번에 바닥에 엎드리듯 허리를 조아렸다.

오랜 세월 산서에서 칼밥을 먹고 살아온 양홍지였다. 또한 눈앞에서 미소 짓고 있는 노인이 얼마나 무서운 사람인지 누구보다 잘 알고 있었다.

웃으며 사람 목을 딸 수 있는 사람이 몇이나 될까. 양홍지는 십이 년 전 사염천을 처음 봤을 때 그와 같은 생각을 했다.

보통은 제아무리 악인일지라 하더라도 사람을 죽이고 나서 찜찜한 기분을 떨쳐 내지 못한다. 그래서 이를 잊기 위해 술과 계집을 찾는 것이다. 하지만 사염천은 달랐다. 저처럼 사람 좋은 미소를 머금은 채 눈 하나 깜짝 않고 사람의 목을 칼로 긋는다. 그리고 나서 먹던 음식을 게걸스럽게 해치우는 그의 모습은 아직까지 머릿속에 두렵게 각인되어 있었다. 오죽하면 사람들이 그를 가리며 만면살소(滿面殺笑), 비명횡사(非命橫死)라 불렀을까.

옆에 있는 백무쌍의 악명 역시 사염천에 비해 모자람이 없었다. 그는 해골이나 강시 같은 말을 극도로 싫어해서, 꼭 자신을 지칭하는 것이 아닐지라도 그 앞에서 그런 단어를 언급한 사람은 그날로 이승과 작별을 고해야 했다. 그것도 그냥 죽이는 것이 아니라 전신의 뼈를 토막토막 박살 내 연체동물처럼 흐느적거리는 모습을 감상하며 천천히 죽이는 것으로 유명했다.

"우리가 누군지 아나 보지?"

백무쌍의 질문에 양홍지가 비굴한 웃음을 흘리며 고개를 주억였다.

"제가 어찌 강호사사를 몰라뵙겠습니까? 일전에 천면호리 어르신을 몰라뵌 건 제 탓이 아닙니다. 그분의 변장이 워낙 뛰어나셔서……."

양홍지가 창백해진 얼굴로 말끝을 흐렸다. 천면호리를 언급하기가 무섭게 사염천과 백무쌍의 신형이 어느새 자신의 코앞에 이르러 있었기 때문이다.

"그 호가 자식 어디 있어?"

"사, 사… 살려주십시오."

"빨리 말해."

백무쌍이 해골처럼 비쩍 마른 손으로 멱살을 쥐고 흔들자 양홍지는 두려움에 혼백이 다 달아날 지경이었다.

"흐, 흑암보에……."

"흑암보?"

인상을 찡그리며 반문하는 백무쌍의 모습에 양홍지는 더욱 겁을 집어먹었다.

"어르신들이 돌연 사라지신 이후 산서의 모든 패권을 흑암

보가 거두었습니다. 한데 얼마 전 갑자기 흑암보주가 죽으면
서 급격히 망했지요. 지금은 천면호리 어르신과 숙수 한 놈,
그리고 임 씨 성을 쓰는 계집애뿐입니다.”

“흑암보의 위치가 어디냐?”

“동쪽으로 뻗은 대로를 이각쯤 걷다 보면 나옵니다. 지붕
전체가 검게 칠해져 있어 찾기 쉬울 겁니다.”

“흑암보라……. 그런 곳에 숨어 있었군. 여우 같은 자식.
그런데…….”

빠드득 이를 갈던 백무쌍이 무섭게 눈을 치켜뜨며 양홍지
를 노려봤다.

“천면호리 어르신?”

‘아뿔싸!’

자신의 실수를 뒤늦게 깨달은 양홍지의 안색이 시커멓게
물들었다. 백무쌍의 깡마른 손이 금방이라도 자신의 정수리
를 으깨 버릴 것만 같았다.

질끈 눈을 감은 양홍지는 바람 앞의 사시나무처럼 벌벌 떨
며 그들의 처분을 기다렸다. 그러나 이미 백무쌍과 사염천의
신형은 한줄기 바람처럼 흑암보를 향하고 있었다.

이를 알 리 없는 양홍지는 근 일각 넘게 학질 걸린 사람마
냥 몸을 떨 뿐이었다.

한참의 시간이 흘러 슬쩍 눈을 뜬 양홍지는 두 사람의 모습
이 보이지 않는다는 사실에 안도의 한숨을 터뜨렸다. 그러다

문득 생각난 듯 자신의 이마를 탁 쳤다.

"아! 그러고 보니 그곳에는……!"

벼락을 맞은 듯 한차례 부르르 몸을 떤 양홍지가 대뜸 방 안으로 뛰어들어 갔다. 그리고 정신없이 짐을 싸기 시작했다. 정신이 없어 당대 촉산혈성이 흑암보에 머물고 있다는 이야기를 빼먹은 것이다.

사정이야 어찌 되었든 더 이상 산서에 머물 순 없었다. 강호 사사가 돌아온 이상 산서는 또다시 공포의 땅으로 돌아갈 것이 자명한 일. 그간 쌓아온 재산이 아까웠지만 목숨과 비교할 순 없는 일 아닌가. 짐을 꾸리는 양홍지의 손이 더욱 빨라졌다.

*　　　*　　　*

"송령은?"

사염천의 질문에 백무쌍이 무심코 대답했다.

"천당에."

"뭐?"

사염천이 놀란 표정으로 되묻자 백무쌍이 피식 웃으며 입을 열었다.

"그 천당이 아니고 예전에 그놈이 꾸리던 도박장 말이야."

사염천이 못마땅한 얼굴로 혀를 찼다.

"쯧쯧, 산서에 들어서자마자 좌불안석하더니만 그새를 못

참고."

"누가 아니래. 그거 병이야, 병. 죽기 전엔 못 고쳐."

고개를 끄덕이던 사염천이 힐끗 백무쌍을 바라봤다.

"그런데 그 여우 같은 놈을 우리 둘만으로 잡을 수 있을까?"

"충분해. 제깟 놈이 아무리 신법에 뛰어나다 한들 우리 둘이 동시에 덮치는데 어쩌겠어? 게다가 지금의 우리는 과거와 비교할 수 없을 정도로 무공이 강해졌어. 그깟 늙은 여우 한 마리 잡는 것쯤이야 식은 죽 먹기지."

사염천 역시 백무쌍과 비슷한 생각이었다. 다만 어젯밤 꿈 자리가 사나웠던 게 마음에 걸렸다. 하지만 머지않아 산서의 패자로 군림하는 자신들의 모습을 떠올리자 걱정 따윈 단번에 날려 버릴 수 있었다.

"저기다!"

백무쌍의 외침에 고개를 돌린 사염천의 눈에 검은 지붕의 거대한 장원이 들어왔다.

두 사람은 경공을 펼치는 속도를 더욱 높여 흑암보를 향해 질주하기 시작했다.

＊　　　＊　　　＊

"나는 형산파 사람으로 본래 이름은 가종령이 아닌 심일광 이오. 가종령(可從靈)이란 이름은 사부님과의 약속을 잊지 않기 위해 나 스스로 지은 이름이오.”

“형산파!”

호계상이 새삼스럽다는 표정으로 가종령을 바라봤다. 체계적으로 무공을 닦았다는 느낌은 받았지만 설마 그가 구대문파 중 하나인 형산의 문하였을 줄은 예상치 못했던 것이다.

본래 소림, 무당, 화산, 곤륜, 아미, 청성, 점창, 종남, 공동을 일컬어 구대문파라 불렀으나 정사대전 이후 급격히 몰락을 거듭한 공동이 결국 봉문을 선언하자 그 빈자리를 형산파가 메우게 되었다.

비록 그동안 공동에 밀려 구대문파에는 들지 못했으나 형산은 오래전부터 명망있는 정도의 명문으로 손꼽히는 곳이었다.

북악(北岳) 항산(恒山), 동악(東岳) 태산(泰山), 서악(西岳) 화산(華山), 중악(中岳) 숭산(嵩山)과 더불어 형산은 남악이라 불리우며 오대검파(五大劍派)의 일익을 맡고 있었다.

이 중 소림과 화산이 욱일승천의 기세로 성장해 구대문파 중에서도 수좌를 다투는 발전을 거듭했고, 반면 항산파와 태산파는 힘을 잃어 유명무실하게 명맥만 이어가고 있었다. 형산 역시 그들과 사정이 크게 다르지 않아 한때는 봉문지경에까지 이른 적이 있었다. 하지만 그런 형산이라 해서 인재가 없으란 법은 없었다.

참백검(斬魄劍) 심의철.

그의 타고난 오성은 형산에 입문한 지 오 년째 되던 해, 열 일곱의 나이로 사부인 비원검객(備元劍客) 황문석을 뛰어넘으며 빛을 발하기 시작했다. 뿐만 아니라 서른 살이 되던 해 일 년 동안 강호를 떠돌며 중원의 내로라하는 고수들을 꺾으며 일 년도 안 되는 짧은 비무행 기간 동안 무서운 명성을 쌓았다.

서른다섯이 되던 해 그는 호남제일고수였던 팔비신장(八臂神掌) 조수창을 오십 초 만에 패배시켜 일약 호남제일고수로 등극했고, 서른아홉의 젊은 나이로 형산 장문인이 된 불세출의 기재였다.

장문인으로 취임한 이후 가장 먼저 시작한 일은 기존의 형산파 무공을 체계적으로 정립하고 연구하는 일이었다. 그의 손을 거치면 허섭스레기 같던 삼류 무공도 경천동지할 위력을 지닌 일류 무공으로 탈바꿈했고, 이때부터 형산은 무서운 기세로 호남에 세력을 넓혀가기 시작했다. 이 모든 것은 자신을 믿고 따르는 형산 문도들과 이들을 믿음과 의리로 이끈 심의철의 두터운 신망이 있었기에 가능한 일이었다.

형산파는 순식간에 호남 일대의 패주로 군림하게 되었고, 숫자로만 따져도 구대문파 중에서 소림과 화산에 이어 세 번째로 많은 문도를 거느리게 되었다. 하지만 그가 의문의 죽음을 당한 오 년 전 이후로 형산의 성세는 급격히 내리막길을 걷기 시작했다.

그의 죽음을 둘러싸고 여러 가지 소문이 무성했다. 하지만 정작 형산은 침묵했고, 아무도 그 진위에 대해 알 수 없었다.

"심일광… 심일광이라……. 그럼 혹시?"

호계상은 둔기로 뒤통수를 얻어맞은 표정을 지으며 가종 령을 바라봤다. 뒤늦게 심의철과 심일광의 성이 같다는 것을 깨달았기 때문이다. 그리고 떠오른 기억 하나.

"자네가 남악신룡(南岳神龍)이었군!"

오랜만에 듣는 자신의 명호에 가종령, 아니, 심일광은 쓴웃 음을 머금었다.

"그래, 들은 적이 있어. 심의철은 늦게까지 혼인을 하지 않 아 자식이 없었지. 그런데 어느 날 아이 하나를 데려와 자신 의 성을 물려주고 제자로 삼았다지? 듣기론 그 제자의 오성이 사부인 참백검을 뛰어넘어 불과 스물여덟의 나이에 그의 진 전을 모두 이어받았단 소문이 떠돌았어."

확실히 그랬다. 뛰어난 사부와 그 사부를 능가하는 재질을 지닌 제자. 그 두 사람을 가리켜 양사고제(良師高弟), 즉 훌륭 한 사부에 뛰어난 제자라 일컬으며 수많은 무림인들이 연이 은 형산의 홍복을 부러워하곤 했었다. 더욱이 심일광은 스승 을 대하길 친아버지 모시듯 정성을 기울였기에 '심의철은 여 자 복은 없어도 자식 복은 타고났다'는 말을 수없이 듣곤 했 다.

그래서 심의철의 죽음에 심일광이 연루되어 있다는 사실

이 믿기 힘들었다. 하지만 연청운은 흰소리를 입에 담을 위인이 아니었다. 그는 분명 제자인 심일광이 스승인 심의철을 베었다 하지 않았는가?

자신에게 향해진 눈빛들이 부담스러운 듯 심일광이 무거운 한숨을 터뜨렸다.

"원단을 닷새 남긴 날이었소."

천천히 고개를 들어 뿌연 하늘을 바라보는 그의 시선은 오년 전 그날의 기억을 더듬고 있었다.

형산은 고아한 풍광만큼이나 운봉무쇄(雲封霧鎖)라는 말로 유명하다. 일 년 중 대부분이 신비로운 안개에 휩싸여 있기 때문이다.

그날 역시 그러했다. 유달리 짙은 안개가 축융봉을 제외한 형산 전체를 뒤덮었다. 흐르는 안개 사이로 언뜻언뜻 드러난 전각의 지붕이 마치 망망대해에 떠 있는 일엽편주(一葉片舟)를 보는 듯했고, 일렁이는 안개를 적시며 붉게 번지는 아침 햇살은 석양과는 또 다른 감흥을 불러일으켰다.

그래서였을까.

언제부턴가 연례행사처럼 굳어져 형산파의 전통이 되어버린 사제비무(師弟比武)였건만 유독 그날만큼은 검을 들고 싶지 않았다. 이상하게 가슴이 두근거려 좀처럼 가라앉지 않았기 때문이다.

그것이 한 차원 높은 경지로 도약하기 위한 전조임을 알았다면 그처럼 경솔히 사제비무를 치르지 않았을 것이다.

하지만 정작 사부에게 가르침을 받는 사제들을 보고 있자니, 가슴이 끓어올랐다.

검강의 초입에 들어선 이후 느껴지던 거대한 벽이 그날따라 낮게 느껴졌다. 사부의 동작 하나하나가 눈에 새겨지듯 들어왔고, 이어질 초식의 연환이 자연스레 읽히기 시작했다. 그리고 어느 순간 그동안 가슴을 짓누르던 속박의 무게가 느껴지지 않았다.

자유로운 검을 느끼자 그동안 볼 수 없었던 새로운 경지가 눈앞에서 펼쳐졌다. 그리고 정신을 차렸을 땐 이미 사부와 검을 섞고 있는 자신을 발견할 수 있었다.

하지만 거기서 끝난 게 아니었다. 손만 뻗으면 닿을 것처럼 더욱더 높은 새로운 경지가 갑자기 찾아온 것이다.

이는 자신도 사부도 예상치 못한 일이었다.

거기에서 비무를 멈췄어야 했다. 하지만 그와 사부는 그럴 수 없었다. 그의 검이 이미 사부를 압도하고 있었기 때문이다.

준비가 부족한 상태에서, 그것도 마지못해 든 검은 결국 사단을 가져오고야 말았다.

서로의 입장이 바뀌었다. 지금껏 자신이 사부의 등을 쫓던 것과 반대로 이제는 사부가 자신의 뒷모습을 쫓고 있었다.

그 순간부터 그와 사부는 사제지간이 아니었다. 스스로를 몰아붙여 전력을 다하기 시작한 사부의 검 앞에 그 역시 호승심이 일었다.

그렇게 얼마나 검을 섞었을까.

어느 순간을 기점으로 사부의 공격이 판이하게 달라졌다. 그조차 감당하기 힘들 만큼 거세고 패도적으로 변한 것이다. 사부 역시 오랜 기간 머물러 있던 기존의 경지를 넘어서 새로운 세계로 나아가고 있었던 것이다.

그들은 미친 듯이 검을 휘둘렀다. 하지만 어느 순간 두려움이 왈칵 밀려왔다. 이대로 둘 중 한 명이 쓰러지기 전에 비무가 끝나지 않을 것 같은 불길한 예감이 밀려왔던 것이다.

하지만 그도 사부도 검을 멈출 수 없었다. 서로가 그토록 이르려 했던 꿈의 경지를 바로 목전에 두고 있었기 때문이다. 그리고 현재 맛보고 있는 황홀경을 절대 놓치고 싶지 않았다.

결국 두 사람의 비무는 비탈 아래로 구르기 시작한 마차 바퀴처럼 파국을 향해 치닫기 시작했다.

뒤늦게 깨달은 것이지만 사부는 새로운 경지에 들어선 것이 아니었다. 붉게 충혈된 사부의 눈과 금방이라도 피를 토할 것처럼 잔뜩 일그러진 사부의 얼굴을 발견했을 땐 이미 모든 것이 늦어버린 뒤였다. 사부는 주화입마(走火入魔)에 빠진 것이다.

"그래서?"

호계상의 질문에 심일광은 어느새 목이 메어와 끅끅 하는 울음소리를 삼키며 말을 이어갔다.

"자신이 주화입마에 들었음을 깨달은 사부의 눈빛. 그것은 죽음을 각오한 것이었소. 내가 검을 먼저 거두리라는 것을 아셨기에……. 그리고 이어질 나의 죽음을 짐작하셨기에 그분은 돌연 검을 거두셨소. 나는 황급히 검을 멈추려 했지만 검은 나의 의지를 벗어나 사부의 가슴을 관통하고 말았소. 새로운 경지에 눈을 떴다 하나 아직은 미숙했기 때문이오."

"그런……."

임소하의 안타까운 탄성에 심일광은 뜨거운 눈물을 뚝뚝 떨구기 시작했다.

"돌아가시기 직전 사부님께서 내게 말씀하셨소, 나라면 반드시 검의 끝을 볼 수 있을 거라고. 자신이 바라던 평생의 염원을 나에게 맡기겠다고."

복받친 감정을 견디기 힘들었는지 심일광이 목 놓아 오열을 터뜨렸다. 마치 피를 토하는 듯한 그의 울음소리에 임소하는 눈물 글썽한 눈으로 심일광을 바라봤고, 호계상은 나직한 한숨을 흘리며 그의 어깨를 두드렸다.

그렇게 얼마나 시간이 흘렀을까.

울음을 그친 심일광이 자신 옆에 쓰러져 있는 연청운을 바라봤다.

"이분은 사부님의 절친한 친구셨소. 그래서 그를 보는 순간 나도 모르게 몸을 숨겼지만 그가 죽는 것을 지켜만 볼 수 없었던 거요."

"하지만 그는 가 아저씨, 아니… 심 아저씨를 오해하고 계세요. 어째서 진실을 밝히지 않는 거죠?"

임소하의 물음에 심일광의 얼굴에 자조 섞인 웃음이 떠올랐다.

"아무리 변명한다 한들 내 검에 사부님이 돌아가신 건 명백한 사실. 게다가 사문의 어느 누구도 내 말을 들어주는 이가 없었소. 나중에 안 것이지만 나를 바라보는 사제들의 눈빛은 질시, 그 이상도 이하도 아니었소. 그래서 나는 형산을 떠났지. 하나 그들은 끈질기게 나를 쫓았소. 그러다 결국 장강에 이르렀고, 나는 사제들의 연수 합격에 쓰러져 물에 빠지고 말았소. 정신을 차렸을 땐 누군가가 나를 구해줬음을 깨달았고, 그 사람이 보주님의 부친이셨소."

호계상이 의아한 얼굴로 심일광을 바라봤다.

"자네를 제외하고 형산에 그 정도의 고수가 있었단 말인가?"

이에 심일광이 고개를 저었다.

"하루에도 몇 번씩 죽고만 싶었소. 내가 그토록 사부를 몰아붙이지 않았다면……. 결국 사부의 죽음은 나로 인한 것. 그래서 차라리 사제들의 손을 빌려 사부님께 속죄하고 싶었소.”

“하지만 죽지 않았지. 왜지?”

단리백의 질문에 임소하는 자신도 모르게 고운 아미를 찡그렸다. 마치 상처 위에 소금을 뿌리는 것처럼 단리백의 말투가 몹시 잔인하게 느껴졌기 때문이다.

하지만 심일광은 대수롭지 않다는 듯 슬픈 웃음을 머금었다.

“죽음을 코앞에 둔 순간 사부님의 마지막 말씀이 떠올랐기 때문이오. 사부님과 내가 그토록 갈망하던 경지. 사부님은 무엇 때문에 자신의 목숨까지 버려가며 여기에 매달리셨는지… 과연 그만한 가치가 있는 것인지를 내 눈으로 직접 확인하기 전엔 나는 죽고 싶어도 결코 죽을 자격이 없다는 걸 깨달았기 때문이오.”

그때였다.

“헛소리……. 전부 지어낸 거짓말이다.”

연청운은 금방이도 쓰러질 듯 휘청이면서도 고집스럽게 신형을 일으키고 있었다.

“그따위 새빨간 거짓말을 내가 믿을 것 같으냐? 너 같은 천하의 망종은… 쿨럭!”

입을 열던 연청운이 피를 토하며 바닥에 주저앉았다.

자신을 부축하던 심일광의 손을 홱 뿌리친 연청운이 단리백을 노려보았다.

"죽여라! 나 연청운은 결코 사파 놈들에게 목숨을 빚지지 않는다!"

이에 단리백이 실소를 머금고 연청운을 바라봤다.

"나는 약속은 반드시 지켜. 당신을 살려주겠다고 약속한 이상 손에 피를 묻히고 싶은 생각은 없어. 그렇게 죽고 싶다면 스스로 천령개를 내려치던가."

"이노옴……!"

상처 입은 짐승처럼 으르렁거리던 연청운이 이내 결연한 표정으로 고개를 끄덕였다.

"오냐! 하나 너는 잊지 말아야 할 것이다! 청성은 결코 이 원한을 잊지 않을 것이다!"

"어이, 영감. 그사이 망령이 났나? 개인적인 일이라 말했던 건 어디의 누구였지?"

차가운 단리백의 조소에 연청운의 얼굴이 썩은 감처럼 잔뜩 일그러졌다.

하나 이도 잠시, 수치심에 신형을 떨던 연청운이 오른손을 높이 들어올렸다. 그리고 있는 힘껏 자신의 정수리를 향해 내려쳤다. 하지만 그의 손이 천령개의 지척에 이르렀을 때 그보다 빠르게 그의 목 뒤에 있는 수혈(睡穴)을 짚은 손이 있었다.

의식을 잃고 힘없이 늘어진 연청운을 조심스레 받아 든 사연강이 심일광을 향해 고개를 숙였다.

"청성의 사연강입니다. 심 선배의 선의에 진심으로 감사드립니다.”

심일광이 고개를 끄덕이자 사연강은 고개를 돌려 단리백을 바라봤다.

“사부님께서 하신 약조는 반드시 지켜질 것입니다.”

“그러는 게 좋을 거야. 만약 이를 어기면 청성은 피에 잠길 테니까.”

“……!”

광오하기 그지없는 단리백의 말에 사연강의 눈에서 섬전 같은 안광이 튀어 올랐다. 하지만 부정할 수 없었다. 눈앞의 사내라면 충분히 그러고도 남을 위인이었다.

사연강은 단리백을 향해 예를 갖췄다. 그리곤 혼절한 연청운을 들쳐 업고 흑암보를 나섰다.

“좋은 제자를 뒀어.”

호계상의 말에 단리백은 말없이 고개를 끄덕였다.

호계상이 심일광을 향해 말을 건넸다.

“자네, 괜찮은가? 늑골이 두어 대는 나간 것 같던데.”

호계상의 음성에는 진심으로 걱정하는 마음이 담겨 있었다. 그간 아무리 투닥거렸다 해도 어차피 한 식구였던 것이다. 게다가 그도 사람인 이상 심일광의 아픈 과거를 알게 되자 측은함이 밀려왔다. 그 역시 젊은 나이에 사부를 시해했다는 오명을 뒤집어썼기에 누구보다 심일광의 마음을 이해할 수 있었던 것이다.

이때 심일광이 임소하를 향해 입을 열었다.

"흑암보를 떠나겠습니다."

"왜요?"

"조만간 제가 이곳에 있다는 것이 형산에도 알려질 것입니다. 저로 인해 흑암보가 어려움을 겪는 것은 원치 않습니다."

"괜찮아요. 그들이 오면 방금 전 그 사람처럼 혼내서 쫓아버리죠. 아저씨는 저와 어려움을 함께한 가족이에요. 아직 닥치지도 않은 위험을 두려워해 가족을 내치는 짓은 절대 하지 않아요."

"하지만……."

임소하는 듣기 싫다는 듯 양손으로 귀를 막고 고개를 흔들었다.

애교스러운 그 모습에 결국 심일광은 마지못해 웃고 말았다.

이때 단리백의 싸늘한 음성이 장내에 울려 퍼졌다.

"재미있는 구경거리도 끝났으니 이만 나오시지."

의아한 눈으로 단리백을 바라보던 임소하는 자신도 모르게 흠칫하며 어깨가 굳어졌다. 붉은 안광을 뚝뚝 흘리며 한곳을 응시하는 단리백의 눈빛. 그 안에 담겨 있는 가공할 살기를 느낀 것이다.

"허허, 이거 쑥스럽네그려. 그래도 한때는 살황이라 불리던 노부이건만… 이래선 어디……."

벽에 드리운 그림자 속에서 불쑥 모습을 드러낸 두 인영.

너털웃음을 터뜨리는 유장령과 그 뒤에 서 있는 유효명을 발견한 임소하의 눈이 동그랗게 커졌다. 얼마 전 자신의 목숨을 노리기 위해 흑암보에 잠입했던 그의 얼굴을 쉽게 잊을 리 만무했다.

임소하는 두려운 얼굴로 손을 뻗어 단리백의 옷깃을 붙들었다.

놀란 것은 심일광과 호계상 역시 마찬가지였다. 고수라 자부하던 두 사람이 그들의 기척조차 느끼지 못한 것은 상당한 충격이 아닐 수 없었다. 더구나 유장령이 언급한 살황이란 명호는 전설적인 살수 단체였던 살막의 수장을 가리키는 말이 아닌가?

"언제부터 눈치 챘나?"

"청성파 늙은이의 기척에 묻어올 때부터."

"껄껄, 이거야 원, 밑천이 다 드러난 기분일세."

"능청 떨지 마, 영감. 이곳엔 무슨 일이지?"

무례한 단리백의 언사에 유효명이 허리에 매어진 검 위에 조용히 손을 올렸다. 하나 유장령은 여전히 만면에 웃음을 머금은 채 자신의 손자를 만류했다.

단리백을 향해 성큼 걸음을 내디디며 유장령이 입을 열었다.

"몰라서 묻는 겐가? 자네가 책임을 져야지."

“무슨 소리야?”

“자네 덕에 흑점이 문을 닫았지, 아마? 그 덕에 우린 머물 곳이 없어져 버렸네. 그래서 당분간 흑암보에 신세를 질까 하는데……”

“허튼소리.”

단리백이 자신의 말을 자르며 일언지하에 거절하자 유장령이 의미심장한 미소를 머금었다.

“숙박비라고 하긴 뭐하지만, 대신 재미있는 이야길 들려주지.”

나직이 헛기침을 흘려 목소리를 가다듬은 다음 유장령이 단리백을 바라봤다.

“흑점이 어떻게 곽자문을 초빙해 올 수 있었는지 아는가?”

유장령의 노련한 눈썰미는 순간적으로 단리백의 눈빛에 떠오른 감정을 놓치지 않았다.

“허허, 그렇게 노려보지 말게. 늙은이 얼굴 구멍 나겠네그려. 뭐, 서로 좋은 이야기 아닌가? 우린 이슬 피할 곳 구해서 좋고, 자네들은 당대 최고의 살수 둘을 고용할 수 있고. 자고로 드러난 검은 막기 쉬워도 어둠 속에 숨어 있는 검은 막기 힘든 법일세. 하지만 어둠 속에서 살아가는 살수는 다른 살수의 검을 볼 수 있지.”

“영문을 알 수 없군. 당신에겐 득이 없는 거래 같은데?”

“본래 이해득실이란 상황에 따라 달라지는 법일세.”

"언제까지 말장난을 늘어놓을 생각인가?"

점차 짙어지는 단리백의 살기를 느꼈는지 유장령이 비로소 얼굴에서 웃음을 지웠다.

"일종의 투자일세."

차분한 음성으로 유장령이 말을 이어갔다.

"나는 내 대에서 단절된 살막의 재건을 원하네. 하지만 백도천하인 당금의 정세에선 거의 불가능한 일이지. 자고로 살수업은 사파인처럼 뒤가 구린 인물들이 활개를 쳐야 벌이가 되거든. 나는 흑암보가 자네를 구심점으로 사파무림의 중심이 되리라 예상하네. 조만간 촉산혈성을 따르기 위한 사파인들로 이곳은 발 디딜 틈도 없겠지. 거기에 정파와 한바탕 큰 싸움을 벌인다면 더할 나위 없이 좋고."

"내가 당신 생각대로 움직일 것 같은가?"

유장령의 입가에 희미한 미소가 떠올랐다.

"내 생각이 아닌 자네 스스로 움직일 걸세. 적어도 내 이야기를 듣는다면 말이지."

잠시 뜸을 들이던 유장령이 이내 전음으로 단리백에게 무언가를 설명하기 시작했다.

우드득.

갑자기 들려온 소리에 중인들이 의아한 표정으로 주위를 두리번거렸다. 그때 임소하의 눈에 들어온 것이 있었다.

"의숙!"

임소하는 크게 놀라 단리백의 손을 붙들었다. 어찌나 세게 주먹을 움켜쥐었는지 손톱이 손바닥을 파고들어 가 핏물이 뚝뚝 흐르고 있었다.

"확실한 이야긴가?"

단리백의 질문에 유장령이 웃으며 고개를 끄덕였다.

"확실한 정보가 아니면 움직이지 않는다. 이것이 살막의 제일 규칙일세."

"그랬단 말이지……."

더없이 음산한 단리백의 음성을 듣는 순간 장내의 인물들은 한결같이 오한이 든 것처럼 으스스한 기분을 떨쳐 낼 수 없었다.

어느 누구도 선뜻 나서 입을 열 수 없는 무거운 적막이 장내에 내려앉았다. 하나 예상치 못한 인물들이 모습을 드러내며 상황이 달라졌다.

"찾았다, 늙은 여우!"

"하하하! 호계상! 달아날 곳은 없으니 일찌감치 포기해라!"

활짝 열린 대문을 통해 쏜살같이 달려온 두 인영. 이백 근이 넘는 살을 출렁이는 오 척 단구의 뚱뚱한 노인과 관에서 일어난 해골처럼 바짝 마른 노인이 동시에 소리를 질렀다.

"이잉? 네놈들이 어떻게?"

갑작스런 사염천과 백무쌍의 등장에 호계상이 반문했다.

이에 백무쌍이 차가운 웃음을 흘리며 호계상을 노려봤다.

"뼈마디 부러질 준비는 되었겠지?"

사염천이 거들고 나섰다.

"아냐, 아냐. 그 정도론 분이 안 풀려. 끓는 기름에 다리를 담가 달아나지 못하게 한 다음 한 겹씩 살을 떠 소금에 절이는 게 좋겠어."

"무슨 소리야?"

호계상의 반문에 백무쌍이 빠드득 이를 갈아붙였다.

"그때 네놈 혼자 우리를 배신하고 달아나지 않았느냐? 게다가 우리가 쌓은 모든 것을 가로채 흑암본가 흑석본가 하는 걸 세운 것을 우리가 모를 줄 아느냐?"

호계상이 피식 웃음을 터뜨렸다. 그들은 뭔가 단단히 착각하고 있었다. 게다가 그들의 안중에는 자신밖에 없는 것이 확실했다.

"일단 진정하게."

"흐흐… 그러고 나서 내빼려는 속셈이겠지. 하지만 네 생각은 이미 우리에게 읽혔다. 포기하는 게 좋아."

제 딴에는 위협을 한다고 한껏 음산한 웃음을 흘리는 백무쌍이었으나 호계상은 내심 터져 나오려는 웃음을 참기가 힘들었다.

"그게 아니라 일단 저길 보게. 자네들이 반가워할 사람이 있네."

호계상이 손을 들어 등 뒤를 가리키자 사염천과 백무쌍의 시선도 자연 한곳으로 모아졌다.

"헉!"

사염천과 백무쌍의 입에서 동시에 헛바람이 터져 나왔다. 그리고 지금까지의 기세는 온데간데없이 사라지고 겁에 질려 바들바들 떠는 불쌍한 노인 둘이 그 자리에 서 있었다.

"어, 어떻게……?"

"죽은 것이 아니었단 말인가?"

사염천과 백무쌍은 울고 싶은 심정이었다. 죽은 줄 알았던 단리백이 멀쩡한 모습으로 자신들을 노려보고 있었다.

겨우 지옥 같은 생활을 청산하고 산서를 제패하기 위한 달콤한 꿈에 부풀어 있었건만, 이건 아주 호랑이 아가리에 스스로 머리를 들이댄 꼴이다.

"제기랄! 우린 이제 뒈졌다."

"염가야, 정말 우린 이것으로 인생 조진 것이냐?"

"몰라! 그런 걸 왜 나한테 물어?"

전음을 주고받던 사염천이 눈에 이채를 떠올렸다. 그리곤 유심히 단리백을 살피기 시작했다.

"백가야, 어쩌면 방법이 있을지도 모르겠다."

"어떻게?"

"저놈의 기파를 느껴봐."

잠시 단리백을 바라보던 백무쌍의 얼굴에도 의아함이 떠올랐다.

"약해졌네?"

"확실히 그렇지?"

"혹시?"

"그래. 아무리 저놈이라 해도 검선과 싸웠는데 무사할 리 없지."

"너… 설마?"

"이러나저러나 어차피 죽을 목숨이다. 게다가 우린 이전보다 훨씬 강해졌지 않느냐? 혁련가의 그 세 늙은이도 우리의 상대가 되지 않았어. 보아하니 저놈의 기파는 예전에 비해 절반 이상 줄어든 것 같은데, 우리 둘이 합공한다면 해볼 만할 거야."

"자신있나?"

"위가 놈만 있었다면 필승이었겠지만 우리 둘만으론 어찌 될지 모르겠다. 그래도 최소한 이 자리에서 벗어날 순 있을 거야."

"좋아."

결심을 굳힌 듯 백무쌍이 결연한 표정으로 고개를 끄덕였다.

부우우웅!

수만 마리의 벌 떼가 날갯짓하는 듯한 소리와 함께 사염천의 장포가 팽팽하게 부풀어 올랐다. 동시에 뚱뚱하던 그의 몸이 눈에 띄게 수척해지기 시작했다.

"구화마공(毬火魔功)!"

이를 본 호계상이 놀란 얼굴로 사염천을 바라봤다.

구화마공은 사염천이 감춰둔 비장의 한 수로, 체내의 지방을 한순간에 모두 연소시켜 얻은 무시무시한 열기를 장력으로 발출시켜 상대를 태워 죽이는 잔인한 무공이었다.

호계상은 과거 사염천이 구화마공을 시전한 것을 본 적이 있었다. 그의 상대는 혈관음(血觀音) 조옥령이라는 여도사로 한 자루 불진을 귀신처럼 다루는 고수였다. 그녀는 적어도 사염천보다 두 배 이상 강한 무위를 지니고 있었는데, 그럼에도 불구하고 구화마공을 막지 못해 한 줌 재로 변하고 말았다.

게다가 지금 사염천이 모으고 있는 공력의 기세가 이전에 비해 배는 강해진 것 같았다. 십 장이나 떨어져 있음에도 불구하고 사염천이 뿜어내는 후끈한 열기에 얼굴이 후끈거렸다.

호계상은 고개를 돌려 백무쌍을 바라보았다. 전력을 끌어올리는 듯 백무상의 머리칼이 빳빳하게 솟구치며 허공에서 미친 듯이 나풀거리고 있었다. 그리고 점차 그의 피부가 검게 물드나 싶더니 종국에는 몸 전체가 청동 빛을 띠기 시작했다.

'고루현림(骷髏現臨)까지……'

고루현림은 소림의 금강불괴와 더불어 양대 극품 기공으로 불리우는 절정의 외공(外功)으로 고루마공을 십이성 대성하지 않고서는 결코 시전할 수 없는 수법이었다.

'저놈도 족히 배는 강해졌다.'

하지만 호계상은 설레설레 고개를 흔들었다. 그들의 모습이 마치 화약을 지고 불속으로 뛰어드는 것처럼 무모하게 느껴졌기 때문이다. 만약 연청운과 단리백의 싸움을 보았다면 감히 덤빌 엄두도 내지 못했으리라.

호계상은 고개를 돌려 단리백을 바라봤다.

잔뜩 미간을 찌푸린 모습이 몹시 불쾌한 것 같았다. 한데 이상하게도 그의 입매에는 보일 듯 말 듯한 미소가 맺혀 있었다. 도무지 종잡을 수 없는 표정. 하지만 임소하는 어이없는 얼굴에서 분노한 표정으로, 그리고 서서히 미소가 번져 가는 단리백의 모습을 하나도 놓치지 않고 있었다.

'의숙은 저들을 해칠 생각이 아니시구나.'

평소에 적을 앞에 둔 단리백의 모습이 아니었다. 지금껏 단리백이 싸우는 모습을 많이 봐온 그녀였지만 싸움을 앞두고 지금처럼 살기가 옅은 단리백은 본 적이 없었다.

과연 그녀의 짐작대로였다.

처음 그들이 눈앞에 나타났을 때 단리백은 어이가 없었다. 하지만 그들이 공력을 끌어올리자 이질적인 기운이 느껴졌고, 그것이 마령단으로 인한 것임을 깨닫는 순간 걷잡을 수 없는 분노가 솟구쳤다. 그러나 그들은 아직 마령단의 마성에 젖지 않았다는 사실을 깨닫는 순간 포기하고 있던 자신의 내공을 되찾는 방법을 떠올렸고, 이 때문에 웃음을 머금은 것이다.

하나 이를 알 리 없는 사염천과 백무쌍은 쩌렁한 기합성과 함께 단리백을 향해 신형을 날렸다.

"하압!"

"타앗!"

우드득!

콰직!

기합성과 거의 동시에 서로 다른 두 번의 격타음이 터져 나왔다.

"……."

순식간에 장내가 조용해졌다.

아무도 입을 여는 사람이 없었다.

경악 어린 눈으로 단리백을 응시하던 그들의 시선이 이내 피를 토하며 주저앉는 사염천과 백무쌍에게 옮겨졌다.

장내에 있는 인물들은 임소하를 제외한 대부분이 강호무림을 질타하는 절정고수들이었으나 그들 중 어느 누구도 단리백이 대체 무슨 수법으로 사염천과 백무쌍을 공격했는지 아는 사람이 없었다.

단지 유장령만이 단리백의 주위로 거대한 강기 벽이 흔들렸다 사라지는 것을 본 것 같은 기분이 들었을 뿐이다.

반면 단리백은 어깨 부위의 옷이 약간 그슬리고 세 걸음을 물러선 것을 빼곤 전혀 부상을 찾아볼 수 없었다.

“운이 아주 좋아.”

갑작스레 들려온 단리백의 음성에 사염천과 백무쌍이 핏물을 꾸역꾸역 토해내며 고개를 들었다. 하지만 빙하보다 차디찬 단리백의 미소를 마주한 순간 부르르 진저리를 치며 동시에 같은 생각을 떠올렸다.

'떠그럴!'

이때 그들의 눈에 들어온 것이 있었다. 단리백의 어깨 너머, 긴 흙먼지를 꼬리에 달고 미친 듯이 달려오는 한 사람의 모습. 바로 위송령이었다.

'저 멍청한 놈. 기를 쓰고 죽을 곳에 뛰어드는군.'

그러나 한편으론 둘보다 셋이 약간은 위안이 될 듯싶었다. 같은 고초를 겪고 같은 기연을 얻었건만 위송령만 무사하다면 억울하지 않겠는가.

“이놈들아, 거기 퍼질러 앉아 있을 때가 아니다!”

위송령 역시 단리백을 알아보지 못한 듯 흑암보에 들어서자마자 대뜸 백무쌍과 사염천을 향해 고래고래 소리를 질렀다.

호계상이 위송령을 향해 웃으며 다가섰다.

“오랜만일세, 송령.”

“엇? 늙은 여우!”

위송령이 잠시 흠칫하며 호계상을 바라봤다. 자신들을 보고 달아나도 모자랄 판에 인사까지 건네오자 끓어오르는 살심을 참기 힘들었다. 하지만 지금은 때가 아니었다. 아무리 응징이 중요하다 해도 자신의 목숨만큼은 아닌 것이다.

"운 좋은 줄 알아라, 호계상. 다음에 만나면 뼈와 살을 골고루 추려주마."

호계상을 향해 무섭게 눈을 부라린 위송령은 그 말을 끝으로 사염천과 백무쌍을 향해 다가섰다.

"뭐 해, 일어나라니까! 당장 여길 떠야 해!"

하지만 사염천과 위송령은 좀처럼 움직일 생각을 하지 않았다. 그제야 주위의 분위기가 이상함을 느낀 위송령이 고개를 돌려 주변을 살피기 시작했다. 그리고 어느 순간 한곳에 시선이 딱 하고 멈춰 버렸다.

"단리……."

퍼억!

위송령은 의아함을 금치 못했다. 눈앞에서 붉은 불빛이 번쩍 하나 싶더니 흙바닥이 돌연 벌떡 일어나 자신을 덮쳐 오는 게 아닌가?

털썩!

하얗게 눈을 까뒤집은 채 혼절한 위송령의 모습에 사염천과 백무쌍은 한숨을 터뜨렸다. 이제 자신들은 죽는 일만 남은 것이다.

그때였다.

"어떻게 오셨나요?"

임소하의 음성에 고개를 돌린 사염천과 백무쌍이 다시 한 번 안색이 흙빛이 되어버렸다.

병색 짙은 누런 얼굴의 늙은이와 검을 안은 채 그와 어깨를 나란히 한 장작개비 같은 노인, 그리고 유달리 긴 팔과 커다란 손을 지닌 사내. 하나같이 낯익은 얼굴들이었다. 하지만 그들이 놀란 이유는 따로 있었다.

삼공을 따라 흑암보 안으로 들어선 호리호리한 체구의 죽립인. 그녀를 보는 순간 어째서 위송령이 호들갑을 떨어댔는지 그 이유를 절실히 깨닫는 그들이었다.

"오늘따라 손님이 많군."

소리가 들려온 쪽으로 고개를 돌린 삼왕의 눈에 놀라움이 떠올랐다.

피처럼 붉은 장포에 날카로운 눈매, 그리고 사위를 압도하는 듯한 칼날 같은 기파.

삼공은 자신들이 찾던 사람이 생각보다 젊다는 데 놀랐고, 그의 발밑에 쓰러져 있는 강호사사의 모습에 다시 한 번 경악했다.

"본 보엔 무슨 일로 오셨죠?"

임소하가 재차 묻자 조해원이 짜증스런 눈빛으로 그녀를 노려봤다.

"꺼져라, 너 따위 계집에게 용무가 있어 찾아온 것이 아니니."

분명 조해원으로서는 별 뜻 없이 습관적으로 한 말이었을 지도 모른다. 하지만 무심결에 내뱉은 그 말로 인해 그는 다시는 돌아올 수 없는 강을 건너고 말았다.

콰쾅!

"으아악!"

벼락 치는 듯한 음향과 함께 조해원이 피분수를 뿌리며 십여 장 밖으로 나가떨어졌다.

하운정은 눈앞에서 붉은 섬광이 번뜻인다고 느낀 순간 자신의 옆에 있던 조해원이 피떡이 되어 날아가자 너무도 놀라고 당황하여 자신도 모르게 흠칫하며 한 걸음 물러서고 말았다.

힐끔 고개를 돌려 조해원을 바라본 우문일은 한차례 부르르 몸을 떨었다. 전신의 뼈가 모두 으스러지고 오공에선 시커먼 피가 흘러내리고 있는 조해원의 시신은 참혹하기 그지없었다.

장내의 누구도 입을 여는 사람은 없었다.

중인들은 경악과 공포에 질린 눈으로 망연자실 단리백을 응시하고 있을 뿐이었다.

이때 그들의 뒤에 서 있던 죽립인이 죽립을 벗으며 둘만 남은 삼공과 단리백 사이를 막아섰다.

"여전하네."

"……!"

하운정과 우문일이 놀란 얼굴로 무심객을 바라봤다. 어눌

한 말투를 쓰는 삼십대 중년인으로 알고 있었건만 의외로 맑고 또랑또랑한, 그것도 여인의 음성이 흘러나왔기 때문이다.

"그건 또 무슨 장난이지?"

차가운 단리백의 음성에 무심객이 손을 들어 얼굴을 쓰다듬었다. 그러자 놀랍게도 얇은 인피면구가 떨어지며 본래의 용모가 드러났다.

"……!"

임소하와 단리백을 제외한 나머지 인물들은 일순 숨이 턱 하고 막혀오는 것을 느꼈다. 말로는 도저히 설명할 수 없는 눈부신 그녀의 미모 때문이었다.

넋을 놓은 채 그녀의 얼굴을 바라보던 호계상의 시선에 독특한 모양의 검이 들어온 것도 그때였다.

'설산검후!'

자신의 생각이 틀리지 않는 한 현사라는 검은 절대 두 자루가 존재할 수 없었다. 더구나 만년설에서나 느낄 수 있는 독특한 한기(寒氣).

당금 십대고수 중 이제라 불리우는 여인, 설산검후가 틀림없었다.

슬쩍 고개를 돌려 주위를 살피니 임소하를 제외한 모두가 그녀의 정체를 짐작한 듯싶었다. 하나 그 누구도 입을 여는 사람이 없었다.

이미 전설이 되어버린 두 사람.

촉산혈성과 설산검후의 만남이 앞으로 어떤 파장을 불러일으킬지 장내의 그 누구도 예측할 수 없었던 것이다.

『촉산혈성』 2권 끝

다세포 소녀 원작 만화 출간!!

초등학생이 반드시 읽어야 할 좋은 책 49권

각 학년별로 초등학생이 반드시 읽어야할 좋은 책을 선정하여 통합논술의 기본이 되는 '올바른 독서법'을 일깨워 줍니다.

교과서와 함께하는 초등학교 통합논술

초등1학년 | 값 12,000원 / 초등2학년 | 값 9,500원 / 초등3학년 | 값 11,000원 / 초등4학년 | 값 9,500원 / 초등5학년 | 값 9,500원 / 초등6학년 | 값 11,000원

♣ 혼자 할 수 있어요.

엄마가 책 읽는 방법을 가르쳐 주어도 좋아요.
독서지도하는 선생님이 가르쳐 주어도 좋답니다.
"초등 교과서와 함께하는 **통합논술 시리즈**"는
아이 스스로 독서할 수 있도록 꾸며진 책이에요.
엄마와 선생님은 요령만 가르쳐 주시면 된답니다.

♣ 교과서의 중요한 내용이 총정리되어 있어요.

각 학년별로 중요한 교과 내용이 함께 수록되어 있어요.
초등학생은 교과서 내용을 충실하게 공부해야 합니다.
아울러 그와 병행한 독서가 대단히 중요하지요.
"초등 교과서와 함께하는 **통합논술 시리즈**"는
두가지 방법 모두 알려준답니다.

♣ 이 책은 훌륭하신 선생님들이 함께 쓰신 책이랍니다.

동화작가 선생님들이 쓰셨어요. 소설가 선생님도 쓰셨답니다.
국어 논술독서지도 선생님들도 함께 쓰셨지요.
"초등 교과서와 함께하는 **통합논술 시리즈**"는
엄마의 마음으로 모든 선생님들이 함께 꾸민 책이랍니다.

입소문을 통해 아는 분은 다 알고 계십니다!
올 한해 공인중개사 최고의 화제작!

1~2권 합본 | 이용훈 지음
3~4권 합본 | 이용훈 지음
5~6권 합본 | 이용훈 지음
용어해설 | 이용훈 지음
1~2차 문제풀이집 | 이용훈 지음

수험생 기본 필독서
만화 공인중개사

제목 : 만화공인중개사 쓰신 분에게 감사드립니다.

학원을 두달 다녔어요. 근데 과연 그 숫자 외우기 그렇게 몇 문제나 나올까 생각을 했어요. 아니라는 생각이 드네요. 학원강의를 뒤로 하고 서점을 갔어요. 내 머리에 가장 이해될수 있는 책이 없나 하구요. 거기서 만화를 발견했어요. 무조건 세번 봤어요. 3개월 걸렸어요. 문제집을 보라고 했는데 그건 시행을 못했어요. 근데 합격을 했네요.

어떻게 감사의 말을 해야 될지…

도서관에서 만화책 들고 다니니까 사람들이 바웃더라구요. 만화책으로 공인중개사를 공부한 다고 미친사람처럼 보더라구요. 근데 그거 다 감수하고 했던 내가 자랑스럽습니다.

어떻게 감사의 말을 해야 할지 정말 감사합니다.

부디 행복하세요. 제 나이 41살에 좋은 스승을 만난 거 같습니다.

엎드려 감사드립니다.

–본사 홈페이지에 독자분이 올린 메일 中 에서 발췌–

잘나가고 싶은 사람은 읽어라!

그에게 한눈에 반했다! 그것은 분위기 탓?
애인과 나란히 걸어갈 때 당신은 좌, 우 어느 쪽에 서는가?
이성은 왜 서로 끌리는 걸까? 그 심층 심리를 해명한다!

30초의 심리학

■ **30초의 심리학**
아사노 하치로우 지음 / 계일 옮김 | 값 8,500원

처음 본 사람인데 와 닿는 느낌이
너무나도 강렬한 사람이 있다.
흔히 하는 말로 '필이 꽂힌 사람',
그래서 잊혀지지 않는 사람,
한눈에 반했다고 하는 것이 바로 그것이다.
이런 인간의 감정을 논하는 데
남녀의 구분이 있을 수 없다.
사랑하는 그, 혹은 그녀를
생각하는 것만으로도 가슴이 두근거린다.
이상할 것 없다. 당연히 그럴 수 있는 것이다.
그렇기에 인간을 감정의 동물이라 하지 않는가.
그러나 그렇게 좋아하는 그 사람이
어느 날 갑자기 싫어지는 경우는 왜일까?

Psychology